CHARLOTTE HAWKES

Deux médecins au Brésil

Traduction française de
ANOUK

BLANCHE

HARLEQUIN

Collection : Blanche

Titre original :
FALLING FOR THE SINGLE DAD SURGEON

HARPERCOLLINS FRANCE
83-85, boulevard Vincent-Auriol, 75646 PARIS CEDEX 13
Service Lectrices — Tél. : 01 45 82 47 47

www.harlequin.fr

ISBN 978-2-2804-4382-1 — ISSN 0223-5056

1.

Comme cette femme est belle, songea de nouveau Jake Cooper alors qu'il regardait la foule d'invités de marque qui se pressaient autour du buffet. Des médecins et divers spécialistes, ainsi que des journalistes, tous conviés au dîner de gala de bienvenue à l'université d'été du célèbre hôpital Paulista, au Brésil.

Régulièrement, Jake répondait à des questions, interpellé par des confrères ou des consœurs. Il communiquait quelques informations de base – combien de temps il serait présent, à quelle heure il interviendrait le lendemain… —, échangeait des politesses… Après quoi, happé tel un aimant, il reportait son regard sur la jeune femme.

Flávia Maura… Ou, comme elle était plus familièrement connue, la femme *selvagem.*

La femme sauvage. La femme de la jungle.

Elle se tenait avec deux autres collègues féminines qui paraissaient quasiment invisibles, très fades en tout cas, à côté de la flamboyante Flávia.

De fait, au milieu de la vaste salle luxueusement décorée, seule Flávia Maura se détachait, telle une orchidée au milieu d'un champ de simples pâquerettes, pensa Jake non sans amusement.

Seulement voilà, il s'agissait du Dr Maura…

Lui-même se trouvait à Paulista pour le travail, évidemment. Il participerait aux colloques et tables rondes. Les meilleurs experts médicaux du monde entier s'étaient réunis pour apprendre, ensemble, et s'enseigner mutuellement de nouvelles compétences de pointe.

Pour sa part, Jake devrait procéder à la démonstration de l'essai clinique sur lequel il travaillait depuis plusieurs mois : il était l'un des rares spécialistes qui osaient utiliser une toxine à base de venin de scorpion destinée à mettre en évidence des cellules cancéreuses pendant une opération. Grâce à un éclairage à infrarouge, la toxine colorait les tumeurs.

Flávia Maura était la chercheuse qui avait découvert cette toxine révolutionnaire.

Un an plus tôt, Jake avait assisté à une conférence de cette brillante jeune femme. Il lui avait posé quelques questions techniques, en lien avec ses propres recherches.

Elle lui avait répondu avec précision et enthousiasme.

Jake se rappelait la passion dans la voix de Flávia quand elle avait parlé de l'importance des reptiles et des insectes dans le monde. Elle avait aussi évoqué la richesse des substances que ces espèces recelaient : des molécules qui permettaient de créer des sérums et autres thérapeutiques… Quel dommage, avait-elle insisté, que les serpents soient considérés comme nuisibles par l'homme, alors qu'ils contenaient de fabuleuses propriétés curatives, utiles pour envisager de nouveaux traitements anticancéreux !

Jake avait été impressionné…

Et plus que convaincu.

Il avait donc pris contact avec VenomSci, le laboratoire où travaillait Flávia, et, en accord avec son équipe, avait commencé à expérimenter ce remède hors du commun.

Son propre domaine d'expertise était l'oncologie vasculaire, mais il avait reçu l'autorisation de réaliser plusieurs tests cliniques avec le révélateur tumoral à base de chlorotoxine : la toxine découverte par Flávia. Auparavant, il travaillait à partir de molécules extraites de scorpion. Flávia, elle, avait mis au point un produit basé sur du venin de vipère – une espèce particulière qui vivait dans la forêt tropicale.

Il avait alors appris que Flávia allait parfois elle-même dans la jungle afin de recueillir la matière première destinée à la fabrication de certains sérums… D'où cette étiquette qui lui collait à la peau : la *femme sauvage…*

Jake la regarda de nouveau.

Aujourd'hui, malgré tout ce qu'il s'était promis en préparant son séjour au Brésil, ce n'était pas l'extraordinaire audace médicale du Dr Maura qui intéressait Jake.

À cet instant, il l'admirait, elle, tout simplement.

Sa chevelure d'un brun chaud, maintenue en un chignon fluide, mettait en valeur son ravissant visage aux pommettes hautes et fières. Elle avait une silhouette fine et élancée, épousée par une longue robe au tissu chatoyant, d'un vert profond. Un décolleté à la fois discret et suggestif, une peau gorgée de soleil…

Tout, en elle, évoquait la féminité, et une sensualité affolante.

Jake s'obligea à détourner le regard.

C'était ridicule.

Il en avait connu, des belles femmes, et même de très belles, alors pourquoi se sentait-il aussi fasciné par Flávia Maura ?

Peut-être parce qu'elle portait des escarpins à talons hauts et semblait avoir du mal à garder son équilibre, comme si elle n'avait pas l'habitude de ce genre de chaussures…

Peut-être parce qu'elle ne paraissait pas du tout à l'aise, alors qu'elle semblait sophistiquée et sexy en diable.

Flávia souriait sans conviction, mais ses mains jouaient avec ses boucles d'oreilles dans un geste involontaire et nerveux. Elle s'efforçait de rester en retrait des deux autres femmes, comme si ces dernières pouvaient constituer une sorte de barrière entre elle et ses collègues qui voulaient discuter avec la chercheuse qu'elle était.

Jake se remémora alors la conversation qu'il avait eue trois jours plus tôt avec Oz, son confrère et ami, pendant l'opération d'une tumeur au cerveau chez un patient, un homme d'une quarantaine d'années.

Apprenant que Jake avait été invité à l'université d'été de l'hôpital Paulista pendant un peu plus de trois semaines, Oz s'était extasié.

— Vous pourrez discuter, tous les deux, et même peut-être plus ! Je te préviens, le Dr Maura est une ensorceleuse…

— Très belle femme, oui, je sais. Mais je n'aurai pas le temps de m'amuser. Je pars avec Brady.

— Ton petit neveu… Oui, bien sûr, je comprends. Il est si triste… Donc pas de *sea, sex and sun*, pour toi, c'est ça ?

— Et non. Je serai sérieux et attentif au bien-être de l'enfant dont je suis désormais responsable, avait répondu Jake.

Puis tous deux avaient poursuivi l'intervention chirurgicale sans parler davantage, concentré sur chaque geste.

En vérité, Jake n'avait pas trop apprécié les allusions de son ami Oz, lui-même grand séducteur… Tout Jake l'avait été. Avant…

Avant qu'il recueille Brady, à la mort de sa sœur Helen dix mois plus tôt.

Brady était un petit garçon sombre, triste. Et Jake, qui ne savait pas du tout comment s'y prendre avec les enfants, en avait dorénavant la charge.

C'était une lourde responsabilité. Presque trop lourde pour lui…

Jour après jour, Jake s'efforçait de ne pas trop montrer à son neveu à quel point il se sentait mal à l'aise dans son rôle de père adoptif improvisé.

Revenant à l'instant présent, Jake se dirigea vers le buffet. Tant d'événements l'attendaient pendant ce séjour au Brésil. Sauf qu'entre les rendez-vous médicaux, les tables rondes et autres moments d'échange avec ses collègues, il faudrait qu'il prenne le temps de s'occuper de Brady et de l'emmener faire des activités distrayantes. Randonnées, visites… Il trouverait bien. En conséquence, il n'aurait vraiment pas le loisir de s'intéresser aux jolies femmes…

Et surtout pas à la mystérieuse « femme de la jungle ».

Plus que trois fois, se réjouit mentalement Flávia Maura en prenant congé de ses consœurs, Krysta Simpson et Amy Woodell. Soulagée, elle se fraya un passage à travers la foule rassemblée dans la salle de gala de l'hôpital.

Oui, encore trois soirées mondaines de ce genre, et elle pourrait enfin quitter la ville et retourner dans la forêt amazonienne, ou dans son laboratoire. Son monde…

Son vrai monde, où elle était parfaitement elle-même.

Oh ! elle aimait bien Krysta et Amy… En vérité, elle les admirait car toutes deux s'avéraient aussi gentilles que brillantes dans leurs métiers respectifs.

C'est juste qu'elle-même n'était pas à l'aise au milieu de tous ces gens…

Pas du tout.

Flávia se sentait mille fois mieux en compagnie des animaux, et surtout, en pleine nature…

Dans la jungle.

La société, ses règles de bienséance et ses contraintes ne lui plaisaient pas, même si elle savait s'y conformer quand c'était nécessaire.

Julianna et Marcie, ses deux nièces de six et neuf ans, avaient passé le week-end entier à tenter de lui donner un cours accéléré de « conversation de salon » ! Quant à sa propre sœur, Maria, la mère des deux fillettes, elle avait carrément consacré deux heures cet après-midi à la maquiller et la pomponner telle une poupée…

Quand Maria veut quelque chose, elle parvient toujours à ses fins ! songea Flávia avec affection tout en s'efforçant de ne pas se tordre la cheville.

Décidément, marcher perchée sur de vertigineux talons hauts, ce n'était pas du tout son truc… Mais Maria avait insisté pour que Flávia les porte afin, avait-elle expliqué, d'allonger encore d'avantage sa silhouette, déjà mise en valeur par la robe longue et moulante. Flávia, elle, se sentait tellement plus à l'aise en pantalon cargo, T-shirt et chaussures de randonnée…

Ce soir, elle avait l'impression d'être déguisée pour se

rendre à un carnaval ! Ou comme une petite fille essayant les vêtements de sa mère, talons hauts et rouge à lèvres… Ses nièces, Julianna et Marcie, s'amusaient ainsi avec les vêtements de Maria.

À cette pensée, Flávia éprouva une soudaine nostalgie. Elle adorait les deux petites filles, mais parfois, en les regardant, elle ne pouvait pas s'empêcher de songer à tout ce qui leur avait manqué, à Maria et elle-même, durant leur propre enfance, au même âge. Les absences répétées de leur mère, jusqu'à ce qu'elle finisse par les abandonner purement et simplement, ne leur avaient pas permis de jouer de la sorte, ni de se projeter dans un monde de femmes adultes rêvées, idéales.

Leur *papai* bien-aimé, Eduardo, les avait élevées seul, et il les avait souvent emmenées en exploration dans la forêt amazonienne ou dans la jungle. Au fond, c'était un peu grâce à lui qu'elle était devenue chercheuse. Souvent, Flávia se remémorait ce temps-là où elle avait tout appris de la nature, de la faune et de la flore sauvage.

Flávia se dirigea vers les hautes portes donnant sur les jardins botaniques, probablement fermés au public à cette heure du soir.

Si elle parvenait à se faufiler à l'intérieur, elle pourrait enfin respirer un peu et oublier la sensation peu familière des bulles de champagne sur son palais. Depuis une heure, elle s'efforçait de finir sa coupe…

Alors qu'elle passait devant un groupe de médecins en pleine conversation, elle entendit malgré elle ce que l'un d'eux énonçait d'un ton suffisant :

— L'hôpital devrait être plus attentif à sa réputation ! D'abord, ils engagent cette… *selvagem* qui nous vient tout droit de la jungle, puis un parfait inconnu pour la prochaine conférence, et enfin cette Krysta Simpson fagotée comme l'as de pique…

Glacée, Flávia s'immobilisa. Une autre personne, plus forte ou plus habituée qu'elle aux facéties mondaines, aurait sans doute poursuivi son chemin. Mais elle détestait suprêmement le Dr Silvio Delgado qui venait de parler ainsi.

Un mélange de honte et d'indignation l'envahit.

La femme de la jungle…

Ce n'était pas le terme lui-même – on l'avait qualifiée de cette manière à de nombreuses reprises et, en général, cela ne la dérangeait pas – mais plutôt le ton méprisant que l'homme avait employé qui la choquait. Tout comme il insultait son amie Krysta, grande spécialiste de l'oto-laryngologie et de la reconstruction faciale, il crachait le mot « selvagem » comme si Flávia était aussi sauvage et dangereuse que les animaux de la forêt tropicale…

La gorge nouée, Flávia détourna le visage et fila vers le jardin botanique. Le sang pulsait à ses tempes. Elle marchait si vite, tout à coup, malgré sa difficulté à être ainsi perchée sur des escarpins, qu'elle craignit d'accrocher l'ourlet de sa robe avec ses talons… Il ne manquerait plus qu'elle s'étale par terre devant tout le monde !

Respire, avance, concentre-toi…

Un court instant plus tard, elle parvint sans dommage au milieu d'arbres verdoyants, palmiers et autres espèces tropicales luxuriantes.

Un profond soulagement l'envahit.

Enfin seule !

Flávia esquissa quelques pas, admirant la canopée calme, magnifiquement touffue, mélange de feuillages et branchages entrelacés. Si seulement elle avait pu s'éclipser dès à présent, quitter cette soirée, ces gens si imbus d'eux-mêmes… Comme ils lui étaient antipathiques !

— Est-ce que le médecin qui vient de parler de manière si peu élogieuse est toujours aussi odieux ?

Flávia se figea.

L'homme qui venait de lui adresser la parole se trouvait juste derrière elle. Cet accent anglais, sa voix riche, emplie d'un dynamisme maîtrisé, grave et chaude…

Impossible de ne pas la reconnaître.

Elle en avait rêvé au cours des huit derniers mois et s'était sentie aussi ridicule qu'une adolescente.

Comment un simple inconnu croisé au cours d'une conférence pouvait l'avoir à ce point marquée ? Même Enrico, qu'elle avait pourtant cru être son fiancé, ne l'avait pas autant troublée.

Flávia se retourna lentement et, croisant le regard bleu intense de l'homme qui l'observait, sentit un long frisson la parcourir.

Elle ne s'était pas trompée… C'était bien *lui*.

2.

La dernière fois qu'elle l'avait vu, il n'était qu'un homme de plus au milieu du public où tous portaient le même style de costume. Lui, cependant, s'était démarqué à cause de ses questions passionnées et pertinentes sur les recherches que Flávia présentait lors d'un colloque.

Aujourd'hui, il était vêtu d'un smoking impeccable, comme ses confrères. Ses cheveux arboraient le même style soigné que ceux des autres messieurs. Il avait un regard intelligent, d'un bleu profond, sans doute comme des millions d'êtres humains dans le monde. Malgré tout, il n'était pas comme eux.

Flávia se souvenait même de son nom : Jake Cooper. Ils ne s'étaient même pas réellement parlé… Jamais, en face à face. Mais elle ne l'avait pas oublié.

— J'ai bien peur que oui, soupira-t-elle. Le Dr Silvio Delgado, qui est le chef du service d'oncologie, se croit souvent tout permis, ajouta-t-elle, consciente que son cœur battait précipitamment. Il est exécrable. Son grand-père a été l'un des fondateurs de cet hôpital… À mon avis, il croit que cela lui donne le droit inaliénable d'insulter qui il veut quand il le veut.

— C'est ce que j'ai entendu. Il n'est pas très respectueux… Et j'ai admiré votre superbe indifférence. Vous avez bien fait. Je me présente, je suis le Dr Jake Cooper, poursuivit-il en s'avançant, la main tendue vers elle.

— Ah oui…

Flávia la lui serra brièvement.

— Votre nom m'est forcément familier, se hâta-t-elle de préciser, comme il la contemplait d'un air un peu surpris. Dans le domaine de l'oncologie, vous avez la réputation de repousser les limites. Vous avez, dit-on, mené des essais cliniques que d'autres avaient trop peur de tenter… Par exemple avec le révélateur de teinte fluorescente, à base de venin de scorpion, qui colore les cellules cancéreuses de manière très distincte…

Tout en prononçant ces mots, Flávia avait la sensation de s'exprimer comme une débutante en société. Elle était si peu habituée… Si peu sociable, en réalité. Soit elle se montrait trop distante, soit, au contraire, elle paraissait trop enjouée. Elle espérait être mesurée, là, à cet instant… Même si son cœur battait la chamade.

— Je suis flatté ! dit Jake. Vous me connaissez donc plus ou moins !

Elle sourit, séduite par la voix grave et chaleureuse, le regard d'un bleu envoûtant, l'allure virile, chic mais décontractée, de son interlocuteur.

— Si on veut, oui. Je connais votre réputation dans le monde médical. Je suis le Dr Flávia Maura.

— Je sais bien !

Jake sourit.

Elle sentit son pouls s'accélérer davantage encore.

— Vous êtes l'une des plus grandes spécialistes actuelles dans le domaine des thérapeutiques à base de venin. Il y a quelque temps, j'ai assisté à votre conférence sur l'application anticancéreuse d'une toxine extraite du venin de la guêpe brésilienne. C'était remarquable, conclut-il, une lueur admirative au fond des yeux.

— Merci. Le secret, c'est la *Polybia—MP* qui exploite la composition inhabituelle des lipides et des graisses dans les membranes des cellules cancéreuses… La *polybia-MP* troue en quelque sorte ces cellules, et de ces perforations s'échappent entre autres des protéines vitales. Comme les cellules cancéreuses ne peuvent pas fonctionner sans ces protéines, la toxine finit par les éliminer.

— Remarquable, répéta Jake. Alors, sur quoi travaillez-vous maintenant ?

Flávia hésita un court instant à se confier. Mais si elle n'abordait que l'essentiel, ça irait, n'est-ce pas ? Elle ne trahirait aucun secret professionnel.

— Eh bien, pour être franche, je vis pratiquement mon rêve de toujours. Je suis à la fois naturaliste et chercheuse. Je partage mon temps entre un sanctuaire qui se trouve dans la forêt tropicale, où l'on accueille toutes sortes de serpents, notamment des vipères, et mon travail dans un laboratoire, VenomSci.

Jake hocha la tête.

— Je connais VenomSci. J'utilise vos produits. J'ai entendu dire que vous cherchiez le meilleur moyen d'utiliser du venin pour freiner, voire stopper la prolifération des métastases cancéreuses ?

— C'est exact.

— Impressionnant… Ce qui a commencé comme une passion pour la faune de la forêt amazonienne peut maintenant vous permettre de sauver des vies humaines… et des reptiles, n'est-ce pas ?

Flávia ne put cacher sa stupeur.

— Vous avez lu ma dernière interview ?

— En effet.

— Mais c'était écrit en portugais…

— J'ai appris les rudiments de votre si belle langue avant de venir au Brésil, expliqua Jake. Et je m'intéresse beaucoup aux travaux de VenomSci. Comme tant d'autres médecins, j'imagine…

Il ébaucha un sourire puis jeta un bref coup d'œil sur sa montre.

— Vous et moi avions envie de nous changer les idées en venant dans ce beau jardin botanique, malheureusement le dîner est servi dans cinq minutes. Si nous nous mettons à la même table, nous pourrons poursuivre cette conversation…

— J'aimerais bien, mais nous serons placés, dit Flávia.

Oh ! écoutez, je vais demander à Isabella Sanchez, en charge de l'organisation, de nous arranger ça. Vous venez ?

Soudain, elle se sentait sûre d'elle… Et motivée. La perspective de la soirée lui paraissait tellement plus agréable, tout à coup…

Et pour cause ! Le séduisant Jake Cooper ne pouvait pas deviner qu'il l'avait marquée à ce point, des mois auparavant, mais c'était un fait… Et un secret. Même si, Flávia le savait très bien, l'objectif de leur future discussion serait strictement professionnel, comment ne pas espérer autre chose ? Un petit flirt, par exemple…

Cet homme lui plaisait tellement !

— Mais si la morsure de ces vipères peut tuer un humain en quelques heures, voire quelques minutes, comment réussirait-on à guérir le cancer en injectant ce même venin sans tuer le patient ? demandait un médecin espagnol à Flávia. À moins que vous ne procédiez à la fabrication d'une version synthétique qui inverserait le processus d'empoisonnement…

Tout en écoutant la conversation, Jake prit une cuillerée de dessert, une délicieuse crème brûlée qu'il avait à peine goûtée. Isabella Sanchez avait fait en sorte que Flávia et lui se trouvent à la même table, et côte à côte.

Mais finalement, ce n'était pas une bonne idée…

Car il ne parvenait plus à chasser le trouble qui l'avait envahi depuis que la jeune femme avait posé les yeux sur lui.

Jake sentait que, malgré lui, il était profondément et irrésistiblement attiré par elle. Comme jamais.

Au lieu de s'intéresser aux recherches qu'elle menait, il était littéralement charmé par la façon dont elle parlait. Flávia s'exprimait d'une voix douce et mélodieuse, qui aurait pu ensorceler le plus venimeux des reptiles !

— Tout dépend du serpent, de la composition de son venin et, naturellement, du mode d'administration, répondit-elle posément à son interlocuteur. Cela dépend aussi de ce que nous essayons d'accomplir.

De toute évidence, Flávia était passionnée et concentrée sur ce qu'elle avait entrepris, ses recherches très singulières dans le monde médical. À croire qu'elle n'était pas consciente de la puissance de sa beauté.

— Vous savez, j'en suis sûre, que le venin de serpent est un cocktail de centaines de composants différents, dont des minéraux et des protéines, des peptides et des enzymes, poursuivait-elle. Notre objectif est d'isoler et de réutiliser certaines toxines contenues dans ce venin, ce qui permettrait de tuer les cellules cancéreuses tout en laissant les cellules saines intactes.

Tous les regards étaient à présent tournés vers elle.

— Un chercheur australien, un certain Pouliot, travaille sur un venin capable de stopper la prolifération des métastases dans le cancer du sein. Il a réussi à inverser le processus du venin de la vipère *Bothrops alternatus*, qui est une espèce différente de celle avec laquelle je travaille. Il est parvenu à cloner la molécule en laboratoire mais sans pouvoir stabiliser le résultat…

— Étant donné l'agressivité de ces serpents mortels, vous devez être plus que désireuse de recourir à la rétro-ingénierie pour identifier les toxines dont vous avez besoin, et procéder à un biomimétisme, déclara un autre convive. Le but est, je suppose, de ne plus avoir besoin de serpents vivants… N'est-ce pas ?

Jake regarda Flávia. Était-il le seul à remarquer la façon dont elle se raidissait légèrement, comme pour se tenir plus droite ? La façon dont ses reins se cambraient ? Sa robe moulante épousait chacun de ses mouvements…

Quand Flávia lui jeta un coup d'œil, il sentit le sang pulser dans ses veines. Elle avait un regard couleur caramel chaud. Envoûtant.

— En fait, à ce stade de nos recherches, nous ne pouvons pas encore nous passer des reptiles à l'état naturel… L'objectif idéal serait d'extraire leur venin sans les mettre à mort, eux, précisa-t-elle posément. Et c'est là que le bât blesse. Le crotale, par exemple, qu'on appelle également le « maître de la brousse », est en réalité sensible à sa manière, et fragile au niveau du dos. Si vous vous en approchez correctement, il vous fera rarement du mal. En revanche, si vous ne le manipulez pas avec précaution, c'est une autre histoire…

Flávia hocha la tête.

— Pour vous échapper, il peut se briser l'échine en se tortillant de toutes ses forces. L'herpétologiste Raymond Ditmar a écrit, dans les années 1920 et 1930, que la meilleure méthode pour attraper ce genre de serpents était de les bloquer à l'aide d'une pince, en conservant une distance de sécurité. Dans le cas du fameux « maître de la brousse », cela risquerait de lui briser l'échine. Mes collègues, Raoul et Fabio, et moi-même utilisons une autre technique.

Jake, qui ne soufflait mot, remarqua que la plupart des convives à leur table paraissaient perplexes… Et fascinés par ce qu'elle énonçait.

— Néanmoins, insista l'un d'eux, le clonage en laboratoire doit être préférable, car même une mauvaise manipulation de la toute petite quantité de venin extraite des vipères vivantes pourrait vous tuer, ne serait-ce que par une simple éclaboussure sur votre peau !

— Je sais. Mais laissez-moi vous confier un fait à mon sujet qui n'est peut-être pas vraiment secret, dit Flávia en souriant.

De nouveau, elle regarda rapidement Jake et il ressentit un tel trouble qu'il détourna les yeux. Il devinait qu'elle se forçait à rester aimable, afin de transmettre ainsi sa passion et d'expliquer ce qu'elle faisait au quotidien.

— Je me suis intéressée à la thérapie par le venin pour soigner le cancer non pas pour sauver des humains, mais pour secourir des serpents.

La surprise se lut sur les visages de la majorité des convives. Et qui pourrait les blâmer ? Jake était étonné, lui aussi…

Et de plus en plus admiratif.

— Je suis engagée dans des recherches qui visent à guérir les cancers, poursuivit Flávia.

Était-elle consciente de la fascination qu'elle suscitait ? Sans doute…

Ou peut-être pas. Elle s'exprimait avec un tel naturel !

— En réalité, ce qui me motive vraiment, c'est de savoir que les « maîtres de la brousse » et les autres précieux reptiles sont désormais classés comme espèces vulnérables. De fait, nous avons détruit leurs habitats naturels dans la jungle et la forêt tropicale, et leur population a chuté.

— Raison de plus pour nous acharner à créer des toxines synthétiques, intervint Jake.

— Dans un sens oui, dit Flávia en croisant brièvement son regard. Personnellement, je rêve d'un écosystème qui respectera ces espèces tout en nous permettant, à nous, chercheurs, de trouver les thérapeutiques alternatives, innovantes, dont nous avons besoin.

Jake hocha la tête. Quand elle parlait ainsi, si sérieusement, il imaginait autre chose…

Des mots doux, sensuels…

Des paroles d'amour…

Il s'obligea à se ressaisir. Comment pouvait-il nourrir ce genre de pensées, là, maintenant ? C'était absurde !

À ce moment-là, son portable vibra. Jake le prit dans sa poche et consulta discrètement le message qui venait d'arriver. C'était Patricia, l'infirmière retraitée qu'il avait embauchée pour veiller sur son neveu Brady. Tous deux se trouvaient dans l'appartement que l'hôpital Paulista avait mis à sa disposition pendant le séjour.

Pourriez-vous venir dès que possible ? Merci…

Jake n'hésita pas une seule seconde. Il replia sa serviette et se leva.

— Je suis désolé, un contretemps m'oblige à vous quitter… Mais je vous retrouverai vite pour la suite de notre programme.

— Rien de grave, j'espère ? demanda Flávia en l'observant d'un air interrogateur.

Il parvint à sourire.

— Je ne sais pas… Je l'espère. Merci, en tout cas, pour toutes les informations que vous nous avez confiées ce soir et… à bientôt ! Bonsoir à tous.

En s'esquivant, et bien qu'il ait un réel prétexte pour s'en aller avant la fin du dîner, Jake éprouva soudain la ridicule impression d'être en train de fuir l'envoûtante chercheuse…

Non, ce n'était pas possible. La fatigue devait lui jouer des tours. Il faudrait qu'il s'oblige à oublier tous les fantasmes que la simple présence de la jeune femme à côté de lui avait suscités… Et qu'il se concentre sur ses objectifs professionnels, comme toujours.

3.

Inspirant l'air parfumé du parc arboré de l'hôtel où se déroulait le gala de l'université d'été, Flávia se détendit enfin.

Le soir, les arbres et les fleurs exhalaient leurs senteurs merveilleuses. C'était le seul moment où elle pouvait se laisser aller et oublier le rôle qu'elle devait jouer durant la journée. Être professionnelle jusqu'au bout des ongles, souriante, polie, précise dans l'exposé de ses recherches… Tout cela l'ennuyait tant !

Durant le dîner, qui s'était achevé une demi-heure plus tôt, elle avait beaucoup parlé. Trop, peut-être. À sa table, les convives lui avaient posé tellement de questions ! Dans leurs yeux, elle avait perçu autant d'étonnement que de scepticisme. Sauf dans ceux de Jake…

Lui, il semblait l'écouter avec une réelle attention… Presque comme s'il la comprenait intimement.

Cet homme lui plaisait. Oui, lui comme aucun autre, en vérité. Jamais Flávia n'avait ressenti cette attirance inexplicable. Était-ce son physique ? Sa voix ? Sa gentillesse ? Elle avait regretté qu'il soit obligé de les quitter si vite… Sans lui, la tablée, pourtant composée de médecins et de chercheurs éminents, lui avait soudain paru inintéressante au possible.

Flávia se dirigea vers la piscine qui longeait l'espace vert. L'eau du bassin, bleutée, évoquait celle des plus beaux lagons, mais elle n'éprouvait aucune envie d'y nager. Elle aimait la mer, l'océan, les vagues, elle avait besoin de nature… La vraie nature, indomptable et mystérieuse.

Elle observa le lieu, si joliment arrangé avec parasols,

à présent repliés, et transats, puis fit demi-tour. Autant retourner à l'hôtel et aller se coucher puisqu'elle n'avait plus rien à voir ni à faire. Peut-être appellerait-elle Maria ? Ou peut-être se glisserait-elle simplement sous la fine couette blanche et douce de son lit, après une bonne douche, et elle se détendrait en lisant un roman ou un magazine. *Oui, voilà une bonne idée*, se dit-elle en prenant la direction de l'établissement. Lire et s'évader ainsi, ne plus penser…

Mais, à ce moment-là, Flávia aperçut une haute silhouette masculine qui venait à sa rencontre. Jake Cooper ?

Oui, elle le reconnut instantanément.

Elle sentit son cœur s'affoler. Pourquoi fallait-il qu'elle tombe justement sur lui ?

— Quel hasard ! dit Jake en venant à sa rencontre, le sourire aux lèvres.

— Oui… J'allais rentrer, ajouta précipitamment Flávia, consciente que son pouls s'accélérait.

Jake resta devant elle, immobile, l'air gêné.

— Le dîner s'est bien terminé ? demanda-t-il.

— Oh ! oui… J'ai eu l'impression qu'il s'est éternisé, mais bon, c'était quand même agréable. Et délicieux.

Il hocha la tête.

— Cet hôpital universitaire dépense une somme incroyable pour toute la logistique liée à l'université d'été. Si on allouait le même montant à nos recherches…

— On serait gâtés, compléta Flávia. Malheureusement, en ce qui nous concerne, les budgets sont souvent très réduits. On travaille beaucoup avec peu de moyens.

— Exactement. Mais on aime ça… On est passionnés.

— Oh oui. Sans passion, on ne réussirait rien.

Jake la regarda dans les yeux et, une fraction de seconde, Flávia éprouva un tel trouble qu'elle craignit que cela se remarque.

Pourquoi avait-elle la sensation qu'ils se connaissaient déjà ?

— Et si nous faisions quelques pas ensemble ? proposa-t-il. À moins que vous ne préfériez retourner à l'hôtel, évidemment, ce que je comprendrais…

Flávia hésita à peine.

— Marchons un peu, ça nous fera le plus grand bien.

Involontairement, elle avait utilisé le « nous », comme si c'était une évidence qu'ils se promènent ensemble et, surtout, qu'ils en aient tous deux besoin.

— J'avoue que respirer le grand air, là, maintenant, après le brouhaha du gala, c'est appréciable, dit Jake tandis qu'ils se dirigeaient vers le parc. En plus, je viens de passer plus d'une heure à essayer de calmer mon neveu Brady. Un affreux cauchemar l'avait brutalement réveillé, c'est pour cette raison que j'ai dû quitter la table tout à l'heure…

Son neveu ?

Jake était-il venu avec sa famille ?

— Quel âge a-t-il ? demanda Flávia.

— Tout juste sept ans.

— Il est bien jeune…

— Oui. Et il est fragile. Même si une très gentille infirmière spécialisée en pédiatrie, à la retraite aujourd'hui, s'occupe de lui en ce moment, il a du mal à s'habituer à tous les changements de son quotidien ! Brady se trouve dans un pays étranger, dans une chambre qu'il ne connaît pas, avec une dame inconnue, sans ses parents…

Flávia en déduisit que l'enfant était seul avec Jake.

— Ce n'est pas évident pour lui, j'imagine. Ni pour vous, d'ailleurs, ajouta Flávia. Venir ici avec un enfant, pendant que vous travaillez…

Elle s'en voulut de se montrer ouvertement curieuse, mais après tout, il fallait bien échanger quelques mots ! Et puis, au fond, elle avait envie d'en savoir plus sur Jake.

— Non, ce n'est pas évident. Mais il m'était impossible de le laisser en Angleterre. Brady est le fils de ma sœur décédée il y a dix mois à peine, précisa Jake. Maintenant, il est sous ma responsabilité ! Je suis en quelque sorte son père adoptif.

Étrangement émue par ces confidences très personnelles, Flávia garda le silence quelques instants.

— C'est une situation délicate, finit-elle par dire.

— Très. D'autant que je suis seul et que je n'y connais pas grand-chose au monde de l'enfance… Je fais de mon mieux.

— Comme tous les parents, je crois.

— Vous avez des enfants ? demanda-t-il.

Flávia fut frappée par le sérieux qui se lisait sur le visage de Jake.

— Non… Et je suis seule, moi aussi. J'ai beaucoup d'amies et collègues célibataires, poursuivit-elle. Curieux… On pourrait penser que nos métiers ne nous incitent pas à fonder une famille !

Jake se mit à rire.

— On a trop de choses à faire…

— Tant ! Dans mon cas, aller en forêt, explorer le terrain, observer les reptiles, intégrer mes recherches à des protocoles thérapeutiques…, énuméra Flávia.

— Exactement. Même si, de mon côté, j'interviens surtout à l'hôpital ! Mais grâce à ce que vous explorez et découvrez, j'améliore ma pratique. Vous m'êtes précieuse, ajouta Jake avec une pointe d'humour.

Flávia rit à son tour.

— Précieuse ? Utile, plutôt… Et tant mieux.

Ils continuèrent à marcher lentement, se dirigeant vers un ensemble de tonnelles ornées de glycines fleuries et de bougainvillées parfumées. Flávia songea alors qu'ils bavardaient vraiment amicalement, en toute confiance.

— Et, si ce n'est pas indiscret, de quoi est décédée votre sœur ?

— D'un cancer de l'œsophage. Helen souffrait de maux d'estomac récurrents, mais le médecin hospitalier qu'elle a consulté a seulement suspecté des calculs biliaires. On l'a renvoyée chez elle en lui demandant de revenir, pour un simple suivi, durant les semaines suivantes. Mais elle n'a pas pu s'y rendre. Elle élevait Brady seule, ce n'était pas facile… Elle a pris des antalgiques, encore et encore, jusqu'à ce qu'il soit trop tard. Un jour, elle a dû se faire hospitaliser en urgence… Et on a diagnostiqué son cancer. Elle m'a appelée pour que je vienne de Londres… Elle est morte six jours plus tard.

Jake avait parlé d'une traite, comme s'il était soulagé de se livrer. Flávia sentait à quel point il était bouleversé par tout ce qu'il lui confiait. Peut-être que Jake avait été lui-même secoué par le cauchemar du petit Brady, et cela avait ravivé de douloureux souvenirs…

— Au cours des dix dernières années, nous n'avions pas été vraiment proches, poursuivit-il. On se téléphonait une ou deux fois par an. Je le regrette, aujourd'hui… Tout comme je regrette de ne pas avoir pu aider ma sœur. Je suis oncologue, et Helen a été emportée par un cancer… Quelle ironie du sort, vous ne croyez pas ?

Flávia s'immobilisa pour observer Jake. À cet instant, il lui parut si tourmenté qu'elle sentit sa gorge se nouer. Spontanément, elle lui effleura la main de la sienne.

— Oui, mais… Ainsi vont la vie et le hasard. Vous n'y êtes pour rien.

Sous sa paume, elle sentit Jake se raidir imperceptiblement. Le contact avait dû le surprendre. Mais il ne s'écarta pas pour autant. Au contraire, il la contempla avec une étrange douceur dans les yeux… À moins que ce ne fût de la tristesse.

— Merci de ces paroles, Flávia. Vous êtes une femme sensible… Nous aurons peut-être l'occasion de nous parler de nouveau pendant notre séjour ?

Le cœur battant, Flávia acquiesça d'un signe de tête.

— On va encore se rencontrer, je pense. Entre les colloques et les autres interventions prévues par cette université d'été…

— C'est certain. Tant mieux. Et sur ces mots, chère consœur, reprit Jake en se ressaisissant visiblement, pardonnez-moi, mais je vais vous laisser et retrouver mon neveu…

Il ébaucha un sourire.

— Je suis heureux de ce bref moment avec vous. Bonne soirée.

— Merci, vous aussi, dit Flávia.

Pourquoi avait-elle l'intuition qu'il avait brutalement mis un terme à leur conversation ? Jake n'avait sans doute pas envie qu'ils continuent à discuter de manière trop personnelle. Ce n'était pas bienvenu, compte tenu du contexte professionnel dans lequel ils se trouvaient… Et il avait bien raison. Il lui en avait déjà presque trop dit sur lui-même.

Songeuse, elle le suivit du regard pendant qu'il s'éloignait. Puis, chassant l'étrange émotion qui l'envahissait malgré elle, un mélange d'interrogations et de déception, elle décida de continuer à se promener seule dans le parc. Elle en avait besoin.

— Lumières, s'il vous plaît ! demanda Jake.

La salle d'opération devint sombre, simplement éclairée par les différents écrans de monitoring.

Il alluma une lampe à infrarouge et guida le faisceau vers la bouche de son patient, montrant une zone violacée surmontée d'un petit point violet.

— Voilà le carcinome cellulaire que nous devons éliminer, annonça-t-il aux participants qui assistaient à l'intervention organisée dans un but aussi bien thérapeutique que pédagogique.

Une fois que son équipe aurait extrait la tumeur et nettoyé les tissus tout autour, il passerait le relais au Dr Krysta Simpson qui envisagerait alors la réalisation d'une mâchoire de substitution à partir d'une plaque de titane.

En tout, il s'agirait d'une intervention multidisciplinaire d'environ dix heures. Ce serait long, oui… Mais, dans un sens, cela tombait bien.

Honnête envers lui-même, Jake était soulagé de pouvoir se concentrer ainsi et ne plus penser à l'envoûtante Flávia.

Les souvenirs de la soirée précédente revenaient régulièrement à son esprit, obsédants et culpabilisateurs. Pas question de se laisser séduire par cette si belle chercheuse, aussi intéressante soit-elle ! Ne s'était-il pas promis d'être entièrement préoccupé par son travail et disponible pour Brady ?

Le petit garçon dormait profondément lorsqu'il était retourné à l'appartement. Patricia, l'infirmière, s'était éclipsée et, ce matin, elle était revenue pour rester avec l'enfant.

Bien sûr, ce n'était pas amusant pour Brady. Il passait les journées en compagnie d'une femme âgée, à regarder des dessins animés, à se promener autour de l'hôtel ou à profiter de la piscine. Le séjour durerait encore presque trois semaines, ce serait sans doute interminablement ennuyeux pour Brady…

Chassant ses soucis, Jake se concentra sur le patient qui se trouvait devant lui. Il avait déjà pratiqué cette opération de nombreuses fois, mais il fallait qu'il tienne compte de tous les imprévus. De plus, il exerçait en public… Une performance, en quelque sorte.

Tout en opérant, il commentait ses gestes dans un micro fixé à un casque. L'intervention était diffusée sur un grand écran, et dans la salle on la suivait avec attention.

Jake travailla ainsi sans relâche pendant deux heures. Il retira la zone cancéreuse tout en préservant les tissus sains, veillant à ne pas endommager les nerfs, faute de quoi son patient risquerait une paralysie faciale. Quand, enfin, il parvint à la fin du processus opératoire, Krysta Simpson et son équipe le rejoignirent dans le bloc, prêts à prendre le relais.

— Comment ça s'est passé ? demanda la chirurgienne.

— Très bien. Le patient est resté stable, aucune complication à signaler. J'ai laissé autant de condyles et de ramus ascendants que possible, précisa Jake, désignant des petits os de la mâchoire.

— Excellent, approuva Krysta. J'ai suffisamment de matière pour poursuivre avec succès…

— Oui, à vous d'agir, maintenant. Je suis certain que le résultat sera à la hauteur de nos exigences. Bonne chance malgré tout…

— Merci, dit sa consœur.

Elle se tourna vers ses assistants afin d'entamer leur propre intervention.

Synchrone, Jake sortit du bloc en compagnie de son équipe.

Après un rapide passage dans la salle de débriefing, il informa les organisateurs de l'université d'été qu'il avait accompli sa mission du jour : l'opération avait été filmée et retransmise avec succès, le patient se portait bien, le but était donc atteint.

Maintenant, il était libre…

Libre de se restaurer, de reprendre des forces, de partir se promener avec Brady…

Ou de revoir Flávia !

La pensée s'imposait à lui. Ainsi que l'envie… Une envie forte, pressante.

Non !

Jake se força à chasser ce qui jaillissait à son esprit. Le désir de retrouver la jeune femme, de lui parler, de mieux la connaître…

Ce n'était pas possible. Pas maintenant…

Et sans doute jamais.

Même si, poliment, il lui avait dit qu'il souhaitait avoir encore l'occasion de discuter avec elle, Jake savait qu'il ne fallait pas. En théorie, ne devrait-il pas s'interdire tout espoir de mieux découvrir l'énigmatique « femme sauvage » ?

Seulement voilà, il ne comprenait pas pourquoi il s'était autant livré à elle la veille au soir… Il avait senti qu'elle l'écoutait avec une attention sensible et sincère. Les quelques commentaires qu'elle avait faits lui avaient plu, et l'avaient encouragé…

Car au fond, oui, être ici, au Brésil, seul avec son jeune neveu en souffrance, ce n'était vraiment pas facile.

Mais ce n'était pas pour cette raison qu'il rêvait de croiser de nouveau Flávia…

4.

Flávia parcourait ses notes à la cafétéria lorsqu'une voix enfantine résonna près d'elle.

— Les mots « venin », « poison » et « toxine » ne sont pas synonymes !

Elle leva les yeux et découvrit un petit garçon portant un pantalon cargo et un T-shirt orné de l'inscription « A Bug's Life » – « Une vie d'insecte ». Il regardait attentivement le logo VenomSci apposé sur le tissu noir de la sacoche de l'ordinateur de Flávia.

— Non, en effet. Ça t'intéresse ? demanda-t-elle, amusée.

— Beaucoup !

Remarquant l'accent anglais, Flávia eut l'intuition qu'il s'agissait du neveu de Jake. Rares étaient les enfants présents durant les quelque trois semaines que durait cette université d'été !

Elle jeta un rapide coup d'œil autour d'elle, cherchant à apercevoir la haute silhouette de Jake. Elle ne l'avait pas revu au cours des cinq derniers jours. Malgré elle, quand elle venait se restaurer au Paula's Café, Flávia ne pouvait s'empêcher d'espérer une rencontre fortuite avec le séduisant médecin. Comme elle se sentait ridicule de nourrir ce genre de fantasme…

— Je connais la différence entre le poison et le venin, dit-elle gentiment. Et toi ? Au fait, tu ne t'appellerais pas Brady, par hasard ?

L'étonnement se refléta sur le visage encore poupin de son jeune interlocuteur.

— Comment tu le sais ?

— Ton oncle m'a un peu parlé de toi… C'est un de mes confrères. Je suis médecin, moi aussi. Plutôt chercheuse, en fait.

Brady hocha la tête d'un air impressionné.

— Chercheuse… Cool ! Alors voilà ce que je sais : le poison et le venin sont tous deux des toxines, mais c'est la méthode d'administration qui change. Le venin est injecté mais le poison est sécrété, expliqua-t-il, reprenant simplement leur conversation.

Il observait Flávia avec une petite lueur de défi au fond de ses yeux bleus, le visage grave.

— Bravo, dit-elle, sincèrement impressionnée. Et… Tu aurais des exemples ?

Brady ébaucha un sourire.

— Les abeilles, les scorpions, les araignées, les fourmis, les serpents… Ces insectes-là envoient des toxines par leur morsure ou leur piqûre, donc c'est du venin. Les tritons à peau rugueuse, les grenouilles à flèche empoisonnée, les crapauds de canne sécrètent des toxines, donc ils sont venimeux.

— Oh ! tu t'y connais drôlement bien ! Et le serpent tigre d'Asie, ça te dit quelque chose ?

Brady plissa les yeux et haussa les épaules comme si la question de Flávia lui paraissait inintéressante ou… facile.

— Oui. Il est venimeux puisqu'il peut nous empoisonner en nous mordant.

— Exact. En plus de ses crochets venimeux, ce reptile possède des glandes défensives à l'arrière de son cou qui sécrètent le poison qu'il stocke en dévorant des crapauds empoisonnés, précisa Flávia. Du coup, c'est le seul serpent à la fois venimeux et toxique.

Brady écarquilla les yeux.

— Toi, tu es trop savante ! C'est quoi, VenomSci ? questionna-t-il, en désignant le logo sur la sacoche de l'ordinateur de Flávia.

— Le laboratoire pour lequel je travaille. Comme je te l'ai dit, je suis chercheuse…

— Chercheuse… En venin ? Tu fais des expériences sur les animaux ? demanda Brady en fronçant les sourcils.

Flávia éprouva soudain une bouffée de tendresse pour le petit garçon. Il se montrait si curieux… Et il était visiblement passionné par le sujet.

Comme moi au même âge, ne put-elle s'empêcher de penser.

— Au contraire, assura-t-elle. Je m'intéresse au venin de guêpe, de scorpion, de serpent… Mais même si mes clients sont des sociétés pharmaceutiques, je fais tout pour préserver et sauver les espèces.

Brady la contempla en silence quelques instants. Puis il regarda rapidement derrière lui, comme s'il cherchait quelqu'un. Il échangea alors un signe amical avec une femme d'un certain âge qui faisait la queue à la caisse, un plateau à la main.

— C'est Patricia, la dame qui me garde pendant que tonton Jake travaille, expliqua-t-il. Il travaille tout le temps.

— Et toi, tu t'ennuies, j'imagine… Ce n'est pas drôle, pour toi, d'être ici.

— Ce qui n'est pas drôle, c'est que maman est morte, et je suis obligé d'être avec tonton Jake qui m'énerve un peu, lâcha subitement Brady.

Flávia resta muette un court instant, ébranlée.

— Je comprends… Peut-être que tu pourrais faire la connaissance de mes nièces, les filles de ma sœur Maria, qui ont à peu près ton âge, poursuivit-elle spontanément. Si ton oncle est d'accord, je pourrais…

À ce moment-là, Jake s'engouffra justement dans la cafétéria. Son regard vif fit le tour de la salle et, repérant Flávia et Brady, il les rejoignit à grands pas.

— Bonjour, docteur Maura, dit-il, un léger sourire aux lèvres. Ravi de vous revoir. Dis-moi, Brady, que fais-tu ici ? poursuivit-il d'un air contrarié. Tu ennuies certainement le Dr Maura…

— Pas du tout, déclara aussitôt Flávia. J'étais en train de lire mes notes et Brady est venu me poser des questions très pertinentes sur les insectes et les reptiles… Son savoir sur le sujet m'a impressionnée. Lui et moi avons déjà beaucoup sympathisé !

Jake la regarda dans les yeux, visiblement surpris et gêné. Puis il esquissa un petit sourire.

— Forcément. Brady est obsédé par toutes ces créatures…

— Obsédé ? répéta Flávia, un peu étonnée par ce qualificatif peu valorisant. « Passionné » serait un terme plus exact.

— Peut-être, mais je…

S'interrompant, Jake contempla son neveu et lui désigna la dame d'un certain âge qui parvenait maintenant à la caisse.

— Brady, si tu allais retrouver Patricia ?

— Déjà ? J'aurais aimé poser d'autres questions à…

En soupirant, le petit garçon fixa Flávia d'un regard interrogateur.

— Comment tu t'appelles ?

— Flávia. Ne t'inquiète pas, on aura sûrement d'autres occasions de parler ensemble, affirma-t-elle, ignorant l'étrange sentiment qui la gagnait soudain.

Curieusement, le fait que Jake ait ainsi dénigré l'intérêt enthousiaste de l'enfant l'attristait. Peut-être parce qu'elle-même, petite, avait dû subir le même genre d'incompréhension de la part de certains adultes…

Et surtout de sa propre mère.

— J'espère, j'aimerais bien qu'on parle encore, avec toi, au moins, j'apprends des choses, ajouta alors Brady, comme en écho des pensées de Flávia.

Puis, esquissant une moue boudeuse, il obéit à son oncle.

Dès que l'enfant se fut éloigné, Jake reporta son attention sur Flávia et sourit.

Elle sentit son pouls s'accélérer. Le sourire qu'il ébauchait illuminait son visage et le rendait infiniment plus séduisant.

— Je suis désolé de vous paraître aussi sévère, mais j'essaie de garder un axe avec Brady. Il est réellement obsédé par les bestioles que vous adorez, sauf qu'ici, cela pourrait être dangereux pour lui.

En parlant, Jake s'assit à côté de Flávia.

— Dangereux ? Et pourquoi donc ? demanda-t-elle, s'efforçant d'ignorer les battements trop rapides de son cœur.

Encore une fois, parce qu'elle était tout près de cet homme, elle avait l'impression de succomber à son charme comme si elle était hypnotisée. C'était décidément absurde.

— Parce qu'il y a toutes sortes d'insectes peu sympathiques qui fourmillent dans le parc de cet hôtel, ou ailleurs, et Brady adorerait sûrement en attraper, répondit Jake. Il passe les journées avec Patricia, vous savez... Je vous ai expliqué la situation. Du coup, évidemment, ce n'est pas très amusant pour mon neveu. Il regarde beaucoup de dessins animés et rêve sûrement d'aventures que je ne pourrai pas lui offrir pendant mon séjour au Brésil... Hélas.

— J'ai deux nièces qui ont environ son âge, dit Flávia. Ils pourraient se rencontrer ?

En prononçant ces paroles, elle se rendit compte qu'elle venait de franchir la frontière, en principe bien délimitée, entre sphère professionnelle et vie personnelle. Mais elle n'avait pas pu se refréner. La curiosité bouillonnante de Brady l'avait sincèrement impressionnée...

Et la solitude qu'elle devinait chez Jake la touchait.

Il la regarda avec surprise et intérêt tout à la fois.

— C'est très gentil, adorable même, mais je ne voudrais pas déranger...

— Je vous le propose, parce que c'est possible, insista Flávia. Julianna et Marcie, mes nièces, sont en vacances. D'autre part, je vous invite, Brady et vous, dans mon laboratoire, qui comporte aussi un petit refuge, vous verrez... Le grand sanctuaire, celui dont je vous ai déjà parlé, se trouve en forêt. C'est un autre monde...

Ignorant l'intense étonnement qu'elle percevait dans les yeux de Jake, elle poursuivit en riant :

— Chez nous, on est accueillants ! Donc quand vous serez libre, entre deux interventions ou tables rondes, si vous en avez envie, venez avec Brady, il adorera ! Ça vous changera les idées…

Jake se mit également à rire.

— Oh ! là, j'en suis certain. Vous êtes décidément très généreuse…

Il hocha la tête, l'air hésitant, puis sourit.

— C'est tentant, je ne devrais pas accepter…

— Vous ne devriez pas ou vous ne voulez pas ? Ce serait surtout pour Brady, insista Flávia, soutenant le regard de Jake.

Il hocha la tête, pensif.

— Oui, pour Brady. Vous avez raison. Quand pourrait-on venir ?

— Quand vous voulez. Il vous suffit de prendre rendez-vous. Si je ne suis pas là, mes collègues vous recevront. Le centre de recherches VenomSci a une partie publique, ouverte aux écoles, par exemple, et…

— Je préférerais que vous soyez présente, tant qu'à faire.

— Moi aussi, avoua Flávia, sentant son pouls s'accélérer de nouveau. Contactez-moi et on organisera votre visite.

Elle prit une carte de visite dans son sac et la lui tendit.

— Vous serez les bienvenus.

— Merci, Flávia. Je suis certain que Brady sera très intéressé… Et moi également.

Flávia se contenta de sourire, consciente que son cœur battait de nouveau beaucoup trop vite.

Elle n'aurait peut-être pas dû formuler cette invitation, mais de fait, oui, le petit Brady l'avait tellement touchée…

Quant à Jake, il lui plaisait d'une manière si viscérale que c'en était vraiment troublant.

Pour l'heure, mieux valait qu'elle ne se pose aucune question.

5.

Quelques jours plus tard, Flávia vit Jake et Brady franchir les portes de VenomSci.

Aussitôt, une vive émotion l'envahit et son cœur se mit à battre la chamade. Elle n'avait pas vraiment cru qu'ils viendraient, n'ayant eu aucune nouvelle de Jake après leur rencontre à la cafétéria. Puis il avait pris rendez-vous pour ce jeudi après-midi en veillant à ce qu'elle soit présente.

En souriant, Flávia se dirigea vers eux, heureuse de les accueillir dans son centre de recherches.

— Bonjour ! Vous avez trouvé du temps pour découvrir mon royaume…

— Le contraire aurait été inimaginable ! Bonjour, chère Flávia, dit Jake, un léger sourire aux lèvres. Merci de nous avoir invités.

Il lui serra la main tout en soutenant le regard de Flávia, puis reporta son attention sur Brady.

— C'est trop cool ici ! s'exclama le petit garçon, les yeux écarquillés.

Ébahi, il contemplait le diaporama projeté en permanence dans le hall, et qui montrait différents animaux de la forêt amazonienne, avec leurs habitats et leurs proies.

— Dis bonjour au Dr Maura, s'il te plaît, intima Jake.

Son neveu reporta son attention sur Flávia et un immense sourire illumina son visage.

— Bonjour !

— Ravi de te revoir, répondit Flávia. Ravie de vous revoir, ajouta-t-elle en souriant de nouveau à Jake. Alors, ici, vous devriez apprendre pas mal de choses, enchaîna-t-elle, maîtrisant son enthousiasme à l'idée de dévoiler ainsi une partie de son univers. Il y a une zone interactive avec des quiz et des jeux qui abordent le mimétisme dans la nature…

— Et qu'est-ce qu'on doit faire ? l'interrompit Brady.

— Relever des défis ! Par exemple, on te demande de distinguer l'animal du végétal, expliqua Flávia. Tu découvriras aussi un vivarium qui te permet, entre autres, de te plonger dans le cycle de vie d'un papillon. Là-bas, précisa-t-elle en désignant l'extrémité du hall.

— Trop cool ! Je peux y aller avec toi ?

Et, sans attendre de réponse, Brady prit la main de Flávia et l'entraîna.

— Viens !

Un peu gênée, Flávia lança un bref regard à Jake qui approuva d'un signe de tête, l'air amusé, et leur emboîta le pas.

Brady se précipita vers la grande cage vitrée où voletaient différentes espèces colorées.

— Waouh ! Là, c'est un monarque… Et là, un vice-roi ! s'écria-t-il, se dressant sur la pointe des pieds pour mieux voir les insectes dans leur habitacle.

— Exact. Le vice-roi imite le monarque, tu vois, et il a un goût horrible pour les prédateurs parce qu'il mange une herbe particulière, de l'asclépiade, quand il est une chenille.

— Oui, oui, je le savais !

Brady lança un coup d'œil à Jake qui écoutait en silence, l'air impressionné. Surprenant son regard posé sur elle, Flávia sentit de nouveau son cœur s'emballer. Elle se concentra vite sur les insectes.

— Là, on peut voir un lézard du Bushveld, une région sub-tropicale d'Afrique australe, et un scarabée *oogpister*, ou scarabée bombardier. Les prédateurs s'en méfient parce qu'il a, lui aussi, un goût infect…

— Ah oui, il sécrète de l'acide formique parce qu'il dévore des fourmis légionnaires, compléta Brady. Et ça, c'est une argiope-frelon ! poursuivit-il en désignant une araignée au corps strié comme celui d'une guêpe.

— Tu t'y connais vraiment très bien, commenta Flávia, admirative.

— Je vous avais prévenue, Brady est ultra-passionné, intervint Jake. D'ailleurs, je crois que je vais vous laisser tous les deux, je vais en profiter pour boire un café et lire mes mails tranquillement…

— Bonne idée, tonton ! Flávia et moi, on continue, et on te retrouve tout à l'heure, déclara le petit garçon d'un ton enjoué.

Flávia ne put s'empêcher de rire.

— Si ça ne vous ennuie pas…, dit-elle à Jake.

— Au contraire.

— Il y a un coin salon dans l'entrée, avec un distributeur de boissons, si vous voulez nous attendre là-bas…

— Ce sera parfait. Eh bien, à plus tard.

Après avoir lancé un clin d'œil à son neveu, Jake s'éloigna.

Pendant plus d'une heure, Flávia accompagna Brady dans sa visite. Elle le laissa choisir les jeux ou activités qu'il désirait essayer, ne donnant des conseils ou des informations que lorsque Brady la sollicitait. L'enfant semblait insatiable.

À un moment, alors qu'ils retournaient pour la troisième fois devant le vivarium, Brady la regarda fixement.

— Dis, tu es la petite amie d'oncle Jake ?

— Moi ? Pas du tout, affirma Flávia, prise de court. Nous sommes collègues, rien de plus.

— Ah…

Brady paraissait un peu déçu. Il garda le silence et contempla les insectes.

— Oncle Jake est toujours tout seul, lâcha-t-il finalement. Pourtant maman m'avait dit qu'il avait beaucoup d'amoureuses… Mais moi, je n'en ai jamais rencontré depuis que je vis avec lui.

— Tu aurais préféré qu'il ait une femme ?

— Ben oui. Ma famille serait plus grande, murmura Brady en haussant les épaules.

— Ta maman te manque beaucoup…

— Tout le temps. Mais je ne veux pas le dire à mon

oncle, ajouta-t-il d'un ton grave en regardant Flávia. Ça le rendrait trop triste.

Flávia sentit son cœur se serrer.

Bravement, le petit garçon s'efforçait de faire son deuil en essayant de ne pas aggraver la peine de Jake. Elle-même avait agi ainsi vis-à-vis de son propre père quand, autrefois, sa mère avait quitté la famille.

Mais j'avais ma sœur Maria…, songea-t-elle.

Elles pouvaient se confier l'une à l'autre, se soutenir. Alors que Brady se retrouvait tout seul.

— Tu pourrais quand même parler à ton oncle, tu sais… Je suis sûre qu'il comprendrait.

Le visage de Brady s'assombrit.

— Peut-être, mais ça ne changerait rien. De toute façon, quand j'ai envie de pleurer, j'ouvre ma boîte à secrets et je retrouve maman en rêve…

De nouveau, la gorge de Flávia se noua. Elle connaissait si bien cet état intérieur, souvent impossible à partager avec autrui.

— Ta boîte à secrets… Avec des photos ?

— Beaucoup, beaucoup de photos ! Et des pétales de fleurs qu'on a cueillies pendant un pique-nique, le programme d'un match de foot où on est allés, des billets de cinéma, surtout le ticket de notre film préféré, des entrées de musée…

Brady sourit malgré la gravité de ses propos.

— Mais ma boîte est en Angleterre, chez moi, à Londres. Enfin, chez mon oncle Jake, mais maintenant, c'est aussi ma maison.

— Bien sûr…, dit Flávia, profondément touchée par les confidences spontanées de l'enfant. Tu as montré cette boîte à ton oncle ?

Brady secoua la tête.

— Pas encore. Je l'ai juste montrée à Oz.

— Qui est-ce ?

— Le meilleur ami d'oncle Jake. Il est plutôt cool et il a beaucoup de petites amies ! Je lui parle de maman parfois, mais pas toujours. Je ne veux pas faire de peine à tonton Jake…, répéta Brady.

Flávia s'abstint de tout commentaire.

— Et toi ? Tu as aussi un meilleur ami ?

— Pas vraiment.

Brady eut un petit haussement d'épaules.

— J'en avais un dans mon ancienne école, mais comme j'ai déménagé… Dans ma nouvelle école, à Londres, ils ne sont pas aussi gentils. Il y en a qui m'embêtent… Et ils ont des jeux que je ne connais pas… Ou ils ne me laissent pas jouer avec eux parce que dans mon ancienne école on avait des règles différentes. Je parie que toi, tu avais plein d'amis quand tu étais à l'école !

— Alors écoute, je vais te confier un secret…, chuchota Flávia en hésitant à prendre le petit garçon dans ses bras pour le réconforter. Je n'avais pas beaucoup d'amis à l'école.

— Ah bon ? Et alors, comment tu as fait ?

Brady l'observait avec une telle intensité dans le regard, une telle curiosité, que Flávia se sentit submergée de tendresse.

— J'ai fait comme j'ai pu. Chaque situation est différente… Dans mon cas, j'ai quand même eu de la chance car j'avais une sœur. Et à la maison, je retrouvais mon père et mon grand-père : *papai* et *vovô*.

Un grand sourire illumina le visage de Brady.

— J'ai aussi un grand-père et une grand-mère ! Mais je ne les ai rencontrés qu'une seule fois.

Une ombre se refléta dans son regard.

— En fait, maman ne les aimait pas beaucoup… Elle me disait qu'ils n'étaient pas méchants mais qu'ils étaient très froids et qu'ils ne savaient pas montrer leur amour. C'est pour ça qu'elle voulait que je vive avec oncle Jake…

— Parce qu'il savait montrer de l'amour ? compléta Flávia, de plus en plus émue par cette conversation.

Brady hocha la tête d'un air grave.

— Non, pas vraiment, tu sais. Mais maman me disait qu'il pourrait apprendre, alors que mes grands-parents, jamais… Elle m'a raconté que tonton Jake avait été un chouette frère quand ils étaient petits, mais en grandissant, ils ont changé, quoi… Maman pensait que je pourrais montrer à tonton Jake comment être plus cool, plus affectueux… Sauf que je ne sais pas comment faire.

Flávia s'agenouilla et, oubliant sa réserve initiale, prit le petit garçon dans ses bras et le serra fort contre elle.

— Ne t'inquiète pas… Il n'y a rien à faire. Reste toi-même, et aie confiance, ajouta-t-elle en regardant Brady dans les yeux. Ton oncle t'aime beaucoup, et avec le temps, tout ira de mieux en mieux, crois-moi.

L'enfant resta figé, comme saisi de stupeur, puis il acquiesça lentement.

— D'accord.

Flávia se redressa et sourit.

— Tu veux continuer à visiter le laboratoire, ou tu veux retourner auprès de ton oncle ? Il nous attend depuis un bon moment, déjà.

— On va le voir. Je lui ferai un gros bisou, comme ça, il ne sera pas triste.

— Bonne idée. Les baisers, ça guérit de tout !

En prononçant ces mots, Flávia se remémora fugitivement sa relation avec Enrico, son fiancé, qui l'embrassait tant… Les baisers brûlants d'Enrico l'avaient fait fondre plus d'une fois…

Mais finalement Enrico l'avait laissée tomber. Il avait rompu après avoir exigé qu'elle choisisse entre lui et le métier à risque qu'elle exerçait. « Passer des heures à essayer d'apprivoiser des bêtes venimeuses, potentiellement mortelles, ce n'est pas une vie quand on veut fonder une famille ! » affirmait-il.

Le pire ? Flávia n'avait même pas réfuté cette affirmation. Et, redevenue célibataire, seule encore, elle avait décidé de poursuivre son existence de femme libre, heureuse de plonger dans la forêt amazonienne quand cela lui plaisait.

C'était donc la première fois qu'elle ressentait ce genre d'émotion pour un enfant… Une émotion pure, inconnue, mélange de tendresse, d'affection, de compassion… Et de sens des responsabilités, ce qui pouvait semblait aberrant. Car qui était-elle pour ce petit garçon ? D'ici à trois semaines, Brady repartirait en Angleterre avec Jake… Et elle n'entendrait plus jamais parler d'eux.

— Viens, allons retrouver ton oncle, dit-elle, chassant ses interrogations.

Et sans plus tarder, évitant de prendre la main de Brady dans la sienne, elle se dirigea vers le hall de VenomSci.

6.

Assis dans un profond fauteuil de cuir blanc à l'entrée du centre de recherches, Jake s'efforçait de contenir son impatience. Il avait lu et relu ses mails, réfléchi à des propositions de thèmes de conférence, consulté le programme du jour de l'université d'été, sélectionné tout ce qui l'intéressait, noté les moments où il interviendrait…

Maintenant, il avait hâte de retrouver Brady.

Et Flávia…

Tous deux étaient visiblement arrivés au terme de leur visite car ils se tenaient depuis un moment déjà devant le vivarium.

Ils parlaient…

Ou, plutôt, Brady parlait.

Se confiait-il à la jeune femme ?

Probablement… Car Flávia s'était agenouillée devant le petit garçon, et elle l'avait pris dans ses bras avec une évidente affection.

Elle est si généreuse…

Jake éprouva un pincement au cœur en réalisant à quel point, contrairement à Flávia, il ne savait pas se montrer rassurant. Il n'était sans doute pas suffisamment paternel avec son neveu. Sa sœur Helen lui avait souvent reproché son manque d'émotion apparente, mais comment pourrait-il changer du jour au lendemain ?

En réalité, il ressentait beaucoup de choses, trop même… C'est juste qu'il n'avait pas appris à laisser transparaître ce qu'il sentait. Helen et lui avaient été éduqués de façon rigide, envoyés par leurs parents dans des écoles privées où ils avaient été préparés à être performants d'un point de vue professionnel. En revanche, le côté personnel avait été comme ignoré, considéré moins important. Helen aurait pu devenir une excellente chirurgienne, mais le sort en avant décidé autrement. Enceinte alors qu'elle était étudiante en troisième année de médecine, elle avait choisi de se consacrer à sa vie de famille… Mais son couple n'avait pas tenu, et elle s'était retrouvée seule pour élever Brady…

Quant à Jake, oncologue et chirurgien réputé, il avait toujours été incapable de vivre une relation amoureuse de façon régulière. Jusqu'à présent, il avait aimé séduire et être séduit, sans chercher plus loin.

Mais maintenant qu'il se retrouvait responsable d'un jeune orphelin, ne devrait-il pas s'efforcer de transformer ses habitudes ? Ne lui faudrait-il pas rencontrer une femme à même de le comprendre, une âme sœur, si tant est que cela existe, une femme qu'il admirerait et respecterait, qu'il aurait envie de choyer jour après jour, une femme aussi belle à l'intérieur qu'à l'extérieur…

À ce moment-là, Brady se précipita vers lui, extirpant brutalement Jake de ses pensées.

— Tonton ! C'était trop bien !

Et il ponctua ses paroles d'un baiser sonore sur la joue de Jake.

Surpris par cette soudaine manifestation de tendresse, Jake se mit à rire, les yeux fixés sur Flávia qui s'approchait de lui, le sourire aux lèvres.

— Trop bien ? Vraiment ? demanda Jake en tenant l'enfant par les épaules.

Il aurait voulu le serrer contre lui, comme Flávia l'avait fait, mais il n'osa pas.

— Vraiment, oui ! Hein, Flávia ? J'aimerais recommencer la visite ! ajouta Brady d'un ton enthousiaste.

— Une prochaine fois, promit Flávia, le regard brillant. Brady est déjà très savant ! reprit-elle à l'attention de Jake. Il m'a posé des questions tout à fait intéressantes, et je suis étonnée de tout ce qu'il sait déjà. Il adore les animaux et la nature…

— Énormément ! renchérit Brady en sautant presque sur place. Comme toi, Flávia ! Mais toi, tonton Jake, pas tellement.

— Pas autant que Flávia ou toi, c'est sûr, admit Jake en se levant.

Il regarda la jeune femme et ressentit une étrange émotion. Un mélange d'admiration, encore une fois, mais aussi une pointe d'irritation. Qu'elle ait réussi à passionner Brady à ce point, en si peu de temps, lui paraissait incroyable ! Il en éprouvait même une pointe de jalousie.

— Je suis heureux que vous vous soyez rencontrés, tous les deux, poursuivit-il. Maintenant, mon petit Brady, on va retourner à l'hôtel et tu vas retrouver Patricia qui…

— Non !

Brady avait pratiquement crié son refus.

— Brady, désolé, mais on n'a pas tellement le choix, dit Jake, croisant brièvement le regard de Flávia.

Elle semblait perplexe, presque peinée.

— Je dois retourner travailler, hélas, ajouta Jake. Peut-être que demain, ou après-demain, on reviendra ici, et tu pourras de nouveau observer les espèces, les insectes et tout ce que tu aimes, conclut-il, conciliant.

Mais Brady secoua la tête, les sourcils froncés et la mine boudeuse.

Jake étouffa un soupir. Comment lui faire comprendre qu'il n'existait aucune autre solution ? Bien sûr, la perspective d'être de nouveau enfermé entre quatre murs avec une parfaite étrangère, ce n'était pas très exaltant pour le petit garçon…

— Je suis sincèrement désolé. Brady, mon petit Brady, sois un peu patient…

— Oui, ton oncle a raison, sois patient, et un de ces jours, je vous emmènerai peut-être tous les deux dans la jungle ! proposa alors Flávia.

La jungle ?

Jake éprouva comme un choc.

Certes, il s'intéressait à l'environnement sauvage du Brésil, mais il n'était pas question de s'y rendre en compagnie d'un enfant…

Même si Flávia, il l'avait lu, y passait beaucoup de temps, parfois à ses risques et périls. D'ailleurs, n'avait-elle pas été gravement piquée ou mordue, une fois, par l'une des dangereuses créatures de la forêt ? Jake se souvenait vaguement d'un article vantant l'audace de la chercheuse Flávia Maura, et qui insistait sur le fait qu'elle avait failli périr à cause de sa passion immodérée pour les secrets de la nature sauvage.

— Je ne pense pas que ce soit une bonne idée, dit-il, conscient du regard perplexe que Flávia dardait sur lui.

— Pourquoi, tonton, j'adorerais y aller ! s'exclama Brady.

Évidemment…

— Je m'en doute, mais ce n'est pas prévu, coupa-t-il. Pas prévu du tout, asséna-t-il, voyant l'étonnement se refléter sur le visage de la jeune femme.

— Ah… Bon. Je n'insisterai pas, fit-elle d'un ton déçu, après une courte pause.

— Je vous en remercie. Pour être franc, poursuivit Jake, je n'ai jamais mis les pieds dans la jungle, je n'y connais donc rien, mais quoi qu'il en soit, je ne me vois pas protéger Brady de tous les dangers qui serpentent et se tapissent dans les sous-bois ou les fourrés…

Flávia lâcha un petit rire.

— Oh ! je comprends. Moi-même, j'ai failli y laisser des plumes… Voire ma peau.

— Oui. C'est bien ce que je veux dire. L'endroit est très dangereux.

Il soutint le regard de la chercheuse et eut l'intuition, à la moue qu'elle esquissa alors, qu'elle l'avait parfaitement compris.

— D'accord, soyons plus simples, proposa subitement Flávia. Ma sœur Maria organise un barbecue samedi prochain.

Mes nièces Julianna et Marcie, qui ont à peu près l'âge de Brady, seront présentes. Et si vous veniez ?

— Chez votre sœur ?

Jake avait du mal à dissimuler son étonnement.

— Oui, pourquoi pas ? Si cela vous tente, bien sûr ! Brady rencontrerait d'autres enfants… Et vous pourriez vous immerger davantage dans notre mode de vie local, ajouta Flávia en souriant. Culturellement, ce serait intéressant, n'est-ce pas ?

Jake hésita. Cette invitation le surprenait tellement qu'il en était sans voix. Brady, les yeux brillants, guettait sa réponse. Comment refuser ? Il voulait faire plaisir à son neveu avant tout…

Et s'accorder également un moment de détente. Seul hic : il serait de nouveau en compagnie de la trop belle Flávia. Il s'était promis de ne pas se laisser séduire, et cela deviendrait de plus en plus difficile s'ils passaient du bon temps ensemble…

— C'est très gentil de votre part. Samedi, dites-vous ? À quelle heure ?

Flávia ébaucha un grand sourire et jeta un coup d'œil à Brady qui souriait également, visiblement aux anges.

— À partir de midi. Je vous envoie l'adresse par SMS. Maria vit dans un quartier résidentiel très agréable, vous verrez.

— Merci… Merci du fond du cœur, dit Jake.

S'il s'était écouté, il aurait presque serré la jeune femme dans ses bras tant il se réjouissait soudain de cette échappée de son monde professionnel… Là, il allait s'amuser un peu avec Brady, et ce serait bien…

Très bien.

Les deux jours suivants, Jake se consacra entièrement à ce qui était organisé par l'université d'été : conférences, tables rondes, et une intervention publique de sa part suite à la projection d'un film réalisé par ses collègues de l'hôpital londonien pour lequel il travaillait. Jake avait détaillé les tenants et aboutissants d'une opération compliquée sur un patient atteint d'une tumeur à l'estomac. S'en était suivi un intéressant débat, puis il avait été invité à un dîner où il avait espéré retrouver Flávia.

Mais la jeune femme était absente. Déçu, il avait consulté le programme, et, ne voyant plus le nom de Flávia dans la liste des participants, lui avait adressé un SMS. La réponse avait été rapide : elle ne reviendrait pas, elle n'était pas invitée pour le moment. « Mais nous nous voyons très bientôt chez ma sœur Maria, l'invitation tient toujours pour vous et votre adorable neveu », avait-elle conclu.

Jake confirma aussitôt leur venue.

Il avait hâte d'y être… Vraiment hâte.

C'était une maison de plain-pied aux façades de couleur rose pâle, avec une grande terrasse ombragée, une piscine, et un vaste jardin planté de palmiers de plantes tropicales. On s'y sentait bien, à l'abri de la pollution et de l'agitation de la ville.

Quelle bonne idée d'être ici…, se répéta Jake alors qu'il regardait Brady qui jouait avec les deux nièces de Flávia. Le petit garçon paraissait si joyeux !

Les fillettes, Julianna et Marcie, redoublaient d'efforts pour que Brady soit à l'aise. Elles lui parlaient lentement, lui répétaient les mots en portugais, et cherchaient les traductions en anglais à l'aide de leurs portables. Tous trois étaient assis sous un arbre au feuillage luxuriant.

Plus loin, Flávia et sa sœur Maria, qui lui ressemblait mais était un peu moins jolie, s'affairaient autour d'un buffet copieusement garni. Des saucisses et de la viande cuisaient au barbecue, diffusant un appétissant parfum de grillades épicées. Eduardo, le père de Maria et Flávia, ainsi que deux amis de la famille, étaient également présents. Tout le monde bavardait gaiement.

Observant la scène, Jake se sourit à lui-même. Soudain, il se serait presque cru en vacances…

— Votre neveu a l'air heureux, déclara soudain une femme dans son dos.

Jake se retourna et découvrit Maria qui venait à sa rencontre. Sa voix paraissait si semblable à celle de Flávia… Les intonations, l'accent étaient fondamentalement identiques, et pourtant, même de loin, il aurait instantanément su laquelle des deux s'exprimait. Comme si tout son être était déjà programmé pour reconnaître Flávia de façon personnelle, intime…

Intime ?

Ignorant la sonnette d'alarme qui retentissait à son esprit, Jake adressa un sourire poli à son interlocutrice.

— Brady est aux anges. Merci encore de nous avoir invités. J'ai embauché une infirmière à la retraite, adorable et généreuse, qui s'occupe de Brady durant la journée, mais pas une seule fois, il ne s'est vraiment amusé depuis qu'on est arrivés dans votre beau pays ! Sauf quand on est allés visiter le laboratoire de Flávia, précisa-t-il. Brady s'est tellement passionné pour tout ce qu'il a découvert, entre autres le vivarium, qu'il ne cesse de m'en parler.

Hochant la tête, Maria but une gorgée de vin avant de répondre.

— Je le comprends ! Livvy m'a raconté leur visite enthousiasmante… J'appelle ainsi ma petite sœur, confia-t-elle en souriant. Livvy aime beaucoup Brady… Et je crois savoir pourquoi.

— Dites-moi…

— Eh bien, Brady lui fait sans doute penser à elle au même âge.

Jake eut du mal à dissimuler son étonnement.

— Vraiment ? Et pourquoi ?

Maria regarda ses filles qui continuaient à jouer avec Brady, puis elle jeta un coup d'œil vers Flávia, qui se tenait un peu plus loin en compagnie de leur père.

— Je ne pourrais pas vous expliquer cela de façon précise, c'est difficile à décrire… Une question de ressenti. Mais, par exemple, Livvy est un peu particulière, vous avez dû le remarquer, et enfant, elle l'était déjà… Donc elle n'avait pas beaucoup d'amis à l'école. Mais ça ne la dérangeait pas. Elle était heureuse dans ses pensées, je crois… Elle aimait rêver.

— Brady est assez solitaire.

— Ah, voilà leur point commun !

— Il y en a un autre : les insectes et les serpents, enchérit Jake. Brady est passionné par tout ce qui rampe !

Maria acquiesça d'un air entendu.

— Livvy aussi… Elle en a fait son métier, ajouta-t-elle avec un rire tranquille.

Un rire si similaire à celui de Flávia, et pourtant il ne troubla pas Jake de la même façon. Quand Flávia riait, il ressentait quelque chose d'inexplicable, comme si on le caressait au plus profond de lui-même.

— C'est sûr, votre sœur est très originale…

— Oh oui ! Elle est têtue comme une mule et se moque complètement de ce que pensent les autres. Quand on était petites, elle exprimait exactement ce qu'elle pensait, de façon abrupte, vous savez, beaucoup trop abrupte. Sans filtre, pour ainsi dire. Résultat, elle pouvait vexer les autres sans s'en rendre compte… *Papai*, notre père, me répétait souvent que je devais m'efforcer de montrer à Livvy qu'on peut prendre des gants, dans une conversation, mettre du baume dans les relations, enfin…

Maria soupira.

— J'ai essayé, mais je ne suis pas sûre d'avoir réussi ! Petite, Livvy se bagarrait souvent pendant les récréations, et si aujourd'hui elle est en apparence plus calme, elle pourrait se lancer dans des joutes verbales très facilement… En fait, elle n'a pas froid aux yeux.

— Tiens, Brady aussi se bat, dit Jake, surpris. Au début, j'ai cru que c'était à cause du traumatisme qu'il a subi à la mort de sa mère, puis du changement d'école puisqu'il vit à Londres avec moi. Mais il s'avère qu'il a toujours eu des problèmes relationnels, même dans son ancienne école. Il est un peu asocial, en fait, et il comprend tout trop vite. Du coup, ça décourage les autres… qui ont alors tendance à se moquer de Brady. Mais il ne se laisse pas faire…

Comme Maria le contemplait d'un air étonné, Jake s'en voulut de s'être ainsi livré à une parfaite étrangère.

— Pardonnez-moi, je vous raconte tout… Peut-être parce que vous êtes mère, ajouta-t-il avec sincérité. Je manque cruellement d'expérience par rapport aux enfants. J'improvise… Et je suis probablement très maladroit la plupart du temps.

Maria sourit gentiment.

— Rassurez-vous, être parent, ça s'apprend au fil du temps ! Et vous avez bien fait de vous confier. Car ce que vous venez de me décrire à propos de Brady me fait beaucoup penser à Livvy au même âge.

— À ce point ?

Voilà pourquoi Flávia s'est prise d'une telle affection pour Brady, songea Jake.

Maria fit un signe affirmatif.

— Mais vous voyez, ma sœur a trouvé sa voie. Aujourd'hui, Livvy est une chercheuse hors pair.

— C'est certain. Professionnellement, Flávia est extraordinaire dans son domaine. C'est une femme surprenante, affirma Jake, espérant en apprendre encore davantage. Par exemple, elle a proposé de nous emmener, Brady et moi, dans la jungle…

— Oh ! je pense que ça plairait beaucoup à Brady !

— Certainement…, dit Jake à contrecœur.

Maria observa Jake d'un air perplexe.

— Mais ça ne vous enchante pas, je le vois bien. Puis-je me permettre de vous demander pourquoi ?

Jake hésita, le regard fixé sur Brady qui jouait toujours avec les fillettes.

— Je ne voudrais pas vous offenser, Maria, vous ou Flávia, mais j'ai lu que votre sœur est plutôt risque-tout. Si elle nous emmène dans la forêt amazonienne, elle nous fera peut-être vivre de façon… sauvage, comme elle aime que ce soit le cas quand elle y est seule.

— Ou avec ses collègues Raoul et Fabio, précisa Maria. Il est vrai qu'elle a passé une année entière à manipuler des vipères alors qu'elle savait pertinemment qu'il n'y aurait pas assez de sérum antivenin en cas de morsure…

— C'est assez inconscient de sa part, observa Jake.

— Oh oui. Livvy est ainsi… Mais pas pour les autres, rassurez-vous ! Je lui ai déjà confié mes filles, et il n'y a jamais eu le moindre problème. En fait, Livvy ne veille pas très bien sur elle-même, hélas, ajouta Maria en esquissant une moue. Comme si elle n'avait pas peur de la mort. D'ailleurs, c'est ce qui a découragé Enrico, son fiancé…

— Son fiancé ? répéta Jake, éprouvant une soudaine et surprenante bouffée de jalousie.

Évidemment… Une aussi belle femme ne pouvait pas être célibataire ! Contrairement à ce que Flávia lui avait laissé entendre…

— Ex-fiancé, dit alors Maria. Ils ont rompu. Enrico ne supportait pas que Livvy tienne plus à ses serpents mortels qu'à lui !

Elle éclata de rire avant d'ajouter :

— Mais, entre nous, cet Enrico n'était pas fait pour elle. Il était si fier de lui, quel imbécile…

— Qui était un imbécile ? coupa la voix mélodieuse de Flávia.

Jake se retourna et, malgré lui, sentit son pouls s'accélérer.

Qu'elle était belle…

Ses yeux d'ambre brillaient, et sa peau dorée semblait gorgée de soleil. Flávia portait une petite robe rouge qui soulignait sa silhouette aux formes si féminines, et elle marchait pieds nus. Un fin bracelet d'argent ornait sa cheville droite, mettant en valeur la courbe et les muscles déliés de son mollet. Ses orteils étaient naturellement de couleur nacrée, dénués de vernis.

Jake reporta vite son attention sur Maria, conscient du désir de plus en plus intense qu'il éprouvait pour Flávia. C'était insensé…

— Ton ex était un imbécile, disait Maria à Flávia. Ce n'est un secret pour personne, pas vrai ?

Flávia haussa les épaules d'un air irrité.

— Oui, mais tu n'as pas besoin d'en parler de cette façon à Jake, qui est un simple collègue…

— Je t'ai vexée ? Toi ? Allons, Livvy, je t'en prie… Bon, je vous laisse bavarder tous les deux, moi je vais me servir un verre de rosé bien frais, lança Maria. Vous devriez en faire autant ! conseilla-t-elle à Jake avant de s'éclipser. Profitez-en pour vous détendre !

Jake sentit le regard de Flávia se poser sur lui, interrogateur.

— Vous voulez boire quelque chose ? proposa-t-elle.

— Pour l'instant, non merci. Je viens de déguster un délicieux cocktail sans alcool, et je n'ai pas envie de m'étourdir, avoua Jake. Je garde l'œil sur Brady…

— Rassurez-vous, il est bien entouré.

— Je sais. Et je vous remercie encore de nous avoir invités. Vous nous sauvez la vie !

— La vie ? répéta Flávia en riant. N'exagérons quand même pas…

Le cœur battant, Jake la regarda et, une fraction de seconde, eut la sensation qu'il n'allait pas pouvoir résister à l'envie de l'enlacer. Cette jeune femme le troublait, l'enchantait…

« Le Dr Flávia Maura est une ensorceleuse… », l'avait prévenu son ami Oz.

Exact. Flávia avait quelque chose dans le regard, le sourire et la voix qui l'hypnotisait complètement.

— Je suis au contraire très sincère. Vous nous sauvez la vie. Avant vous, ici, tout n'était que devoir, travail et ennui ! affirma Jake d'un ton amusé, alors qu'il ne faisait qu'énoncer la vérité. Restez avec moi, j'aimerais mieux vous connaître, s'entendit-il ajouter alors que la jeune femme s'apprêtait à s'éloigner.

Visiblement surprise, Flávia lui sourit gentiment.

— Avec plaisir. Que voulez-vous savoir ?

7.

Flávia regretta immédiatement d'avoir posé une question aussi directe. Comme bien souvent, elle parlait trop vite, sans vraiment réfléchir, peu habituée à communiquer en société.

Sauf qu'elle n'était pas en société… Là, elle se trouvait en compagnie de sa famille, réunie le temps d'un agréable barbecue. Son père, ses nièces, Maria et son mari Luis, ainsi que quelques amis étaient présents.

Cela faisait du bien.

Du coup, elle se laissait aller…

Mais visiblement Jake n'en était pas gêné. Il lui souriait… Il lui souriait si gentiment que c'en était perturbant.

— Ce que je voudrais savoir de vous ? Mais… tout ! répondit-il avec un naturel déconcertant. Vous êtes une chercheuse hors du commun, et j'ai la chance de vous avoir en face de moi, en dehors de tout contexte professionnel. Donc j'en profite pour mieux vous connaître.

— Pas de souci…

Flávia éprouva une soudaine sensation de légèreté.

— C'est pour ça que vous parliez d'Enrico ?

Jake hocha la tête et jeta un coup d'œil en direction de Brady. Le petit garçon s'amusait avec les filles de Maria sans aucune retenue, et il riait aux éclats.

— Que je suis heureux de le voir ainsi…, murmura-t-il. Je crois bien que c'est la première fois depuis que je l'ai recueilli.

— Tant mieux.

Jake reporta son attention sur elle et une lueur amusée

traversa ses prunelles. *Elles ont le bleu de la mer et d'un ciel de rêve...*, songea fugitivement Flávia.

— Maria a mentionné votre ex-fiancé parce que nous évoquions votre goût pour le risque... Un risque immodéré pour la nature sauvage ! ajouta-t-il en ébauchant un sourire.

— C'est vrai.

Flávia haussa les épaules, se remémorant toutes les fois où elle s'était rendue dans la forêt amazonienne pour étudier la faune et la flore... Parfois, elle y était allée seule. Jamais elle n'avait eu peur.

— J'en ai besoin. J'aime la faune, la flore, observer les animaux... Enrico, mon ex-fiancé, ne le supportait pas. Il redoutait toujours qu'il m'arrive quelque chose.

— Vous êtes restés longtemps ensemble ?

— Huit ans... On a rompu il y a deux ans. Depuis, je suis célibataire et...

Elle se mit à rire, pour dissimuler la gêne soudaine qu'elle éprouvait.

— Heureuse de l'être !

— Vraiment ?

— Eh oui. Je sais que ça peut sembler curieux, mais j'adore tellement mon métier que j'ai l'impression de ne pas avoir le temps pour autre chose... Enrico m'avait fixé un ultimatum inacceptable, poursuivit Flávia. Lui ou mes recherches sur le terrain...

— Vous avez choisi la recherche sur le terrain.

— Forcément. Je n'aurais pas dû avoir à faire ce choix. Ce n'était pas juste... Et encore moins une preuve d'amour.

— J'imagine qu'il craignait pour votre vie...

— Certainement, mais j'ai toujours survécu à mes sorties dans la jungle !

— Parce que vous avez eu de la chance. Et s'il n'y avait pas eu suffisamment de sérum antivenin pendant vos fameuses excursions ? On en a parlé dans la presse...

— Ah...

Flávia devina instantanément à quel incident Jake pensait. Les journalistes en avaient tellement parlé...

À tort.

Elle s'en était très bien tirée.

— Je n'ai été dans le pétrin qu'une seule fois, admit-elle. Et ça s'est produit il y a des années. Je m'occupe aussi d'un refuge, un sanctuaire de reptiles, qui se trouve dans la jungle, je crois vous l'avoir déjà dit… J'ai deux bons collègues, Raoul et Fabio, qui viennent en forêt avec moi. On essaie de sauver des espèces chassées de leur habitat naturel à cause de projets de constructions, ou parfois même du tourisme. Quand des agences touristiques organisent des randonnées en forêt amazonienne, ce n'est jamais sans conséquence sur l'écosystème, expliqua Flávia. La nature est transformée par l'homme : des arbres sont taillés, des passages créés, des passerelles construites… Tant bien que mal, les animaux, les insectes et les reptiles doivent s'adapter pour survivre.

Elle marqua une pause, consciente du regard intense que Jake gardait sur elle.

— Ce jour-là, j'ai voulu attraper une vipère qui s'était réfugiée dans des fourrés… Sauf qu'elle avait des petits. J'ai été mordue. J'aurais pu mourir, c'est vrai, car je n'avais pas pris suffisamment de sérum. Fabio a fait ce qu'il a pu, et j'ai été emmenée d'urgence à l'hôpital. Je m'en suis sortie, vous voyez ! poursuivit-elle non sans fierté. Et la vipère aussi… Elle est dans notre sanctuaire. Avec ses bébés qui, depuis, sont devenus grands !

Jake hocha la tête d'un air admiratif et un peu perplexe en même temps.

— Tant mieux… Mais vous avez couru un tel risque ! Tout le monde n'agit pas comme vous, vous le savez, n'est-ce pas ?

Flávia se mit à rire.

— Bien sûr… Je sais aussi qu'une morsure d'un serpent venimeux laisse des traces indélébiles dans notre organisme : on renforce notre système immunitaire de cette manière. C'est un peu comme un vaccin.

— Un vaccin dangereux !

— Oui. Dangereux mais efficace.

En prononçant ces mots, Flávia sentit de manière aiguë

à quel point elle se livrait personnellement, de façon inhabituelle. Jake lui posait des questions qui la poussaient dans ses retranchements et l'obligeaient presque à se justifier…

— Vous parlez comme mon ex-fiancé.

— Vraiment ? Comme un homme qui s'inquiète pour vous, alors, ajouta Jake en souriant.

Troublée, Flávia ne répondit pas tout de suite. Elle jeta un coup d'œil circulaire et remarqua que Maria et Luis s'étaient assis à table, en compagnie des enfants. Brady ne quittait pas Marcie et Julianna. Les autres invités discutaient près du barbecue avec Eduardo, le père de Maria et Flávia.

L'ambiance était calme, détendue, et pourtant elle commençait à sentir son cœur battre trop vite.

Elle savait très bien pourquoi. Mais, du moment que Jake ne se doutait pas de l'impact qu'il avait sur elle, tout irait bien.

— Enrico n'aimait pas que je me mette en danger. Il a toujours voulu que j'abandonne mes activités pour le sanctuaire, et que je me consacre à plein temps à mes recherches en laboratoire. Il n'a jamais compris que ce que je préfère, c'est aller en forêt, humer la nature, la faune, la flore… J'ai du mal à rester enfermée, résuma-t-elle finalement.

Jake l'observa longuement.

— Vous regrettez d'avoir rompu ?

— Non. Je ne regrette jamais rien, affirma Flávia en soutenant le regard de Jake. Peut-être qu'un jour je rencontrerai quelqu'un d'autre, poursuivit-elle en allant s'installer sur un transat, à l'ombre d'un parasol au bord de la piscine.

Jake fit de même.

— On en a déjà vaguement parlé, nos métiers ne nous aident pas à construire nos vies d'un point de vue personnel, dit-il d'un air soucieux. Moi-même, je vis et travaille à Londres, et je ne m'accorde pas une minute à moi. Mais, depuis que je suis responsable de Brady, j'aspire à autre chose par moments.

— C'est-à-dire ? Une vie de famille ?

Jake garda le silence un court instant.

— Peut-être, oui. Un enfant, ça change tout. Brady est

encore si fragile, triste, parfois tellement triste… Et je suis seul avec lui. En fait, Brady est souvent seul avec lui-même, rectifia-t-il. Je travaille tant… Il va à l'école, puis à l'étude, je le récupère en fin de journée, on dîne, on joue parfois à un jeu, et il va au lit… La journée se termine trop rapidement.

— Et le week-end ?

— On va se promener ou on regarde un film.

— Il vous a parlé de sa boîte de souvenirs ? interrogea Flávia après une brève hésitation.

Au coup d'œil perplexe que Jake lui lança, elle devina la réponse.

— Quelle boîte ?

Flávia soupira, un peu gênée d'aborder ce sujet peut-être secret pour le petit garçon.

— Eh bien, l'autre fois, Brady l'a mentionnée quand on visitait l'espace ludique du laboratoire… Il s'agit d'une boîte qui contient des choses très importantes pour lui, liées à sa mère.

Jake fronça les sourcils.

— Il ne m'a affectivement rien dit.

— Laissez-lui le temps de le faire… Il s'est peut-être confié à moi pour que je vous en touche un mot.

— Peut-être… Ça prouve aussi qu'il n'a pas totalement confiance en moi.

— Ou qu'il craint de vous peiner. Il sait à quel point la mort de votre sœur Helen vous a attristé, et il ne veut pas aggraver votre peine… Brady est un petit garçon déjà très mûr pour son âge.

Jake acquiesça d'un air pensif, les yeux tournés vers son neveu qui, à cet instant, riait aux éclats avec Julianna et Marcie. Les trois enfants venaient de se lever de table pour aller se resservir au buffet.

— En tout cas, là, maintenant, il va très bien… Et c'est grâce à vous, Flávia, ajouta-t-il en reportant son attention sur elle.

Elle sourit, consciente que ni l'un ni l'autre ne semblaient éprouver l'envie de rejoindre les autres. Maria, Luis, *papai* les laissaient également en tête à tête tous les deux, comme s'ils préféraient qu'il en soit ainsi. Flávia était souvent tellement seule, de son propre chef, certes, mais parfois c'était éprouvant, surtout lorsqu'elle partageait des moments en famille. Elle se sentait si différente, à part… Tout le monde le savait.

— Revenons à vos recherches, dit alors Jake. Vous travaillez sur un traitement à base de venin qui pourrait empêcher les cellules cancéreuses de se métastaser. C'est extraordinaire, Flávia. Mais il ne faudrait vraiment pas que ce soit au détriment de votre propre vie.

— Comme si je ne le savais pas ! Je suis prudente, évidemment ! En même temps, tout n'est pas déterminé par les thérapeutiques que j'essaie de mettre en place, précisa Flávia, soulagée de revenir sur un terrain de conversation plus neutre. Par exemple, quand je m'occupe du sanctuaire de reptiles, j'aime diffuser ensuite des informations qui permettent aux gens de ne plus tuer les serpents sans réfléchir… Sauf, bien sûr, en cas d'urgence ! Les serpents sont utiles… Ils peuvent même nous sauver.

Jake l'observa d'un air perplexe.

— J'ai comme l'impression que vous éprouvez de l'affection pour eux…

Flávia se mit à rire.

— En quelque sorte, oui. Une chose est sûre : j'ai besoin d'être au plus près de la nature sauvage pour exercer correctement mon métier de chercheuse. C'est pour cette raison qu'on me surnomme « la femme sauvage » !

Jake hocha la tête, songeur.

— Je ne sais pas si c'est une bonne chose…

— Moi non plus. Mais ça m'est égal, ajouta précipitamment Flávia. Je suis consciente que ma réputation est ce qu'elle est… Ça ne changera rien à ma manière de pratiquer. Tant pis si on me critique ou si on se moque de moi.

— Je doute que ce soit le cas. Au contraire, vous suscitez bien des interrogations, dit Jake. Les chercheurs se demandent qui vous êtes réellement ! En plus, vous êtes si belle…

Flávia se sentit rougir.

— Belle ? Moi ?

Jake la dévisagea en souriant.

— Ne me dites pas que vous l'ignorez.

— Je n'ai pas l'impression d'être belle, avoua-t-elle après une longue hésitation. Quand j'ai été invitée à cette université d'été, j'ai failli décliner… Parler en public, me montrer en société, c'est terriblement difficile pour moi.

— Vous étiez pourtant superbement habillée… Tous les regards se portaient vers vous !

— À cause de la robe moulante que Maria a choisie pour moi ! Personnellement, je ne suis à l'aise qu'en jean, baskets ou pieds nus, confia Flávia en riant.

— J'imagine bien. Vous êtes proche de la nature… La nature si réconfortante, parfois, ajouta Jake d'un air un peu rêveur. Ça manque cruellement, à Londres, même si on a de nombreux parcs !

— Et vous ? Vous aimez, la nature ?

— Oui, beaucoup.

Ils restèrent silencieux quelques instants. Flávia regarda discrètement Jake et éprouva une soudaine tendresse pour cet homme qui discutait si gentiment avec elle. Qu'il était beau… En T-shirt blanc et pantalon bleu ciel, il ne ressemblait plus au médecin sérieux, soucieux même, qu'elle avait croisé dans le cadre de son travail.

— J'ai une proposition à vous faire, reprit-elle alors. La semaine prochaine, mardi, je pars deux jours en forêt. Si vous voulez, amenez Brady et confiez-le à ma sœur et à mon beau-frère. Julianna et Marcie seront là, ainsi que notre père, *papai*, que mes nièces appellent *vovô* Eduardo… Quant à nous, nous pourrions partir camper avec Raoul et Fabio, mes collègues.

Jake la regarda d'un air surpris.

— Camper ?

— Partir en expédition, oui…

Flávia se mit à rire.

— Si ça vous tente ! Sauf si vous avez des rendez-vous,

tables rondes, colloques ou autres moments importants à l'université, bien sûr.

Jake sourit.

— J'en ai, c'est certain, mais j'ai plutôt très envie de saisir l'occasion et de vivre cette aventure avec vous… Ce sera sûrement passionnant.

— Aucun doute là-dessus… La forêt nous oblige à donner le meilleur de nous-mêmes, toujours. Elle nous change… et nous fait évoluer, vous verrez.

Jake soutint le regard de Flávia.

— J'ai déjà hâte d'y être. Le plus dur sera de convaincre Brady de rester ici au lieu de nous accompagner…

8.

Entre samedi soir et mardi matin, Jake ne cessa de se demander s'il avait bien fait d'accepter la proposition de Flávia.

Certes, il aimait la nature, mais peut-être pas au point d'aller passer deux journées en pleine forêt amazonienne…

Sauf qu'il s'était engagé à y aller.

Au fond, il était curieux, oui, curieux et très attiré par cette expérience totalement nouvelle, en compagnie de Flávia.

Peut-être était-ce même uniquement pour être avec elle qu'il avait dit oui…

Apprenant qu'il ne participerait pas à l'expédition, Brady avait bien sûr été très déçu, et même en colère. Mais Jake lui promit qu'il pourrait partir en promenade avec le père de Flávia, Eduardo, Julianna et Marcie. Entre autres réjouissances.

— Pendant mon absence, tu vas rester chez Maria, la sœur de Flávia, et tu pourras t'amuser, j'en suis certain ! affirma-t-il à son neveu.

— Ah oui, avec Julianna et Marcie, c'est cool…, admit Brady. En plus, chez elles, il y a une piscine.

— Exactement. Une belle piscine et…

— Mais c'est moins bien qu'une sortie dans la jungle !

Jake dut parlementer, négocier, et, finalement, le petit garçon s'apaisa.

Mardi, de bonne heure, Brady fut joyeusement accueilli par Maria et ses fillettes. Il se dérida vite. Rassuré, Jake put retrouver Flávia au laboratoire VenomSci où, comme prévu, la jeune femme l'attendait en compagnie de deux assistants de recherches, Raoul et Fabio.

— Prêt pour l'aventure ? lança-t-elle d'un ton taquin après l'avoir présenté à ses collègues.

— Tout à fait prêt, dit Jake, admirant malgré lui la silhouette élancée de Flávia.

Elle portait un T-shirt à manches longues, un jean doté de grandes poches, des baskets et une casquette. Ses cheveux étaient maintenus en queue-de-cheval, ce qui lui donnait une allure très jeune.

— Vous n'êtes pas trop chargé, j'espère ? demanda-t-elle en désignant le sac à dos qu'il portait.

— Je n'ai pris que le strict minimum.

— Parfait. Raoul et Fabio transportent tout ce dont on a besoin pour le campement. Vous verrez, notre installation dans la jungle vaut le détour ! ajouta Flávia d'un ton enjoué.

Jamais Jake ne l'avait vue aussi détendue. Il s'apprêtait sans doute à voir vivre la vraie Flávia, que très peu d'autres personnes, en dehors de la famille de la jeune femme, connaissaient. Un frisson d'excitation le parcourut quand il pensa à tout ce qu'il allait découvrir, sur elle comme sur l'environnement, la faune et la flore.

— Je me réjouis d'avance de ce que je vais apprendre grâce à vous, répondit-il, croisant le regard amusé de Raoul et Fabio.

Tous deux étaient âgés d'une quarantaine d'années, bruns, bronzés et musclés, si bien qu'ils ressemblaient plus à des gardes du corps de Flávia qu'à des assistants de recherches.

Ils s'installèrent dans un grand 4x4 garé devant le bâtiment de VenomSci. Raoul prit le volant et Fabio s'assit à côté de lui afin de copiloter. Flávia et Jake se calèrent sur la banquette arrière, entre des casiers contenant des bonbonnes d'eau potable.

Une bouffée d'exaltation gagna de nouveau Jake quand le véhicule démarra. Quelle chance il avait…

Ils se dirigèrent vers un boulevard périphérique, déjà

encombré de voitures bien qu'il fût encore tôt ce matin-là, et sortirent rapidement de la grande ville.

— C'est votre première fois ? demanda Flávia en lui souriant.

— Ma première fois… dans la jungle ? Eh oui.

— Vous ne serez pas déçu. La forêt offre une expérience sensorielle qu'on n'oublie pas.

— J'en suis sûr… Merci de me permettre de vivre une telle aventure !

Flávia se contenta de sourire de nouveau, puis elle ouvrit un carnet et commença à en parcourir les pages.

De son côté, Jake s'absorba dans la contemplation du paysage, essayant de ne pas être trop troublé par le léger parfum de Flávia. Une senteur citronnée, fraîche, sans doute celle d'un savon. *Délicieuse…*

Pendant tout le trajet, Flávia ne parla pas, occupée à lire et prendre des notes. Devant, Raoul et Fabio bavardaient à mi-voix.

Plus ils s'éloignaient de São Paulo, plus la végétation devenait dense. Au bout d'environ trois heures, ils parvinrent à la lisière de la forêt amazonienne. Ils se garèrent sur un vaste parking, récupérèrent leurs sacs, de l'eau, et, sans tarder, partirent d'un bon pas sur un chemin de terre sèche.

Le rythme de l'expédition s'annonçait soutenu.

— Et voilà, on y est, dit Flávia en ouvrant les bras, les yeux tournés vers le ciel. J'adore être ici. On va être entourés de milliards d'arbres !

— C'est fabuleux, renchérit Jake. Cette forêt est le plus grand réservoir de biodiversité au monde.

— Malheureusement menacé par la déforestation ! rappela Fabio.

— Il existe de nombreuses zones protégées, maintenant, répliqua Raoul. On doit préserver la végétation à tout prix…

— Et la faune, particulièrement les serpents, n'est-ce pas, Flávia ? ajouta Fabio d'un air complice.

Flávia acquiesça.

— Nos chers serpents… Bon, reprit-elle, notre mission

du jour est de nous installer dans un endroit sécurisé, et d'observer les environs, puis de photographier, filmer et d'effectuer des relevés de territoire… Le but étant toujours, si on le peut, de recueillir un peu de venin utile pour nos sérums et autres préparations à but thérapeutique.

— Tout un programme…, dit Jake, impressionné.

Ils marchèrent pendant une bonne heure, puis s'arrêtèrent dans une clairière où s'élevaient des hévéas en nombre. Ils accrochèrent leurs sacs à des branches, après quoi Fabio et Raoul commencèrent à rassembler du bois pour allumer un feu. On voyait qu'ils avaient l'habitude. Leurs gestes étaient rapides et précis.

— Oh… Vous entendez ? demanda Flávia à Jake.

— Quoi donc ?

Elle le regarda, les yeux plus brillants que jamais.

— Justement… Tout ! Ici, ça bruisse de vie, partout, sous les feuilles, les fourrés… Partout !

Jake tendit l'oreille mais, à son grand regret, ne perçut rien de particulier. Il secoua la tête.

— J'ai bien peur d'avoir l'ouïe quelque peu abîmée par les nuisances sonores de la ville…

— Comme la majorité des gens, hélas. Pourtant, la jungle est emplie d'animaux et d'insectes qui, ensemble, créent la plus harmonieuse des symphonies. Écoutez !

Flávia ferma les yeux et leva un index comme pour souligner ses propos.

— J'entends des oiseaux, des grenouilles, des gazouillis, des croassements, des bourdonnements… J'entends même des singes hurleurs au loin… Et je peux aussi sentir l'odeur de toute cette végétation ! La terre, le bois, les fleurs, les arbres… C'est comme si la jungle s'offrait à nous, à moi, pour me séduire et m'envoûter !

Sidéré, Jake observait la jeune femme qui, les paupières mi-closes, semblait soudain en totale osmose avec la nature. Qu'elle était belle… Plus que belle ! Magnifique !

Presque intimidante.

Ses longs cils noirs formaient une ombre gracieuse sur ses joues dorées. Il aurait aimé les embrasser…

— Dans la jungle, tout peut être très imprévisible, reprit Flávia en rouvrant les yeux.

Elle contempla Jake et lui désigna l'un des sacs à dos suspendus à une branche.

Il se ressaisit tant bien que mal, chassant les pensées troublantes qui l'avaient assailli un court instant.

— Règle numéro une : ne jamais rien laisser traîner par terre. Les mygales aiment beaucoup se glisser dans nos affaires…

Jake réprima un frisson.

— Je préfère qu'elles restent loin de nous.

— Je vous comprends. Moi aussi, en vérité, admit Flávia. Elles sont trop malignes pour nous ! Allez, on va installer notre couchage.

Elle déplia une bâche vert kaki et sortit deux hamacs.

— On sera très confortables, assura-t-elle tandis que Jake l'aidait à sécuriser les attaches et cordes entre deux branches. Ensuite, on n'a plus qu'à mettre les moustiquaires, et le tour est joué !

— Raoul et Fabio n'ont pas de hamacs ? s'étonna Jake.

— Ne t'inquiète pas pour eux, répondit gaiement Flávia. Au fait, on pourrait peut-être se tutoyer ? enchaîna-t-elle en arquant un sourcil moqueur. Ici, en pleine forêt, certaines conventions d'usage n'ont vraiment plus lieu d'être !

— Bien sûr !

Elle hocha la tête et sourit.

— C'est plus simple.

— Naturellement. Tu disais… ?

— Raoul et Fabio construisent leurs propres abris à partir de rien, indiqua-t-elle en désignant ses collègues un peu plus loin.

— Leur abri… Une cabane dans les arbres, en réalité ! constata Jake avec admiration.

En effet, les deux hommes avaient entrecroisé des branchages à mi-hauteur de deux hévéas, formant ainsi une base qu'ils étaient en train de surmonter de feuillages.

— Mais ils possèdent aussi une moustiquaire chacun, précisa Flávia. On étudie les insectes et les serpents, mais on ne veut être ni piqués ni mordus !

— Ça va de soi. Brady sera impressionné par tout ce qu'on va lui raconter, dit Jake.

Il inspira profondément et regarda autour de lui. Les cimes si hautes qu'elles semblaient presque infinies, la végétation dense, d'un vert intense, qui ne laissait pratiquement pas passer le soleil. Puis, tout à coup, il perçut un bruit léger, comme un crissement.

— Ah, j'entends quelque chose !

Flávia laissa échapper un rire léger.

— Ce sont des coléoptères qui vivent au pied des arbres… Il y en a tellement par ici ! Ils sont très utiles, parce qu'ils aèrent la terre. Tu te joins à nous pour l'observation du terrain ?

— Évidemment. Je ne vais pas rester dans mon hamac à me tourner les pouces…

Flávia éclata d'un rire si joyeux, si vibrant, que Jake sentit son cœur battre soudain plus vite. Là, à cet instant, c'était vraiment la « femme sauvage » qui se trouvait avec lui. Une femme libre…

Merveilleusement libre et fascinante.

Décidément, Jake l'étonnait et l'impressionnait de plus en plus favorablement. Il avait participé aux activités d'observation sur le terrain avec un enthousiasme que Flávia n'aurait pas pu imaginer.

Certes, il était médecin, mais il était surtout toujours prêt à innover, à expérimenter de nouveaux traitements, notamment ceux à base de toxines extraites de reptiles. Sans les protocoles d'essai pratiqués par des professionnels tels que Jake, Flávia ne pourrait pas développer ses axes de recherches. Elle avait besoin d'être en contact avec des praticiens comme Jake…

Toutefois, ce qui se produisait entre eux était sans nul doute exceptionnel.

Flávia éprouvait la sensation troublante qu'ils se comprenaient, et que Jake soutenait totalement ce qu'elle faisait, qu'il ne la jugeait pas, contrairement à tant d'autres personnes de son milieu professionnel. Seuls Raoul, Fabio, ainsi que Maria et Luis savaient qu'elle n'avait jamais perdu la tête en s'aventurant ainsi dans la forêt amazonienne pour mieux connaître les serpents. Certains intégraient spontanément le sanctuaire, riche en feuillages, insectes et, parfois, rongeurs dont se régalaient les reptiles. Flávia les contemplait et, de temps en temps, prélevait, grâce à une technique unique, un peu de leur précieux venin.

Après avoir scruté l'environnement pendant environ deux heures, ils avaient mangé, autour du feu, des repas préparés d'avance et conditionnés sous vide. Jake avait posé de nombreuses questions à Raoul et Fabio. Comme il ne parlait pas portugais, Flávia s'était improvisé interprète. Après quoi, Raoul et Fabio étaient partis se réfugier dans leur cabane perchée en haut des arbres.

Le temps file tellement vite ici, songea Flávia en se balançant doucement dans son hamac.

En dessous, le feu de camp crépitait. Au-dessus, les étoiles scintillaient, illuminant le ciel d'une clarté irréelle. Inspirant profondément, elle savourait pleinement ces instants de calme, comme à chaque fois qu'elle s'immergeait dans la jungle. Elle percevait tant de sons, de crissements, parfois des ululements au loin… La nuit, une autre vie s'éveillait sous la canopée. C'était tout simplement fantastique.

— À quoi penses-tu ? demanda-t-elle à Jake qui était allongé à côté, dans son propre hamac.

Il était silencieux depuis un long moment, visiblement émerveillé par tout ce qui les entourait.

— Je pense à mon neveu Brady, répondit-il. Il adorerait vivre cette expérience, être ici, en pleine forêt amazonienne…

— Ça arrivera peut-être un jour ? Une autre fois ? Nous resterons peut-être en contact une fois que vous serez rentrés en Angleterre, ajouta Flávia. Si jamais Brady et toi souhaitiez revenir au Brésil pour passer des vacances, je serais heureuse de vous conseiller, ou d'être votre guide si mon emploi du temps me le permet !

— C'est adorable, Flávia. Merci… Un grand merci. Mais Brady n'a que sept ans, et la jungle est un environnement tellement dangereux… Plus tard, oui, vraiment plus tard, il risque de te solliciter pour l'emmener et, qui sait, peut-être sera-t-il l'un de tes assistants de recherches !

Jake se mit à rire. Autour d'eux, la pénombre devenait plus dense, à peine troublée par les lueurs du feu de camp. En revanche, certains insectes et oiseaux sifflaient de plus en plus fort, s'en donnant à cœur joie.

— En fait, j'ai promis à ma sœur Helen que je prendrais soin de Brady, poursuivit-il, probablement encouragé à se confier grâce à l'extraordinaire ambiance qui les enveloppait. Je tiendrai parole, coûte que coûte. Seulement j'ai un problème : je me sens si loin de Brady… Je ne parviens pas à établir une réelle communication avec lui. Quand on est ensemble, je sens qu'on est à distance l'un de l'autre. J'ignore comment faire pour briser cette barrière…

— Je ne sais pas s'il faut faire quelque chose, murmura Flávia, les yeux rivés vers les étoiles. Je n'ai pas d'enfant, mais je vois souvent Julianna et Marcie, avec ou sans Maria. J'ai remarqué à quel point elles sont spontanées quand elles sont en confiance. Tu as pu discuter avec Brady depuis votre visite au centre, l'autre jour ?

— Très peu. Pour lui, je ne suis sans doute pas un interlocuteur de confiance ! C'est paradoxal… Helen l'adorait, il était son petit prince… Et quand elle est morte, je suis arrivé pour m'occuper de lui. Brady n'a pas eu son mot à dire. Peut-être aurait-il voulu que ce soit quelqu'un d'autre que moi… Je lui demande souvent ce qu'il ressent, comment il va, mais il ne me répond pas, ajouta Jake d'un ton amer.

— Peut-être qu'au lieu de chercher à savoir ce qu'il

ressent, lui, tu devrais plutôt lui dire ce que toi, tu éprouves, suggéra Flávia.

— Moi ? fit Jake, surpris. Quel intérêt y aurait-il à ce que je lui parle de moi ?

— Pas forcément de toi… De sa mère, par exemple. Tu pourrais évoquer des souvenirs…

— Sauf que je n'ai pas souvent vu Helen au cours des dix dernières années.

— Dans ce cas, raconte-lui votre enfance, à Helen et toi…

— Ce n'est pas très passionnant. Nos parents étaient tous deux médecins et chercheurs universitaires. Ils travaillaient beaucoup, publiaient de nombreux articles, voyageaient dans le monde entier… Ils avaient le culte de la performance, et du devoir. Helen et moi fréquentions des écoles privées, étions bien habillés, mais on n'avait pas l'impression d'être vraiment aimés par notre mère et notre père. Ils semblaient indifférents… Ils étaient froids, détachés… Ils pensaient qu'on pourrait tout apprendre en lisant… Résultat, je suis incapable d'exprimer mes propres sentiments aujourd'hui, conclut Jake.

Flávia perçut une telle tristesse dans ses propos qu'elle en eut le cœur serré. À l'évidence, le fait qu'ils soient tous deux côte à côte dans deux hamacs séparés par une distance d'un bon mètre, sous les frondaisons si feuillues de la forêt, loin de tout, incitait Jake à se confier.

— Là, tu exprimes tes sentiments, fit-elle remarquer. Tu es en train de me dire à quel point tu regrettes que Brady et toi soyez si distants l'un de l'autre, alors qu'il est un peu comme ton fils adoptif… Tu es aussi en train de me dire que tes parents ne t'ont pas appris à partager ce qui est affectif, puisqu'eux-mêmes n'étaient pas affectueux.

— Exactement…

— Eh bien, voilà ce que tu pourrais expliquer à Brady un jour. La vérité de ton histoire personnelle et familiale… Il y sera forcément sensible. Les enfants qui ont souffert grandissent vite, parfois plus vite que les autres, et on peut en quelque sorte s'adresser à eux comme à des êtres dignes de confiance.

— Comment tu le sais ?

— Je l'ai vécu.

— C'est-à-dire ?

Flávia sentit sa gorge se nouer.

— Désolée, je n'ai pas envie de me confier sur ce sujet-là maintenant.

— Pardon… Je n'insisterai pas. Donc c'est moi, et seulement moi, qui raconte ma vie, répliqua Jake d'un ton amusé. Mais l'atmosphère de cet endroit extraordinaire s'y prête… J'ai l'impression de renaître au monde !

— Vraiment ?

— Oh oui. Jamais je n'oublierai ces instants magiques, ici, en pleine forêt amazonienne. Mes parents, qui voulaient tant que ma sœur et moi devenions chirurgiens, seraient peut-être admiratifs de mon expérience !

— Ils voulaient que vous deveniez chirurgiens ? Ils n'ont quand même pas décidé pour vous ? s'étonna Flávia.

— Si… Plus ou moins. Dès notre plus jeune âge, ils nous ont répété que ce serait notre voie. Celle-là et aucune autre ! Alors que j'aurais rêvé de devenir ingénieur !

— Vraiment ?

— Eh oui. Fabriquer, essayer, tester, mettre en place des processus qui permettent de découvrir des choses, tout ça me passionnait.

— Ça explique que tu apprécies les protocoles d'essai, les recherches appliquées sur les nouveaux traitements… C'est l'ingénierie qui te passionne !

— Exactement.

— Ta sœur aussi ?

— Je l'ignore, avoua Jake après une brève hésitation. En fait, Helen a commencé des études de médecine, mais elle s'est retrouvée enceinte alors qu'elle était en troisième année. Elle a voulu tout arrêter pour se consacrer à sa vie de famille… Sauf que mes parents n'ont pas accepté son choix. Ils ont dit à Helen qu'elle était trop jeune pour avoir un bébé, et ils lui ont fortement conseillé de ne pas le garder.

— Mais elle a refusé, devina Flávia.

— Exactement. Non seulement elle a refusé mais elle a quitté notre maison, et on n'a plus entendu parler d'elle pendant six ans.

— Si longtemps ?

— Hélas, oui. Je ne savais pas où elle était. La première fois que j'ai rencontré Brady, il avait cinq ans… Helen m'a dit qu'elle n'avait plus de nouvelles du père de son fils depuis des années. Sa grossesse l'avait pris de court, il n'était pas prêt à être père, elle l'a laissé libre de choisir… Et il a préféré la quitter avant qu'elle accouche. Quand j'ai enfin retrouvé Helen, parce qu'elle m'avait contacté, elle se débrouillait comme elle pouvait et élevait Brady seule. Il était au centre de sa vie… Complètement. Elle l'adorait plus que tout au monde.

Flávia garda le silence, plus touchée par ces confidences qu'elle ne l'aurait souhaité. Peut-être parce que Jake évoquait la mère de Brady… Une mère aimante, attentive, qui avait tout entrepris pour le bonheur de son enfant.

Tout le contraire de la mienne… , pensa-t-elle.

— Dans un sens, Brady a eu de la chance, dit-elle finalement. Même s'il est orphelin aujourd'hui, il a reçu beaucoup d'amour pendant ses premières années. C'est comme un socle symbolique, au plus profond de lui-même. Brady a été aimé…

— Par sa mère, mais pas par son père, rappela Jake. On ignore où se trouve son père. Brady n'a plus que moi, et il faut que j'assure, que je sois à la hauteur de ce que j'ai promis à ma sœur… Oui, à la hauteur, répéta-t-il d'un ton soucieux. Je réalise à quel point c'est important pour moi, ici, maintenant, alors que je contemple les plus hauts arbres du monde !

— C'est un signe que tu vas réussir, Jake… Aie confiance en toi, et tout ira bien.

Jake se souleva légèrement dans son hamac, qui tangua

doucement entre les branchages. Des oiseaux s'envolèrent au loin, peut-être perturbés par le mouvement subit.

— Merci… Je vais faire de mon mieux. Et toi ? Si tu me parlais de toi ?

— Une autre fois… Maintenant, il est l'heure de dormir, dit Flávia, heureuse de trouver ce prétexte.

— Déjà ?

— Oui, déjà ! Demain matin, on va se réveiller aux aurores pour continuer nos recherches. Il faut être en forme ! Sinon, on ne sera pas efficaces.

— Je comprends, dit Jake à regret. Alors… bonne nuit.

— Bonne nuit.

Mais, après que le silence se fut établi, Flávia ne parvint pas à s'endormir. Blottie dans son hamac, elle écouta les bruits qui s'élevaient autour d'eux, des sons mystérieux d'insectes, de feuillages vibrants… C'était comme si la forêt lui parlait !

Par-delà les bruissements nocturnes de la jungle, elle percevait aussi autre chose : les battements de son cœur et les pulsations du sang sous ses tempes, en rythme avec la vision de plus en plus tenace, presque obsédante, qu'elle s'efforçait de chasser de son esprit. Celle où elle s'imaginait poursuivant son échange avec Jake…

Dans les bras de Jake.

Un pur fantasme…

Qu'elle avait intérêt à oublier au plus vite.

9.

Vêtue d'une longue robe de coton blanc qu'elle portait à même la peau, Flávia sortit du pool-house et retourna tranquillement vers la maison de Maria et Luis.

À leur retour de la forêt, elle s'était longuement douchée, heureuse de retrouver le confort de la civilisation… Après quoi, elle était allée ranger des serviettes et différentes affaires, laissant Jake avec Brady. Il avait beaucoup à lui rapporter après leur courte expédition… De même, le petit garçon avait forcément pas mal de choses à raconter après son séjour chez Maria, en compagnie de Julianna et Marcie. Celles-ci, en vacances pour tout l'été, étaient heureuses d'avoir un nouveau compagnon de jeu !

Afin que Jake et Brady soient ensemble plus longtemps, Flávia ne s'était pas dépêchée de finir ce qu'elle avait à faire, traînant même un peu au bord de la piscine. On était jeudi, elle n'avait pas à retourner au laboratoire avant le lendemain matin…

Parfait.

Sans doute déjeunerait-elle avec Maria et Luis. Jake et Brady resteraient peut-être, s'ils le souhaitaient. Elle espérait secrètement qu'il en serait ainsi, vu tout ce que Jake et elle avaient partagé au cours des dernières quarante-huit heures. Des temps d'observation sur le terrain, des échanges amicaux… Des conversations à bâtons rompus tant avec Raoul et Fabio que lorsqu'ils se retrouvaient tous deux, par la suite, dans leurs hamacs, comme protégés par les hauts arbres de la jungle.

De si bons moments…

Parvenant sur le seuil de la cuisine, Flávia s'immobilisa.

Jake était tout seul, à moitié nu, avec seulement une petite serviette autour de la taille, ses cheveux noirs mouillés par la douche qu'il venait de prendre. Il buvait un verre d'eau.

— Où est Brady ? demanda-t-elle, surprise.

Jake lui sourit. Ses yeux bleus brillaient d'un éclat inhabituel, probablement à cause de la fatigue. Leur périple en pleine jungle, certes passionnant, n'avait pas été de tout repos.

— Maria a emmené ses filles et Brady manger des glaces. Apparemment, elle leur en avait promis ce matin, et elle ne nous attendait que beaucoup plus tard. Elle m'a précisé qu'ils ne reviendraient pas avant plusieurs heures : ils vont aller visiter une réserve animalière.

— Ah bon ? Tant mieux pour eux, ajouta Flávia, déconcertée.

Pourquoi Maria ne lui avait-elle rien dit ? À croire qu'elle voulait la laisser en tête à tête avec Jake… Ce qui ne serait pas étonnant de la part de sa sœur qui espérait, depuis longtemps, que Flávia ait un amant. Maria se désolait de la voir encore célibataire.

Malgré elle, Flávia admira le torse bronzé et musclé de Jake. Il avait de longues jambes athlétiques, une peau lisse qui…

Elle détourna les yeux, consciente de la nature de ses pensées. Elle n'avait pas connu d'homme depuis si longtemps…

Mais, à ce moment-là, Jake s'approcha et posa une main sur le bras de Flávia.

Elle soutint son regard et sourit. Si seulement elle n'avait pas ressenti ce désir irrésistible, une sensation qui s'embrasait subitement tel un feu de paille… Jake devait forcément le sentir !

— Oui, murmura-t-il alors, comme en écho des pensées de Flávia. C'est pareil pour moi… Pourtant, il ne faudrait pas.

Ses yeux ne la quittaient pas. Le cœur battant à se rompre, Flávia y perçut de l'hésitation mais aussi quelque chose de brûlant, une étincelle ardente qui résonnait avec ce qu'elle éprouvait à cet instant.

Un doux vertige la gagna alors. Ce serait si simple de s'écouter, de s'abandonner à l'envie qui l'enveloppait, pressante, déraisonnable mais délicieuse.

— Il ne faudrait pas, non, et pourtant, ce serait si bon… En revenant de forêt, nos sens sont en éveil, n'est-ce pas ? ajouta-t-elle sans détourner le regard.

Soudain, elle voulait que Jake lise en elle… Qu'il pénètre ses pensées tout comme, de son corps, il pourrait venir en elle…

Il suffirait qu'elle s'ouvre librement.

Oui, fais-le…

Elle esquissa un pas vers lui, le sourire aux lèvres, sûre d'elle tout à coup.

— Étonnamment en éveil, admit-il en accentuant doucement la pression de ses doigts sur le bras de Flávia. C'est merveilleux… J'ai l'impression de m'être rempli de sensations grisantes, et quelle ivresse maintenant… Une ivresse qui se prolonge parce que tu es là, tout près de moi.

— Vraiment ?

Jake plongea son regard dans celui de Flávia.

— Vraiment… Et même énormément. Je suis… submergé. Depuis que je t'ai rencontrée, j'espère cet instant-là, avoua-t-il. Je n'ai pas cessé de refouler ce que je sens pour toi, on dirait un… appel. Je te désire tellement, Flávia.

Elle sourit, bouleversée, consciente qu'à partir de cette seconde tout changerait définitivement entre eux.

— Moi aussi…

Elle glissa une main autour du cou de Jake et, en le regardant dans les yeux, tendit ses lèvres. Il s'en empara aussitôt, et ils s'embrassèrent longtemps, passionnément. Flávia sentait le désir de Jake à travers le tissu de la serviette. Il l'étreignait si fort contre lui…

— Viens, allons dans la chambre d'amis, murmura-t-elle entre deux baisers.

Elle lui prit la main et l'entraîna à l'autre bout de la

maison, dans une pièce aux volets entrebâillés, meublée sommairement d'un grand lit, d'une armoire et d'une table de travail. C'était là que Flávia dormait quand elle restait chez Maria et Luis.

Ce serait là qu'elle vivrait sa première étreinte amoureuse depuis une éternité.

Sans un mot, elle referma la porte, se blottit contre Jake et fit glisser la serviette. Nu, affichant fièrement son envie d'elle, Jake lui ôta sa robe d'un geste fébrile.

Leurs bouches se cherchèrent, leurs souffles se mêlèrent tandis qu'ils se laissaient tomber sur le lit. Ils s'embrassèrent à perdre haleine, serrés, la peau humide à cause de la chaleur et des palpitations de leurs corps avides.

Soudain, plus rien d'autre ne comptait que les caresses qu'ils se prodiguaient, emplis d'un même feu. Jake lui caressait les seins, les hanches, le ventre, les cuisses… Puis, de la pointe de la langue, il recommençait ce trajet sensuel, encore et encore… Enivrée de plaisir, Flávia répondait à ses caresses.

Puis elle se donna à Jake sans réserve, s'enroulant autour de lui telle une liane, s'agrippant à ses épaules viriles pour mieux l'accueillir en elle, savourant l'extase profonde qui irradiait en elle…

En eux.

La chambre était emplie de leurs soupirs et de leurs gémissements, les mots devenaient inutiles. Le plaisir qu'ils partageaient là, maintenant, serait inoubliable… D'autant plus inoubliable qu'il resterait unique. Confusément, avant de sombrer dans une spirale de sensations éclatantes pendant que Jake allait et venait en elle, Flávia se répéta qu'ils ne feraient plus jamais l'amour ensemble, c'était cette fois, une seule fois, alors autant en profiter pleinement…

Flávia entrouvrit les yeux et regarda fixement les rais de lumière qui irisaient le plafond. Combien de temps avait-elle dormi ?

Elle se redressa, jeta un coup d'œil au réveil posé sur la table de chevet. Il était presque 15 heures…

Et elle se trouvait seule dans le lit.

Elle jeta un rapide coup d'œil autour d'elle, aperçut sa robe blanche sur le seuil, mais pas la serviette que Jake avait portée.

Serait-il parti sans rien lui dire ?

Peut-être que Maria et les enfants étaient revenus, et, réveillé avant elle, Jake se serait précipité pour accueillir Brady, et sans doute le ramener à l'hôtel…

La gorge nouée, Flávia se leva et ramassa sa robe. Son corps lui faisait un peu mal au niveau du creux des reins, après l'intense étreinte, si passionnée, qu'elle avait vécue quelques heures auparavant. Une énergie nouvelle semblait frémir en elle, comme si elle était enfin revenue à la vie après un long sommeil.

Mais, tout à coup, son cœur aussi était douloureux. Jake l'avait déjà laissée…

Évidemment.

Ils venaient de vivre un moment d'égarement.

Je ne regrette rien… Je ne regrette absolument rien, se répéta Flávia en allant prendre une douche rapide dans la salle de bains adjacente à la chambre.

Des rires d'enfant lui parvinrent alors, depuis la cuisine.

Sa sœur et ses nièces étaient bel et bien rentrées.

Elle se recoiffa, lissant ses cheveux en arrière, appliqua une crème hydratante sur son visage et un soupçon d'ombre à paupières. Au cas où Jake serait encore là…

Mais pour elle aussi. Elle voulait se trouver belle.

Quand elle rejoignit Maria, elle sentit son cœur battre plus vite, espérant revoir Jake et Brady… Mais, avec déception, elle constata leur absence.

— Ah, te voilà ! s'exclama sa sœur en esquissant un large sourire complice. Tu t'es bien reposée ?

Elle était en train de ranger des courses.

— J'ai dormi comme un loir, avoua Flávia. Où sont Julianna et Marcie ?

— Elles viennent de filer dans leur chambre. Elles se sont régalées de glaces au chocolat et à la chantilly, tout comme le petit Brady. Quel garçon adorable ! On a aimé l'avoir à la maison… Il peut revenir quand il veut.

— Je savais que ça se passerait bien entre vous. Brady est donc parti ?

— Avec son père, oui, il y a à peine quinze minutes.

— Ah… Et Jake n'a rien dit ? demanda Flávia, ignorant à grand-peine le vide qu'elle éprouvait soudain.

— Juste au revoir et merci. Mais rassure-toi, il m'a chargée d'un message pour toi, précisa Maria.

Elle marqua une pause, disposant soigneusement différents fruits dans une corbeille.

Flávia eut du mal à dissimuler son impatience.

— Quel message ?

Maria lui lança un coup d'œil amusé et, après l'avoir observée pendant quelques secondes, sourit.

— Oh ! oh… Ne me dis pas que tu es en train de tomber amoureuse de lui !

— N'imagine rien, je t'en prie, répliqua Flávia avec une pointe d'agacement.

— Hum… Je te connais. Tes yeux brillent comme lorsqu'on te promettait la lune quand tu étais petite !

— N'importe quoi.

— Tu crois ? Ce serait une erreur… Tu dois redescendre sur terre, ma Livvy.

Flávia haussa les épaules.

— Maria, tu me dis souvent qu'il faut que je m'amuse… Eh bien voilà, je l'ai fait. J'ai pris du bon temps.

— Parfait ! Mais ne craque pas pour lui, je te le déconseille, en tout cas, ajouta Maria.

— Ne t'inquiète pas…

Sauf qu'en prononçant ces mots Flávia sut immédiatement qu'elle se mentait à elle-même.

— Tu ne peux pas t'autoriser de sentiments pour cet homme, aussi gentil, séduisant et intéressant soit-il. Dans quelques semaines, je ne sais pas quand exactement, il quittera le Brésil, ajouta Maria en regardant Flávia d'un air entendu.

— Je sais.

— Mais tu viens de passer deux jours avec lui en pleine forêt, et je parie que cette expérience vous a rapprochés…

Flávia sentit son cœur se serrer.

— Exact.

— Je te connais, Livvy… Je ne t'ai jamais vue avec ce regard-là.

— Qu'est-ce qu'il a, mon regard ?

— Il brille… Tu as des étoiles dans les yeux… Même quand tu étais fiancée à Enrico, tu n'avais pas cette expression.

— Enrico ne comprenait rien à ma passion pour la jungle… Jake est venu avec moi là-bas, dans ce territoire qu'Enrico jugeait trop dangereux…

— Justement, Jake a marqué un point. Il t'a conquise.

— Pas faux… Mais même si on a passé un merveilleux moment ensemble, Maria, je sais qu'il va retourner en Angleterre. On ne se reverra pas, et peut-être même qu'on ne se rencontrera plus d'ici son départ, poursuivit Flávia.

— J'en doute… Puisqu'il t'a donné rendez-vous demain matin, à 7 h 30, au café qui se trouve juste en face de l'entrée de l'université. Si tu peux t'y rendre, bien sûr. Apparemment, Jake t'y attendra en compagnie de Brady.

Une bouffée de joie envahit Flávia.

— C'est vrai ?

— Bien sûr ! Je ne risque pas de te raconter des histoires… Même si, en voyant ta tête maintenant, je regrette un peu de vous avoir laissé la maison ! Bref, reprit Maria, dans le cas d'un contretemps, tu n'auras qu'à lui envoyer un texto, il comprendra. Mais il me charge de te dire qu'il t'attendra et qu'il espère prendre un café avec toi avant que tu ailles travailler.

— Pas de problème, j'y serai !

Maria la contempla de nouveau, l'air sceptique cette fois.

— Modère ton enthousiasme, Livvy, s'il te plaît. Jake

est un bel homme, et avec toi, il y a de fortes chances qu'il ait simplement eu envie de s'amuser…

— Mais moi aussi ! coupa Flávia. Exactement comme je te l'ai déjà dit. J'ai passé un bon moment avec lui, et je ne regrette rien. D'ailleurs, merci du fond du cœur de nous avoir prêté ta maison…

Elle sourit, assaillie de bribes de souvenirs érotiques. Son étreinte avec Jake avait été tellement passionnée qu'il lui suffisait d'y penser pour sentir son cœur s'emballer.

— C'était magnifique, oui, avoua-t-elle. Mais c'est fini. On restera probablement en contact une fois qu'il sera parti du pays, vu qu'on est collègues et qu'il teste des produits fabriqués par VenomSci, mais en tant qu'amis, rien de plus… Rassure-toi, Maria, je maîtrise la situation.

Sa sœur la dévisagea, une expression bienveillante au fond des yeux.

— Tant mieux. Je ne voudrais pas que tu regrettes quoi que ce soit.

— Je ne regrette rien du tout.

Mais une fois de plus, en énonçant cette affirmation, Flávia sut qu'elle ne disait pas l'entière vérité. Elle aurait tant espéré que Jake ne reparte jamais…

10.

— Tu as raconté à ton oncle ce que tu as vu dans la réserve animalière hier ? demanda Flávia à Brady.

Le petit garçon avait commandé des œufs brouillés accompagnés d'un jus d'orange, et il se régalait. Jake s'était contenté d'un café au lait avec du pain grillé. Il n'avait pas très faim… S'il s'était écouté, là, tout de suite, il aurait pris la jeune femme dans ses bras et l'aurait embrassée. Leur étreinte de la veille semblait encore résonner dans tout son corps, et son désir demeurait intact, peut-être même était-il encore plus fort.

Jamais il n'avait eu autant envie d'une femme…

Malgré tout, quand Jake avait proposé de la retrouver au café, ce matin de bonne heure, en compagnie de Brady, il avait volontairement chassé de ses pensées tout ce qui n'avait pas trait à un simple rendez-vous amical. Il voulait prouver à Flávia qu'il la considérait comme une camarade, une collègue, une amie…

Même s'ils avaient fait l'amour comme des amants passionnés. Une fois…

Rien qu'une fois.

— Oncle Jake n'est pas comme nous. Il n'aime pas les animaux, il n'aime que son travail à l'hôpital, déclara Brady en esquissant une petite moue, ramenant brutalement Jake à la situation présente.

Brady avait énoncé cette remarque comme s'il s'agissait d'une simple constatation, sans la moindre animosité. Mais, pour Jake, ce fut pire qu'un reproche clair et net.

Sa gorge se noua.

Chaque fois que j'ai l'impression d'avancer d'un pas avec lui, il me fait comprendre qu'en réalité je recule, réalisa-t-il, attristé.

Avant qu'il ait pu formuler quoi que ce soit, Flávia intervint d'une voix douce.

— Pour être franche, Brady, je pense que ton oncle serait très intéressé de t'entendre parler de la loutre que Julianna, Marcie et toi avez observée ! Maria m'a raconté que c'était génial…

Brady hocha la tête, l'air sceptique, et regarda Flávia, qui lui sourit et esquissa un petit mouvement du menton, comme pour l'encourager.

— Alors ?

— Alors rien, marmonna Brady en adressant un bref coup d'œil à Jake.

— Rien ? répéta Jake, déconfit.

Le message avait le mérite d'être clair. Brady ne voulait pas communiquer avec lui. La veille, lorsque Jake l'avait ramené à l'hôtel, où Patricia les attendait, l'enfant n'avait pas desserré les dents. Jake avait mis cela sur le compte de la fatigue. Mais, de toute évidence, le problème était tout autre.

Il ébaucha un sourire engageant.

— Je suis sûr que tu as des choses passionnantes à me raconter. Je suis là… Et je t'écoute.

Brady le contempla avec une évidente surprise, puis une lueur différente brilla dans son regard.

— C'est vrai ?

— Bien sûr ! Habituellement, je suis occupé, trop occupé à cause de mon travail, mais là, je suis disponible, et…

Jake se racla la gorge et, croisant le regard bienveillant de Flávia, se fit l'effet d'être un élève en face de son maître. Pourtant, la jeune femme n'avait pas d'enfant… Mais elle savait être naturelle, et si chaleureuse, avec ses nièces et Brady. Il avait, pour sa part, tout à apprendre…

— En fait, on a vu une loutre néotropicale, annonça Brady. En latin, ça se dit *Lontra longicaudis*.

— Une loutre ? Et comment était-elle ? interrogea Jake.

— Grande ! Elle mesurait soixante centimètres et pesait presque sept kilos. Elle était trop belle ! Sauf que c'est une espèce menacée, donc elle est sur la liste rouge de la faune brésilienne en danger.

— Je l'ignorais, avoua Jake.

— En général, la loutre évite les endroits où il y a beaucoup d'hommes, poursuivit Brady d'un ton animé. Elle aime nager dans les hauts fonds, les eaux vives, et elle se cache là où il y a beaucoup de végétation, parce que ça la protège !

Puis le petit garçon continua à décrire les animaux avec précision et, surtout, beaucoup de passion. En l'écoutant, Jake se rendit alors compte à quel point il était passé à côté de l'essentiel avec son neveu. Il n'avait jamais réalisé à quel point Brady était avide de connaissances… Pas étonnant qu'il n'ait pas encore réussi à établir de réel lien amical avec lui !

Sans Flávia, je ne me serais peut-être jamais aperçu de tout ça… , songea-t-il.

Il pensa soudain à la mère de Brady. Helen aurait eu des points communs avec Maria et Flávia, qui n'hésitaient pas à discuter avec les enfants, plaisantant et échangeant des points de vue, créant une relation aussi généreuse que riche… Alors que lui-même était, depuis toujours, muré dans le détachement.

En vérité, afin de préserver Brady de toute émotion négative, Jake s'était interdit d'en éprouver lui-même. En conséquence, Brady et lui restaient distants.

Il reporta son attention sur Flávia.

— Et toi, tu ne devineras jamais ce qu'on a vu dans la jungle, déclarait-elle à Brady.

— Quoi ? Raconte !

Mais Flávia se contenta de sourire en regardant Jake, lui cédant visiblement la parole.

— Qu'est-ce que vous avez vu ? interrogea le petit garçon d'un ton vif. C'était spécial ?

— Oui, très spécial : une araignée errante du Brésil,

ajouta Jake, se remémorant les images avec une certaine appréhension rétrospective. Tu connais cette espèce ?

Brady fronça les sourcils, l'air pensif.

— Je crois bien… Elle est assez grosse, marron et velue. On l'appelle « araignée errante » parce qu'elle ne construit pas de toiles comme les autres araignées. La journée, elle se cache sous des morceaux de bois, des branches ou n'importe quoi, et la nuit, elle sort et se balade partout dans la forêt à la recherche de proies.

— Exactement. Félicitations, lui dit Flávia. Un vrai savant, ton neveu ! commenta-t-elle en souriant à Jake.

Elle regarda de nouveau Brady.

— Tu sais ce qu'elle mange ?

— Des souris ? Peut-être d'autres araignées ?

— Oui, mais pas seulement, répondit Jake, qui avait écouté ce que Flávia lui avait raconté pendant leur expédition.

Brady le dévisagea d'un air perplexe.

— Tu veux un indice ? poursuivit Jake, enchanté de l'avoir intéressé. C'est un insecte qui construit des sortes de forteresses vivantes pour se défendre ou attaquer…

— Des fourmis légionnaires ! s'écria Brady.

— Bravo, mon grand !

Brady lui sourit…

Il lui sourit vraiment. Peut-être parce que c'était la première fois que Jake l'appelait de façon plus affectueuse.

— La fourmi légionnaire crée de vrais raids, c'est dingue, reprit Brady avec enthousiasme. Alors, qu'est-ce que vous avez vu d'autre ?

— Un face-à-face entre une colonne de fourmis légionnaires et une araignée errante, annonça Jake.

— Waouh ! Qui a gagné ?

— À ton avis ? répliqua Jake.

— Bah… Les fourmis légionnaires sont super fortes et féroces, répondit son neveu, après avoir échangé un coup d'œil avec Flávia. Elles peuvent injecter du venin pour paralyser leurs proies à l'aide d'un dard, et elles ont des mandibules pointues qui coupent les insectes et les écrasent… Donc je crois qu'elles seraient carrément capables d'arracher les pattes de l'araignée !

— C'est certain, admit Flávia. Pourtant, cette espèce d'araignée de la jungle possède un venin extrêmement puissant… Elle peut même tuer des humains. Logiquement, elle devrait donc être plus forte que nos fourmis légionnaires, n'est-ce pas ?

— Je l'aurais cru, renchérit Jake. Sauf que la réalité est différente. Les minuscules fourmis ont littéralement réduit l'araignée à néant. Elles l'ont massacrée !

— Oh ! J'aurais adoré voir ça ! s'enthousiasma Brady. Je voudrais aller dans la jungle, moi aussi… Flávia, tu m'emmèneras, la prochaine fois ?

La jeune femme regarda Jake, une lueur hésitante dans les yeux.

Jake devina ce qu'elle pensait. Y aurait-il une prochaine fois ? Bientôt, Jake et Brady retourneraient à Londres. Quand tous trois se rencontreraient-ils de nouveau ? S'ils se revoyaient… Rien n'était moins sûr.

— Je ne peux te répondre, mon petit Brady, avoua Jake à regret. Franchement, je ne sais pas…

Le visage de l'enfant se rembrunit aussitôt. La moue boudeuse, il baissa la tête quelques secondes, puis la redressa vivement et se tourna vers Flávia puis Jake.

— D'accord, tonton Jake. Vovô Eduardo m'a expliqué qu'il fallait que je sois fort ! Et si je boude, il paraît que je ressemble à un bébé… C'est Julianna qui me l'a dit !

Après cette déclaration triomphante, il fouilla dans son sac à dos et en extirpa une feuille de papier qu'il déplia et tendit à Jake.

— Pour toi. Je l'ai dessiné pendant que Flávia et toi étiez en forêt.

Surpris, Jake s'empara du dessin.

C'était une représentation un peu maladroite, mais criante de réalisme, d'un bel oiseau jaune et noir.

Une émotion inconnue le submergea soudain, mélange de fierté, de tendresse et de reconnaissance.

— Merci…

— C'est une carouge safran, indiqua Brady. Une espèce de passereau d'Amérique du Sud…

— Très beau ! dit Jake.

— Oh ! oui, il est très beau, renchérit Brady. J'adore cet oiseau et…

— Ton dessin est très beau… Autant que l'oiseau, précisa Jake, bouleversé.

— Merci ! fit Brady, les yeux brillants. Je voulais te le donner, poursuivit-il à l'attention de Flávia, mais je me suis dit que ça plairait à tonton Jake… Peut-être pour décorer son bureau ! Je t'en ferai un autre rien que pour toi, d'accord ?

Flávia ébaucha un sourire.

— J'en serais très contente. Tu pourras me l'envoyer, tu sais ? Si tu le dessines après ton départ du Brésil, je veux dire…

— Bonne idée, encouragea Jake, plus ému qu'il ne l'aurait souhaité. Brady, j'accrocherai ton dessin dans mon bureau, c'est sûr, pour que tous mes patients puissent l'admirer !

Il regarda Flávia et son pouls s'accéléra. Depuis qu'il l'avait rencontrée, ses relations avec Brady s'étaient tellement améliorées ! Jamais il n'aurait pu imaginer qu'en venant au Brésil pour participer à une université d'été il réparerait aussi ce qui n'allait pas entre l'enfant et lui…

Il fallait qu'il remercie Flávia.

Il fallait qu'elle sache à quel point il lui était reconnaissant…

Comment le lui dire ? Quand pourrait-il la revoir ?

Ce ne fut que lorsque Flávia se leva, expliquant qu'elle devait se rendre à VenomSci pour travailler, que Jake se décida.

Au fond, tout serait très simple. Il lui enverrait un SMS pour l'inviter à sortir avec lui le lendemain soir… Au théâtre et au restaurant, par exemple. Il demanderait à Maria de lui indiquer les endroits que Flávia appréciait.

À cette occasion, il lui parlerait à cœur ouvert.

Il n'avait plus qu'à espérer que Flávia serait libre… Et qu'elle accepterait de passer une soirée avec lui.

11.

Flávia sourit, étonnée et intriguée.

C'était comme dans un rêve…

Jake et elle se promenaient sur l'avenue San Pedro, aux larges trottoirs bordés de restaurants, bars et cinémas. Un endroit où elle ne se rendait quasiment jamais, hélas, essentiellement faute de temps… ou de motivation. Jake lui avait proposé une mystérieuse sortie après lui avoir demandé, par SMS, si elle accepterait de passer la soirée avec lui.

Elle avait accepté sur-le-champ. Comment aurait-elle pu refuser ? Elle se sentait si bien en sa compagnie…

Après le travail, elle s'était rapidement rendue chez elle pour se changer, troquant son jean et son T-shirt contre une robe légère et des sandales à fines lanières. Jake était venu la chercher en taxi en refusant malicieusement de lui préciser où ils iraient.

Mais, avisant l'imposant immeuble blanc vers lequel ils se dirigeaient, Flávia devina son intention.

— Tu ne m'emmènerais pas au théâtre, par hasard ?

Jake se mit à rire.

— Gagné. Maria m'a dit que tu n'y étais pas allée depuis l'âge de six ans.

— C'est vrai. Comme je me suis toujours sentie mieux en forêt, j'ai fui la ville et ses distractions, même les plus intéressantes d'un point de vue culturel !

— À ce point ? s'étonna-t-il, pris de court. J'espérais te faire plaisir…

— Mais c'est le cas ! Pardon de t'avoir vexé, ce n'était pas mon but, au contraire…

De fait, Flávia était très touchée que Jake ait ainsi tout organisé. Elle ne s'y était pas attendue. La veille, quand ils s'étaient retrouvés avec Brady pour le petit déjeuner, elle avait bien eu la sensation qu'entre Jake et elle le courant passait de mieux en mieux. Il paraissait à l'écoute, heureux de voir Brady leur raconter tout ce qu'il savait…

Mais, lorsque Jake la regardait, ses yeux exprimaient autre chose que de la gentillesse. De la tendresse, de l'affection… Et une franche complicité.

Évidemment, depuis qu'ils avaient fait l'amour, plus rien n'était comme avant.

Ils partageaient un secret.

Par moments, Flávia sentait à quel point s'abandonner à vivre ce genre de relation était risqué. Maria l'avait mise en garde afin qu'elle n'oublie pas que Jake repartirait en Angleterre…

Pour sa part, elle ne voulait pas y penser pour l'instant.

Certainement pas.

L'heure était à l'insouciance…

Ou un semblant d'insouciance.

— Tu ne m'as pas vexé, répondit Jake.

Il s'immobilisa pour l'observer.

— Tu es naturelle et directe, comme toujours. Ça me plaît…

Troublée, Flávia soutint son regard. Son cœur se mit à battre la chamade quand il lui caressa la joue d'un geste rapide, comme s'il craignait de paraître trop pressant.

— Je tiens à te remercier pour tout ce que tu as fait, Flávia.

— Moi ? Mais je n'ai rien…

— Si. Grâce à toi, je discute, je parle avec Brady. Grâce à toi, j'ai découvert l'extraordinaire forêt de ce pays… J'ai progressé avec toi.

Flávia garda le silence, étrangement émue. Autour d'eux, les passants allaient et venaient, les contournant sans les voir.

— Tant mieux. Parfois, dans la vie, on rencontre des gens qui nous permettent de mieux avancer…

Sans répondre, Jake lui sourit, puis il lui saisit la main et se dirigea vers le théâtre.

— J'ai adoré ! s'exclama Flávia quelques heures plus tard, tandis qu'ils descendaient le double escalier et gagnaient la sortie. Je ne pensais pas que ça me plairait à ce point. Merci mille fois !

— De rien… J'espérais te faire plaisir, dit Jake. Tant mieux si j'ai réussi…

Ils avaient assisté à la représentation très joyeuse d'une comédie italienne, et Flávia avait beaucoup ri. Lui aussi.

— Maintenant, allons manger, indiqua-t-il en prenant le bras de Flávia.

Quelques instants plus tard, ils franchirent le seuil du restaurant familial où il avait réservé une table en terrasse. Découvrant l'endroit, Flávia poussa une exclamation de surprise.

— Je venais ici avec mes parents quand j'étais petite…

— Je sais. Maria me l'a dit.

— Maria t'a tout indiqué, alors ? s'étonna-t-elle. Le théâtre, puis cet établissement…

— J'avais besoin d'être conseillé, je l'avoue. Je la remercierai également ! Elle a vu juste.

— Complètement. Je le lui dirai aussi, ajouta Flávia avec un large sourire.

Un serveur les accueillit et les installa. Pendant que Flávia étudiait la carte, Jake l'observa, attendri par le sérieux qu'il lisait sur son visage. Elle paraissait si jeune avec ses cheveux noués en queue-de-cheval… Sa robe mettait en valeur sa peau hâlée et ses formes si féminines. Qu'elle était belle…

Pendant le repas, qu'elle choisit végétarien – lui-même opta pour une salade composée agrémentée de crevettes —, ils parlèrent peu. Régulièrement, Flávia regardait autour d'elle, peut-être pour retrouver des souvenirs.

— J'espère que ça ne te rend pas nostalgique d'être ici, commenta Jake.

— Oh non. J'étais si jeune la dernière fois que je suis venue ! Mais ça me fait drôle d'être assise à cette table, dans ce restaurant… Rien n'a changé, je crois. Rien… Sauf moi ! Je me rends compte, poursuivit-elle, que je suis quand même d'un tempérament un peu triste… Triste en permanence. Mais j'oublie cette tristesse quand je pars en forêt. C'est curieux, non ?

— Je ne sais pas. Peut-être est-ce juste normal ? La mort d'un parent marque à jamais.

— Mais, dans ma famille, aucun parent n'est mort… Pourquoi dis-tu ça ? interrogea Flávia, sourcils froncés.

— Parce que…

Soudain, Jake regretta ses paroles. Sans doute venait-il de commettre une maladresse.

— Désolé. Comme tu comprends si bien Brady, j'ai cru que toi aussi tu avais perdu ta mère.

Flávia le dévisagea d'un air grave.

— Je comprends Brady parce qu'il est passionné de nature, et surtout d'insectes, comme moi ! Mais nos points communs s'arrêtent là.

Après un court silence, elle reprit :

— Ma mère n'est pas morte. Elle est partie. Elle nous a laissés, ma sœur, mon père et moi.

Jake resta silencieux, brusquement aussi chagriné que gêné.

— Ma mère ne possédait aucun instinct maternel, ajouta Flávia. Elle était infirmière, mais je pense qu'elle aurait rêvé d'être médecin.

— Qu'est-ce qui l'a empêchée de le devenir ?

— Je ne sais pas… Les circonstances de la vie, j'imagine. Elle a rencontré mon père, s'est retrouvée enceinte et s'est mariée. Elle a endossé le rôle d'épouse, de mère… C'est ce que sa famille attendait d'elle. Et tant qu'elle se conformait à ces règles, tout était acceptable.

— C'est-à-dire ?

— Les autres ne la critiquaient pas, même si elle n'était pas une bonne mère.

Flávia haussa les épaules, une moue amère aux lèvres.

— Toi, Jake, tu as eu des parents qui exigeaient que ta sœur et toi soyez performants à l'école et dans vos études. Ils n'étaient pas affectueux, m'as-tu dit. Ma mère ne l'était pas non plus… Sauf qu'en plus elle était négligente. Elle ne s'occupait pas de nous. En revanche, elle se fâchait beaucoup contre moi.

— Contre toi en particulier ? Pourquoi ? s'étonna Jake.

Flávia haussa les épaules, comme si elle essayait de refouler de douloureux souvenirs.

— Maria m'a dit que je me bagarrais à l'école, que je refusais de faire mes devoirs, que je filais loin de la maison pour aller à la lisière de la forêt chercher des animaux, des insectes que j'observais des heures durant…

— Et ça inquiétait ta mère ?

— Peut-être. Elle ne supportait pas ce que j'étais, ma personnalité, mes envies… Elle criait après moi beaucoup trop souvent et m'accusait de lui rendre la vie impossible. Pendant longtemps, je me suis crue responsable, ajouta Flávia d'un ton attristé. C'était moi, la mauvaise fille… C'était à cause de moi qu'elle était partie… Du moins était-ce ce que j'imaginais. Puis, avec le temps, j'ai compris qu'en vérité ma mère ne nous aimait pas, ni l'une ni l'autre, et que notre existence l'empêchait de vivre ce qu'elle voulait. On représentait des obstacles à sa liberté, donc elle a fini par craquer et ficher le camp, voilà tout…

— Vous avez gardé contact avec elle ? interrogea Jake, touché.

— Non. Mais, après la naissance de Julianna et Marcie, Maria a entrepris des recherches. Elle avait besoin de savoir ce qui avait poussé notre mère à agir de la sorte.

Flávia esquissa une moue amère.

— Je crois aussi qu'elle avait peur de devenir comme elle. Elle voulait vérifier…

Le cœur serré, Jake resta silencieux, l'encourageant à poursuivre.

— On a découvert qu'elle s'était remariée seulement quelques années après nous avoir quittés. Le pire, c'est qu'elle a eu d'autres enfants et a fondé une nouvelle famille. Mais Maria et moi ne comptons pas pour elle.

Jake prit la main de Flávia dans la sienne et la serra tendrement, s'abstenant de tout commentaire. Ce que la jeune femme venait de lui révéler était si intime et douloureux…

Maintenant, il comprenait mieux pourquoi elle demeurait à distance des autres personnes, sans doute pour se protéger. Elle ne se sentait bien que dans la nature sauvage, seule, donc à l'abri de toute trahison.

Il mesurait aussi à quel point, avec ses confidences, Flávia lui prouvait qu'elle avait confiance en lui.

— J'ai juré que je ne serais jamais comme elle, reprit-elle alors, comme en écho des pensées de Jake. Je me suis promis que je ne commettrais pas le même genre d'erreur. Si j'ai une famille un jour, je m'engagerai totalement, sans faillir.

— Je n'en doute pas, dit Jake.

Il la regarda dans les yeux, ému par la fragilité qu'il lisait dans les prunelles ambre de la jeune femme. Elle paraissait si triste, mais également si déterminée à tenir bon, à suivre l'axe de vie qu'elle s'était fixé.

Et moi, je lui tiens la main comme si j'étais son amoureux…, songea-t-il brusquement.

C'était irréfléchi… et dangereux.

Bientôt, l'université d'été s'achèverait, et Brady et lui prendraient l'avion pour rentrer en Angleterre. Par respect pour Flávia, ne faudrait-il pas qu'il se montre plus distant ?

Oui… Mais il n'en avait aucune envie.

Au plus profond de lui-même, il rêvait de se rapprocher encore plus d'elle et de mieux la connaître.

Par moments, de manière fugace, Jake se remémorait leur étreinte passionnée et le plaisir fou qu'il avait connu. Il avait fait l'amour avec Flávia… Et curieusement, ils n'en avaient jamais reparlé. À croire qu'il s'était agi d'une parenthèse enchantée et irréelle. Pourtant, son corps, lui, se souvenait parfaitement de ces instants d'intense volupté… Le désir s'éveillait en lui dès qu'il y songeait, ou quand Flávia lui souriait…

— Serais-tu toujours d'accord pour nous emmener dans la jungle, Brady et moi ?

En prononçant ces paroles, Jake sut instantanément qu'il venait d'opter pour le contraire de ce qui aurait été raisonnable et sage.

Tant pis.

— Avec Brady ? répéta Flávia, surprise. Tu lui offrirais un beau cadeau de fin de séjour au Brésil…

Jake ignora volontairement l'allusion. Bien sûr, elle savait que leur retour au Royaume-Uni était d'ores et déjà prévu. Elle lui montrait ainsi qu'elle était consciente de ce qui se jouait entre eux, ce léger flirt, cette passion sous-jacente qu'ils voulaient repousser, oublier peut-être.

— Oui. Ce sera un beau cadeau pour moi aussi, précisa Jake.

Il porta la main de Flávia, qu'il avait gardé dans la sienne, jusqu'à ses lèvres, et l'embrassa doucement.

— Par avance, merci de cette expérience unique et merveilleuse que tu partageras avec nous, ajouta-t-il.

Les yeux de la jeune femme brillèrent.

— Ce sera avec un réel plaisir. Je demanderai à Raoul et Fabio de nous accompagner. Cette fois, on ira dans notre fameux sanctuaire, dit-elle d'un ton enjoué. Mais attention, Brady et toi devrez impérativement rester en zone sécurisée. Il faudra bien expliquer cette règle à Brady.

— Bien sûr. C'est comme si c'était fait. Il sera tellement content…

— Oh ! oui ! J'en suis sûre ! s'exclama Flávia.

Elle écarta ses doigts de ceux de Jake et tapa ses paumes avec enthousiasme.

— J'ai déjà hâte d'y être. Hâte de voir ses réactions… On pourrait y aller, disons… Samedi prochain ? En début de matinée, ça irait ?

Jake acquiesça, ému par sa joie évidente. Qu'elle était spontanée, généreuse… Et tellement originale !

S'ils ne s'étaient pas trouvés dans une salle de restaurant, il se serait levé pour l'enlacer et l'embrasser à perdre haleine, parce qu'il craquait pour elle, il craquait de plus en plus.

12.

— Là-bas ! s'exclama Raoul, l'index tendu vers l'ombre d'un bosquet de cédrèles.

Flávia vit aussitôt ce qu'il leur montrait sous des arbres qui ressemblaient à des fougères géantes.

Le sanctuaire couvrait plusieurs hectares de forêt, délimités par de discrets fils de nylon inoffensifs pour les animaux. Des années plus tôt, elle avait dû négocier âprement avec les autorités locales pour avoir le droit d'utiliser cet espace comme réserve naturelle. Peu à peu, grâce à sa réputation de chercheuse pour VenomSci, elle avait réussi à convaincre tout le monde du bien-fondé de son action de sauvetage et de préservation des espèces.

Elle fit signe à Jake, qui tenait la main de Brady, de s'approcher doucement.

Ils se trouvaient en hauteur, dans une cabane suspendue équipée de grandes ouvertures permettant de tout voir en toute sécurité.

À côté d'eux, muni d'un caméscope, Fabio était déjà en train de filmer l'immense serpent noir et marron lové au pied d'un des troncs. Il semblait dormir…

Mais Flávia savait pertinemment que ce n'était qu'une apparence. Même si le reptile vivait surtout la nuit, il conservait la vigilance permanente d'un prédateur.

— C'est un *Lachesis muta*… Autrement dit « le maître de la brousse », chuchota-t-elle à l'attention de Brady. Viens voir…

Elle l'invita à regarder le reptile sur l'écran de la caméra de Fabio.

— Waouh… Il est très, très venimeux, dit le petit garçon, une pointe de respect mêlé d'effroi dans la voix.

— Extrêmement venimeux. Et pourtant, de nombreux remèdes homéopathiques sont fabriqués à partir de son venin, précisa-t-elle.

— Vraiment ? fit Jake. Je l'ignorais…

Flávia lui jeta un bref coup d'œil et lui sourit. Les dernières heures passées en sa compagnie, dans le véhicule tout-terrain qu'ils avaient emprunté pour se rendre en forêt, lui avaient été facilitées par la présence de Brady, Raoul et Fabio. Qu'il y ait les deux hommes et le petit garçon l'avait en quelque sorte aidée à rester un peu plus distante de Jake.

Cela devenait indispensable.

Depuis leur soirée au théâtre et au restaurant la semaine précédente, elle ne cessait de penser à lui. Pourquoi s'était-elle autant confiée ? Pourquoi se sentait-elle aussi bien avec lui ? Comme si elle l'avait toujours connu…

Comme s'ils allaient passer de bons moments ensemble, encore et encore, alors qu'en réalité Jake repartirait bientôt en Angleterre. Quand ? Elle l'ignorait. Elle savait juste qu'ils ne feraient plus l'amour. Même si elle sentait qu'il en avait autant envie qu'elle, ils ne recommenceraient pas…

Et de toute façon, l'occasion ne se présenterait pas. Là, ils étaient dans la jungle pour quelques heures, après quoi ils retourneraient en ville. Jake irait à l'hôtel avec Brady, et elle rentrerait chez elle.

— Admirez…, murmura-t-elle, reportant son attention sur Raoul qui venait d'emprunter l'échelle pour descendre de la cabane d'observation. Il va essayer de récupérer un peu de venin…

En bas, les jambes protégées par de hautes bottes en caoutchouc, mains gantées, Raoul s'approchait à pas de loup de l'immense vipère enroulée sur le sol. Flávia le regarda déplacer son bâton doté d'une fourche jusqu'au cou du reptile. Douceur et précision, telle était la devise de Raoul. Mais même s'ils choyaient les serpents de leur sanctuaire, ils n'oubliaient jamais de quoi ces puissants animaux étaient capables.

Comme toujours dans ces moments-là, elle retint son souffle.

Raoul serait rapide et précis.

À l'aide de son bâton, il bloqua le « maître de la brousse » contre terre. Sur la défensive, le serpent se redressa aussitôt, mâchoires grandes ouvertes.

Tout se joua en une fraction de seconde.

Avec une perche, Raoul poussa un petit récipient transparent devant la vipère qui ouvrit la gueule et cracha son venin.

— Et voilà ! approuva Flávia. On n'en récupérera peut-être que quelques gouttes, mais ça permettra quand même de concocter du sérum. J'espère qu'un jour le monde entier saura à quel point cette espèce venimeuse, considérée comme ultra-dangereuse, est malgré tout extrêmement précieuse.

— C'est génial, trop génial ! répéta Brady avec enthousiasme.

— Je suis impressionné, renchérit Jake. Il faut avoir beaucoup d'expérience pour oser ce que Raoul vient d'accomplir. Ou beaucoup d'audace…

— On a besoin des deux, en réalité : si on n'est pas courageux, ou si on n'est pas suffisamment expérimenté, inutile de courir le risque… On sent lorsqu'on peut intervenir, précisa Flávia. Mais il suffirait d'une seconde d'inattention pour être mortellement mordu.

L'air satisfait, Raoul revenait déjà, le bocal à la main. Un couvercle le fermait de façon hermétique. Il grimpa jusqu'à mi-hauteur de l'échelle, et tendit son butin à Fabio qui le rangea dans une boîte.

— J'aimerais apprendre à faire comme toi, lança Brady à Raoul. Tu m'emmènerais ?

— Brady, voyons, c'est impossible, intervint Jake. Tu as entendu ce que Flávia vient d'expliquer ?

— Oui, mais un jour peut-être que ce sera possible ! insista Brady. On reviendra ici, pas vrai ?

— Quand est-ce que tu retournes en Angleterre ? lui demanda Fabio.

Flávia remarqua que Brady se rembrunissait, fronçant légèrement les sourcils comme si la question l'énervait.

— Tonton Jake, on repart quand ?

— Dans une semaine, répondit Jake, après avoir brièvement croisé le regard de Flávia.

— Une semaine ? Ça va vite venir ! Je n'ai pas envie de rentrer à Londres, moi, soupira Brady. Je n'aime pas vivre en ville… Je déteste la ville ! Je voudrais passer le plus d'heures possible dans la forêt, à observer les bêtes, les insectes, les plantes…

— Comme je te comprends, avoua Flávia. J'étais comme toi, au même âge.

— Comme moi ? C'est vrai ? s'exclama Brady. Et tu es chercheuse ! Trop bien ! Moi aussi, je veux être chercheur en venin !

Flávia sourit, émue par la spontanéité du petit garçon. Cela lui permettait d'oublier ce qu'elle venait d'entendre à propos du départ prochain de Jake et Brady. Ne s'y était-elle pas attendue ? Mais, maintenant qu'elle était fixée sur ce point, son cœur se serrait.

— Je suis avant tout médecin, tu sais ? J'ai fait de longues études…

— On continue ?

La voix de Raoul fit presque sursauter Flávia.

— Oui, bien sûr…

Elle revint brusquement au présent. Certes, ils étaient là pour montrer le sanctuaire à Jake et Brady, mais ils devaient en profiter pour recueillir le maximum de matière première.

— Je viens avec toi, déclara-t-elle à l'attention de Raoul.

Ignorant Jake, qui continuait à parler avec l'enfant, Flávia enfila ses bottes de sécurité, ses gants, et descendit rapidement dans l'enceinte du sanctuaire.

Pendant la demi-heure qui suivit, Raoul et elle travaillèrent rapidement et systématiquement, prélevant sur deux autres serpents plusieurs gouttes de venin, qu'ils stockèrent avec soin dans de petites boîtes stériles.

En agissant ainsi, Flávia avait l'impression de s'obliger à se concentrer sur ce qui comptait vraiment dans sa vie. Sa carrière… Et les reptiles qu'elle étudiait et observait. Ses gestes étaient précis, bien rodés. Elle maîtrisait la situation, même si elle était en train d'évoluer dans une zone de la jungle où vivaient de nombreuses espèces venimeuses.

Oui, le plus important dans son existence, c'était son travail avec Raoul et Fabio. Pour VenomSci. Pour la recherche. Elle n'avait pas besoin d'un homme, de sentiments, de désir…

N'avait-elle pas très bien vécu ainsi jusqu'à présent ?

Lentement mais sûrement, Flávia parvint à se détacher de ce qui l'avait tant perturbée quelques instants auparavant. Tant pis si Jake et Brady repartaient la semaine prochaine… Ils poursuivraient leurs chemins, et elle, le sien.

Elle sentait bien que Jake, depuis la cabane en hauteur, ne la quittait pas des yeux. Obstinément, elle regardait le sol, entre les fougères et les racines des arbres centenaires, à l'affût de la moindre présence reptilienne… Au fond, c'était réellement ici, dans ce milieu hostile pour la majorité des humains, qu'elle était à l'aise…

Presque heureuse, se dit-elle.

C'est à ce moment-là qu'elle se tordit la cheville et trébucha…

Elle poussa un cri strident.

13.

Jake sut que quelque chose n'allait pas avant même que Fabio et Raoul aient réagi.

Une sensation glaciale s'était infiltrée en lui un court instant auparavant, quand Flávia avait disparu entre des fourrés.

— *Acidente.* Accident…, lâcha Fabio en lâchant son caméscope.

— S'il vous plaît, occupez-vous de Brady, ordonna Jake sans hésiter.

— D'accord, allez voir, vous êtes docteur aussi…

— Qu'est-ce qui se passe ? s'écria Brady. Elle est où, Flávia ? Pourquoi on ne la voit plus ? C'est elle qui a crié ?

— Flávia… Flávia était en train de collecter *o veneno.* Du venin, mais elle a dû tomber…, dit Fabio.

— Tu ne bouges pas d'ici, lança Jake à Brady. Fabio, je vous le confie !

Puis il dévala l'échelle et se rua dans l'enceinte du sanctuaire, là où il n'avait pas le droit de se rendre. Mais impossible d'agir autrement…

L'idée que Flávia puisse être gravement blessée, en danger, lui était simplement insupportable.

— Sortez ! Sortez d'ici ! s'exclama alors Raoul, le visage sombre.

Il portait Flávia, évanouie, dans ses bras. La jeune femme avait le visage livide.

— Elle a été mordue à la cuisse… On a une trousse de secours dans la voiture…

Jake se rappela que le véhicule tout-terrain était garé à environ cinq cents mètres.

Ce n'était pas loin, mais il faudrait faire vite malgré tout.

Très vite.

— Fabio, appelez une ambulance ! demanda Jake en glissant les mains sous les aisselles de Flávia, pour aider Raoul à la transporter.

— Oui… Ce sera sûrement un hélicoptère ! répondit Fabio. On est trop loin de la ville…

— Qu'est-ce qu'elle a, Flávia ? s'écria Brady d'un ton inquiet. Elle va mourir ?

Jake sentait son cœur se serrer de plus en plus. L'angoisse du petit garçon était si évidente, et ô combien compréhensible.

Non, elle ne mourra pas ! répondit-il en son for intérieur, plus alarmé qu'il ne voulait le montrer.

Mais comment affirmer un tel pronostic ? Il ignorait tout de la morsure dont souffrait Flávia. Une morsure puissamment nocive puisqu'elle avait perdu connaissance.

— On s'occupe d'elle, lança-t-il à son neveu, espérant le rassurer. Surtout, reste avec Fabio, on emmène Flávia jusqu'à la voiture pour la soigner…

En parlant, il voyait la peau si pâle de la jeune femme. Elle avait les lèvres qui commençaient à bleuir, ce qui était mauvais signe. On apercevait des taches brunâtres sur le tissu de son pantalon, au niveau de la cuisse droite, là où le serpent l'avait attaquée.

À ce stade, le plus important était de contrecarrer la diffusion du poison dans le sang de Flávia…

Quelques instants plus tard, Jake et Raoul étendaient Flávia sur la banquette arrière de leur véhicule. Raoul sortit un flacon d'antidote de la trousse, une seringue et un tensiomètre. Il devait avoir l'habitude, car ses gestes étaient précis et calmes malgré la gravité de la situation.

Jake prit le pouls de Flávia et mesura ses constantes.

— Elle est en hypotension. Passez-moi vite le sérum…

En faisant le garrot autour du bras de Flávia, il se rendit compte que ses propres doigts tremblaient légèrement.

Autant Raoul paraissait calme, autant lui-même était au bord de la panique. Mais pour rien au monde il ne devait le montrer. N'était-il pas le seul médecin présent et donc seul responsable de la prise en charge de Flávia ?

Jake injecta le produit en espérant que ce serait un antidote efficace. Y aurait-il la quantité suffisante ? Ce n'était pas certain… Dans tous les cas, le sérum permettrait au moins de minimiser la réaction, et surtout d'éviter un choc anaphylactique qui pourrait être fatal…

— Flávia… Tu m'entends ? murmura-t-il, en posant une main sur le front de la jeune femme.

Elle ne tressaillit même pas, comme plongée dans le coma.

— Elle est profondément évanouie, commenta Raoul, les yeux fixés sur sa collègue. Au moins comme ça, elle ne sent plus la douleur…

Jake hocha la tête.

— Son corps se défend comme il peut. Quand va arriver l'ambulance aérienne ? s'impatienta-t-il.

Raoul regarda le ciel et tendit le doigt vers un hélicoptère lointain.

— Ils sont là ! On a de la chance, ils ont fait vite… Vous allez voyager avec Flávia ?

— Oui. Je vous confie Brady, veillez bien sur lui, dit Jake, la gorge sèche tout à coup.

Bon sang, il était trop anxieux.

— Comptez sur nous, pas de souci, assura Raoul. On le ramènera à votre hôtel…

— Merci. Brady est comme mon fils, précisa Jake. Il a perdu sa mère, donc ce qui se passe avec Flávia risque de le traumatiser… Si ça ne se termine pas bien.

Raoul fronça les sourcils, l'air attristé.

— Pauvre petit… Prions pour que notre Flávia se remette vite… C'est une femme forte, et ce n'est pas la première fois qu'elle est mordue par l'un de nos serpents. Son corps sait se défendre contre le poison !

— Je l'espère, murmura Jake d'une voix assourdie par l'inquiétude.

À cet instant, Flávia semblait si fragile… Et plus belle que jamais.

Je t'en prie, tiens le coup, je tiens à toi, je tiens tellement à toi… , pensa-t-il, les deux mains posées sur le torse de la jeune femme.

— C'est une femme exceptionnelle. Je l'admire beaucoup.

— Oh ! nous aussi, affirma Raoul.

Puis il se redressa. Dans un vacarme assourdissant, l'hélicoptère venait de se poser au milieu d'une clairière à une centaine de mètres.

— On y va, dit Jake en soulevant Flávia dans ses bras.

— Laissez-moi vous aider ! protesta Raoul.

— Ça ira. Elle est légère comme une plume…

Presque vingt-quatre heures plus tard, Flávia commença enfin à manifester des signes d'éveil. Elle s'agita dans son lit d'hôpital, juste après la visite du médecin en début de matinée.

Ce dernier s'était montré rassurant :

— Votre femme va déjà mieux… C'est une battante.

Soulagé, Jake s'était contenté de sourire, s'amusant intérieurement de la méprise. Mais une fois de nouveau seul avec Flávia, encore endormie à ce moment-là, il lui avait pris la main et s'était laissé aller à murmurer des paroles de tendresse.

— Tu es la plus belle des femmes que j'aie jamais connues… La plus étonnante et la plus courageuse… Tu as risqué ta vie, mon amour, mais il ne fallait pas, aucune recherche ne mérite que tu te mettes ainsi en danger…

Mon amour.

Il l'avait dit sans réfléchir.

S'en rendant compte, Jack s'était senti profondément troublé par ce que cela impliquait. Était-il tombé à ce point amoureux de Flávia ? Depuis qu'il l'avait rencontrée à la soirée d'ouverture de l'université d'été, il avait l'impression d'être envoûté par la jeune femme. Son ami Oz l'avait prévenu que Flávia était une ensorceleuse…

Dans un sens, c'était vrai. Sans rien faire de spécial, rien que par sa personnalité et sa beauté sauvage, Flávia l'avait peu à peu conquis.

Et maintenant, je suis à son chevet… Et presque à ses pieds, songea Jake dans un élan d'humour teinté d'ironie.

Il massa sa nuque endolorie, résultat de sa posture inconfortable dans le fauteuil à côté du lit de Flávia, pendant toute la nuit et une partie de la matinée. Il n'avait pas quitté Flávia depuis qu'elle avait été admise en urgence.

— Où suis-je ? balbutia la jeune femme en clignant des yeux.

— À l'hôpital. Tu l'as échappé belle.

— Ah bon ? Aïe…

Fronçant les sourcils, Flávia grimaça en se frottant la cuisse.

— Oh oui, c'est une jeune vipère qui m'a mordue… Une jeune qui fait partie du clan des « maîtres de la brousse », ces reptiles fabuleux…, murmura-t-elle, les yeux mi-clos, comme dans un songe. Je suis tombée, elle était là et elle ne m'a pas ratée…

— Tu aurais pu mourir, dit Jake. Il a fallu t'administrer une double dose d'antidote, ton corps ne réagissait plus…

Flávia l'observa avec étonnement.

— Pourtant, je suis habituée. Je devrais être en quelque sorte immunisée !

Puis, comme si elle se rendait compte de l'absurdité de ce qu'elle énonçait, elle laissa échapper un petit rire un peu amer. Son visage reprenait peu à peu des couleurs, et un éclat particulier se reflétait dans ses yeux, comme si Flávia était à la fois ensommeillée et triste.

— Non, bien sûr, aucune véritable immunisation n'est possible. Madame Vipère est forcément la plus forte… Mademoiselle, devrais-je dire, puisque c'est une toute jeune, très vive, qui m'a piquée. Oui, j'ai failli perdre la vie, j'en suis consciente.

— C'est vrai. Et l'enjeu n'en valait pas la chandelle. Aucune recherche médicale, aussi importante soit-elle, ne mérite qu'on se mette en danger, ajouta Jake en prenant de nouveau la main de Flávia dans la sienne.

Il sentit les doigts délicats de la jeune femme se raidir. Lentement, elle l'obligea à la lâcher.

— Je ne suis pas d'accord. Dans ce cas, comment faire avancer la science ? On doit bien s'engager à fond pour trouver des solutions, et les différents sérums que mon laboratoire fabrique permettent de sauver de nombreuses vies humaines, ou d'aider à guéri… Avec les opérations telles que celles que tu pratiques !

Surpris, Jake regarda Flávia qui, en parlant, s'animait déjà. On n'aurait jamais pu croire qu'elle venait de dormir profondément pendant plus de vingt heures. Elle s'était évanouie dans la forêt, était restée inconsciente pendant une quinzaine de minutes, puis s'était rendormie à cause des puissants produits antihistaminiques et antivenimeux qu'on lui avait injectés.

— Ce n'est peut-être pas le moment d'aborder tout ça, répondit-il. C'est presque le sujet d'un colloque ! Viens en parler à l'université d'été, il reste quelques jours consacrés à des tables rondes et…

— Je n'en ai aucune envie, coupa Flávia. J'ai déjà dit tout ce que j'avais à dire, et les journalistes publieront des résumés de mes propos.

Elle se redressa et saisit un verre d'eau sur sa table de chevet. Elle le but d'un trait puis, lentement, essaya de se lever.

— Attends que le médecin vienne prendre ta tension, conseilla Jake.

Elle lui lança un coup d'œil un peu moqueur. Avec son abondante chevelure qui retombait en cascade sur ses épaules, sa chemise blanche d'hôpital, elle ne ressemblait pas du tout à une personne mal en point. Au contraire, elle dégageait même un trop-plein d'énergie.

— Je me sens parfaitement bien, maintenant. Si nécessaire,

tu peux, toi, mesurer les battements de mon pouls ! Tu veux le faire ? proposa-t-elle en lui tendant son avant-bras droit.

Pris de court, Jake entoura le poignet de la jeune femme de son pouce et de son majeur. Les pulsations qu'il capta étaient régulières et rassurantes.

— Tu vas mieux.

— Merci… Eh oui, je suis en pleine forme. C'est normal, j'ai tellement dormi ! Je vais aller me laver le visage, ajouta Flávia en se dirigeant vers le petit cabinet de toilette. Tu peux encore rester quelques minutes ? J'ai quelque chose à te demander…

— Bien sûr. Brady est à l'hôtel, avec Patricia, j'ai tout mon temps.

— Oh ! Brady…

Flávia regarda Jake d'un air un peu inquiet, avant de s'engouffrer dans la salle de bains. Elle referma la porte, et Jake l'entendit faire couler de l'eau. Elle réapparut quelques instants plus tard, les joues plus roses.

— Comment va Brady ?

— Mieux depuis qu'il sait que tu pourras lui parler de nouveau, ou du moins rester en contact après notre départ, ajouta Jake. Il a eu très peur quand on était en forêt.

— Peur… que je meure ? devina Flávia.

— Exactement. C'est un petit garçon très sensible… Et il t'aime beaucoup. Il t'admire.

En souriant, Flávia s'allongea sur le lit, pensive.

— Je l'admire aussi. Tu le lui diras, promis ?

— Promis.

Jake soutint le regard de la jeune femme. Ses prunelles mordorées étaient plus envoûtantes que jamais.

— Quand repartez-vous en Angleterre ? demanda-t-elle. Bientôt, je crois…

— La semaine prochaine, dit Jake, la gorge nouée. J'aurais tant aimé rester plus longtemps… Pour mieux te connaître.

Flávia hocha la tête.

— C'est sûr. On n'a pas eu beaucoup de temps pour nous deux, à part ce moment-là, tu sais, quand on a fait l'amour…

Elle avait prononcé ces mots tout doucement.

— Et c'était si bon, murmura Jake. Merveilleux. Je n'oublierai jamais… Je ne t'oublierai jamais, toi, Flávia.

— J'en suis touchée. Merci.

Jake l'observa, conscient qu'elle était plus distante, tout à coup. Même si elle souriait.

Il résista à l'envie de la prendre dans ses bras et de la serrer contre lui.

— Bon… Je vais te laisser te reposer.

Flávia acquiesça d'un bref signe de tête.

— Tu devrais partir… Je te remercie de t'être autant occupé de moi. Si gentiment… J'en ai rêvé, ajouta-t-elle en souriant de nouveau. En fait, j'ai rêvé que tu me disais « mon amour » ! C'est bête, pas vrai ?

Jake, qui venait de se lever, se figea, interdit. Il avait bel et bien prononcé ce mot quand il s'était adressé à la jeune femme endormie… Par quel incroyable miracle, ou tour du destin, l'avait-elle entendu ?

— Les rêves sont souvent des indicateurs de ce qu'on aimerait vivre ou, au contraire, de ce qu'on redoute, poursuivit Flávia. Je me demande bien, dans mon cas, ce que ça signifie ! Puisque je sais que tu t'en vas, et qu'entre nous il n'y a rien… Rien qu'une bonne entente professionnelle, avec un petit moment d'égarement !

Un court instant, Jake hésita à lui avouer la vérité. Après tout, pourquoi lui cacher ce qu'il avait ressenti ? Ce sentiment si fort pour elle, cette attirance irrésistible et totalement déraisonnable. Mais, à cet instant-là, la porte de la chambre s'ouvrit, laissant apparaître Maria et Eduardo, le père de Flávia.

— Il paraît que tu vas mieux ! On peut enfin respirer ! s'exclama Maria en s'avançant rapidement pour enlacer sa sœur avec affection.

— On était si inquiets, ma fille chérie, renchérit Eduardo. Quelle idée d'aller encore te frotter de si près à ces dangereux serpents qui…

— Papa, arrête ! Tout le monde me dit la même chose, ça

ne me changera pas, j'irai encore et encore, affirma Flávia. Mais plus prudemment, précisa-t-elle en jeta un coup d'œil à Jake. Sans toi, Jake, je ne m'en serais peut-être pas aussi bien sortie.

— Oui, merci mille fois à vous, cher Jake, dit Eduardo en serrant chaleureusement la main de Jake. Nous vous devons une fière chandelle.

— Toute la famille vous remercie, poursuivit Maria. Vous êtes notre héros !

— N'exagérons rien, répondit Jake, sincèrement gêné. Je n'ai fait que mon devoir… Flávia a eu la gentillesse de nous emmener au sanctuaire, dans la forêt, avec Brady, mais manque de chance, il y a eu cet accident. Heureusement que Fabio et Raoul ont bien réagi, eux aussi.

— C'est certain, ils sont formidables, admit Maria. Je suis toujours rassurée de savoir qu'ils accompagnent ma sœur pendant ses missions risque-tout en pleine jungle !

Puis elle se tourna vers Flávia.

— Alors, comment te sens-tu ?

Jake comprit qu'il était temps qu'il s'éclipse. La jeune femme était rétablie et bien entourée…

Il s'en alla aussi discrètement que possible, essayant de ne pas penser au fait qu'il ne reverrait sans doute plus jamais l'extraordinaire Flávia.

14.

Un mois et demi plus tard

— Pour la dernière fois, Livvy, tu veux bien appeler cet homme pour lui apprendre ce qui t'arrive… Et ce que tu ressens ? ajouta Maria. Et arrête de frotter ce vase que tu voulais seulement dépoussiérer, tu vas finir par en détacher la peinture !

Flávia poussa un soupir et posa le chiffon, manquant de faire tomber le bibelot en même temps.

— Arrête de me répéter ça. Je ne veux pas l'appeler, je n'ai strictement rien à lui dire.

Maria leva les yeux au ciel. Toutes deux se trouvaient dans l'appartement de Flávia, et par les fenêtres grandes ouvertes s'infiltraient des parfums d'été, fleuris et lourds.

Depuis peu, Flávia ne supportait plus ces senteurs, qu'elle appréciait tant auparavant. Maintenant, ces odeurs lui flanquaient la nausée.

— Ne me raconte pas n'importe quoi, protesta Maria. Tu te morfonds. Tu es malheureuse comme les pierres… Je te connais, Livvy.

— Je sais.

Soudain, Flávia en eut assez de se comporter comme si son cœur n'avait pas été brisé en un milliard de petits fragments.

Lorsqu'elle avait su que Jake et Brady étaient repartis en Angleterre, elle avait éprouvé une profonde tristesse. Elle avait regretté d'avoir affiché une fausse indifférence face à

Jake. En même temps, leur dernière rencontre, à l'hôpital, alors qu'elle se rétablissait de cette vilaine morsure de serpent, n'avait pas laissé place aux sentiments. « Puisque je sais que tu t'en vas, et qu'entre nous il n'y a rien… Rien qu'une bonne entente professionnelle, avec un petit moment d'égarement ! » lui avait-elle affirmé.

Jake n'avait pas soufflé mot.

Il était parti et n'avait plus donné signe de vie.

Quelques jours s'étaient écoulés, une semaine, une autre encore… Le temps semblait s'être figé. Flávia s'efforçait de ne plus se remémorer ce qu'elle avait vécu avec Jake. Il fallait qu'elle l'oublie, se répétait-elle régulièrement, consciente qu'en se forçant à le chasser de la mémoire elle pensait encore à lui. Douloureux paradoxe.

Puis, un matin, elle avait ressenti une sorte de léger malaise, ses seins s'étaient durcis, étaient devenus douloureux…

Et une visite chez le médecin avait confirmé ses soupçons.

Elle n'avait fait l'amour avec Jake qu'une seule fois, et elle était… enceinte.

Enceinte !

Sa stupeur passée, Flávia s'était efforcée de composer avec cette nouvelle réalité à laquelle elle ne s'était pas du tout attendue. Pourtant, ils avaient pris des précautions… Mais un préservatif n'était jamais fiable à cent pour cent. La preuve…

C'était incroyable.

Tout allait changer, pour elle…

Tout. À jamais.

— Je ne sais pas comment le lui apprendre, murmura-t-elle, enfouissant brièvement son visage dans le creux de ses mains.

— Déjà, commence par lui avouer que tu l'aimes. Je parie qu'il t'aime aussi, ajouta Maria.

— Comment peux-tu le savoir ? s'insurgea Flávia. Tu ne le connais pas… Et il est au bout du monde, pour moi ! Il ne m'a jamais écrit ! Il n'a jamais voulu avoir de mes nouvelles !

Elle secoua la tête.

— En fait, tu veux que je te dise ? Jake n'est pas différent d'Enrico !

— Faux. Il est complètement différent. Et je sais que tu le sais aussi.

— Pourtant, Jake aussi préférerait que j'arrête d'aller en forêt pour m'occuper des serpents ! Lui aussi pense que c'est dangereux…

— Mais c'est dangereux ! répliqua Maria. De toute façon, maintenant que tu attends un bébé, Livvy, tu ne peux plus continuer à vivre de la même manière… Et il faut que tu préviennes Jake. Ne serait-ce que par honnêteté… Qu'il soit au courant. Il prendra la décision qui lui semblera juste, sachant que toi, tu n'attends rien de lui…

— Non. Rien du tout… Rien, répéta Flávia en s'asseyant sur une chaise, soudain plus triste que jamais. Tu oublies juste une chose, Maria : je suis enceinte, mais bien que je semble aller bien, les médecins ne savent toujours pas si la morsure de la vipère a pu affecter le bébé. Tu crois vraiment que je peux l'appeler maintenant ? ajouta-t-elle d'un ton plus vif. Moi non !

Maria garda le silence, debout au milieu du salon. Elle paraissait si préoccupée qu'un court instant Flávia regretta son emportement.

— En plus, Jake est responsable de Brady… Ce petit garçon a perdu sa mère, il est fragile, et si Jake apprend que j'attends un bébé qui risque, peut-être, de ne pas vivre… Il y aurait des répercussions sur son moral, va savoir, donc indirectement, sur Brady qu'il doit rassurer le plus possible. Non, non, ce n'est pas encore le moment.

Maria prit place sur le canapé, en face de Flávia, et réfléchit un instant.

— Peut-être. À toi de voir. Mais une chose est sûre, Jake est très différent d'Enrico.

— Vraiment ? En quoi ? Décris-moi au moins deux différences, lança impatiemment Flávia.

Maria haussa les épaules.

— Facile. D'abord, Enrico t'a posé un ultimatum un

an après t'avoir demandée en mariage. Sans doute parce que tu n'avais pas hâte de fixer une date… Et qu'au fond il savait probablement que tu n'étais pas aussi impatiente que lui de te marier…

— Je l'aimais, mentit Flávia.

Sa sœur lui lança un coup d'œil perçant.

— Non, tu ne l'aimais pas, et tu le sais bien. Tu n'aurais jamais fait pour lui ce que tu as fait pour Jake.

— J'ai juste eu envie de m'occuper un peu de Brady, son gentil neveu de sept ans seulement, rétorqua Flávia.

— Oui, mais ta générosité s'adressait aussi à Jake. Sois honnête envers toi-même.

— Peut-être, admit Flávia en soupirant. Et la deuxième différence ?

Pendant un instant, Maria l'observa attentivement.

— La deuxième différence vient de toi, Livvy. C'est ce que tu ressens… Tu n'aurais jamais pu envisager de modifier quoi que ce soit dans ta vie pour Enrico. Mais depuis le départ de Jake ton cœur est triste. Vraiment triste. Et j'ai l'impression que tu es en train de changer.

— Comment ça ?

— Tu n'as plus l'air aussi déterminée quand tu parles de la forêt, de la jungle, cette jungle si précieuse pour toi… Je te connais, Livvy. Je sens, en toi, quelque chose de différent. Et ce n'est pas seulement parce que tu attends un enfant.

— Qu'est-ce que tu racontes ? J'aime mon métier, j'aime veiller sur le sanctuaire que j'ai créé…, protesta Flávia. Mais…

Elle hésita, prenant brusquement conscience de ce que Maria voulait dire.

Effectivement, depuis cette vilaine morsure qui l'avait tant fait souffrir, elle se sentait un peu plus réticente à se rendre en forêt. Une légère crainte, totalement nouvelle, semblait s'être emparée d'elle, une appréhension inconnue qui, depuis qu'elle avait appris sa grossesse, se logeait en elle de manière insistante et insidieuse.

— Personne ne te demande d'arrêter ton travail, reprit Maria. Bien sûr que tu continueras. Tu iras sur place, tu observeras les espèces qui te sont si chères, tu sensibiliseras l'opinion parce que c'est important pour toi d'agir ainsi… Mais il faudrait que tu renonces à aller au plus près des serpents, tu comprends ? Le recueil de venin, ce n'est plus pour toi… Du moins pour l'instant, n'est-ce pas ? Pense au bébé… Ton bébé, Livvy.

Flávia resta silencieuse, soudain embarrassée et mal à l'aise. Elle détestait quand sa sœur se montrait aussi directive.

— Fabio et Raoul peuvent se charger de récupérer du venin, enchérit Maria d'un ton déterminé. C'est bien pour cette mission très spécifique qu'ils ont été embauchés par VenomSci, pas vrai ?

— Oui.

— Alors tout va bien. Toi, tu poursuis ton travail de chercheuse, personne ne te demande d'abandonner le sanctuaire, Livvy. Eux, ils accomplissent ce que tu ne peux plus faire.

Songeuse, Flávia se rendit compte qu'elle n'éprouvait pas l'indignation qu'elle aurait inévitablement ressentie deux mois plus tôt en entendant de tels propos. Tout simplement parce que Maria formulait l'entière vérité.

— D'accord, j'admets que tes arguments se tiennent, concéda-t-elle à contrecœur.

Elle marqua une pause, la gorge nouée.

— Et si je n'étais pas faite pour ça ?

— Que veux-tu dire ?

— La maternité, la famille, ce genre de choses… Imagine que je laisse tomber ou que je modère ma pratique sur le terrain, dans le refuge, parce que c'est dangereux, oui, je le sais, et parce que j'attends un enfant… Donc pour lui, pour ce bébé, je changerais ma façon d'exercer mon métier ? Qui sait si, plus tard, je ne lui en voudrai pas ?

— Impossible, lâcha aussitôt Maria.

Flávia l'observa, lui enviant presque sa certitude alors qu'elle-même était pleine de doutes.

— Comment tu peux le savoir ?

— Je le sais, c'est tout.

— Pourquoi ?

Maria la regarda droit dans les yeux, le visage grave.

— Parce que tu n'es pas comme notre mère.

Flávia se sentit soudain submergée par un trop-plein d'émotions. Maria avait parfaitement perçu sa peur la plus profonde.

— Comment peux-tu en être aussi sûre ? murmura-t-elle.

Maria ébaucha un pâle sourire.

— Je te connais, Livvy. Tu es complètement différente d'elle. Tu es une sœur loyale, une tante aimante et une femme bienveillante. Tu aimes ton travail, mais tu ne le fais pas systématiquement passer avant ta famille… Du moins, pas comme elle ! conclut-elle avec un petit rire.

Flávia lui sourit.

— Tu crois ?

— Évidemment. Tu n'es pas comme elle, Livvy. Tu ne l'as jamais été et tu ne le seras jamais… Et surtout pas maintenant.

Les yeux baissés Flávia garda le silence. Peut-être avait-elle donné l'impression d'être parfois indifférente aux autres, lointaine, uniquement focalisée sur son métier… Mais, au fond, elle n'était pas ainsi. Non, pas du tout. À cet instant, elle se sentait si fragile…

Et prête à relever le défi.

— D'accord, imaginons que je propose à Fabio et Raoul d'aller prélever du venin sans moi… Et ensuite ?

— Ensuite, tu appelles Jake, tu lui annonces la grande nouvelle à propos de ta grossesse, mais tu lui proposes d'agir comme bon lui semble, en accord avec lui-même… Et tu lui dis que tu l'aimes.

— Oh ! là, là, comme tu y vas ! Moi, ça me fait peur, avoua Flávia d'une voix assourdie.

— Peur ?

Maria se mit à rire.

— Lui avouer que tu l'aimes t'effraie ? Alors qu'après avoir été mordue plusieurs fois par des serpents venimeux tu es retournée dans la jungle pour retrouver tes fameux « maîtres de la brousse » sans la moindre crainte ?

— Oui, mais Jake ne m'aime pas, répliqua Flávia. Il est parti, et depuis, il ne m'a jamais donné de nouvelles…

— Peut-être parce qu'il est convaincu que tu tiens davantage à ta vie d'aventurière dans la jungle qu'à une relation amoureuse… Moi, j'ai vu la manière dont il te regardait, poursuivit Maria. Il est gentil, un peu perdu avec son neveu, et il est dingue de toi, je suis prête à le parier. Mais bien sûr, Livvy…

Elle hocha la tête.

— C'est à toi d'agir en fonction de ce que tu ressens. La balle est dans ton camp.

Une main sur son ventre, Flávia resta muette, le cœur serré, plus indécise que jamais. Mais, en son âme et conscience, elle savait déjà que Maria avait raison.

15.

Jake s'appuya contre la portière de sa voiture et regarda les enfants sortir de l'école, restant à distance comme Brady le lui avait demandé. Malgré tout, même de loin, il remarqua le visage renfrogné de son neveu.

L'enfant le rejoignit lentement, sans le moindre enthousiasme.

— Tu as passé une bonne journée ?

— Bof.

Jake se glissa au volant tandis que Brady s'affalait sur le siège côté passager. Le petit garçon boucla sa ceinture sans un mot et croisa les bras contre sa poitrine, visiblement peu enclin à discuter.

— Raconte-moi, insista Jake en mettant le moteur en marche.

— Non. Ça ne sert à rien, marmonna Brady.

Jake prit la direction du quartier résidentiel où ils vivaient.

— Bon… On va rentrer à la maison, et je vais te préparer un goûter.

— La maison ? Ce n'est pas ma maison, répliqua Brady. Je me suis senti à la maison… à São Paulo ! Dans la forêt… Avec Julianna et Marcie, et Vovô Eduardo, et Maria et Luis me manquent… Et surtout, Flávia ! Elle me manque trop.

Surpris par ce flot de confidences, Jake ne réfléchit même pas avant de répondre.

— Flávia me manque aussi beaucoup, mon petit Brady.

En prononçant ces paroles, venues du cœur, il se remémora les derniers jours de son séjour au Brésil. Il s'était obligé à ne pas contacter Flávia, afin de respecter ce qu'elle lui avait déclaré. « Entre nous, il n'y a rien… Rien qu'une bonne entente professionnelle, avec un petit moment d'égarement… », avait-elle affirmé.

Jake s'était alors dit que la jeune femme avait peut-être raison. Entre eux, il n'y avait rien eu… Rien sauf une attirance purement physique.

Il n'avait pas insisté.

Ravalant sa déception, il avait préféré partir discrètement.

Le dîner de clôture de l'université d'été lui avait paru mortellement ennuyeux. Sans Flávia, le monde lui avait soudain semblé plus terne. Puis, peu à peu, il s'était efforcé d'accepter la réalité : la jeune femme et lui resteraient collègues.

— Si elle te manque, pourquoi on est ici ? protesta alors Brady, ramenant Jake à la situation présente.

Bonne question.

— Parce que ce n'est pas aussi simple que tu le penses. Pour commencer, il faut tenir compte de ta scolarité, de mon travail…

Il s'interrompit, à court d'excuses, conscient que Brady le fixait d'un regard perplexe et plein de reproches.

— Je déteste mon école ici, tonton Jake ! Pourquoi je n'irais pas en classe là-bas, hein ? Et toi, si tu le voulais vraiment, tu pourrais travailler au Brésil, pas vrai ?

— Travailler au Brésil ? Comme si c'était aussi facile que ça…

Jake secoua la tête et trouva le seul argument qui lui paraissait valable.

— C'est vraiment plus compliqué que tu ne l'imagines.

— Maman m'a toujours dit que c'est ce que les adultes racontent quand ils ne veulent pas expliquer quelque chose, rétorqua Brady. Je ne suis pas un petit…

— Bien sûr que non. Je sais que tu aimes penser que tu es mature et que tu comprends la vie et le monde qui t'entoure… Pourtant, Brady, tu es un enfant de sept ans ! Nous, les adultes, en savons plus que toi sur la vie, c'est un fait, que ça te plaise ou non, poursuivit Jake, catégorique. Et nous, les adultes, nous savons ce qu'il est bon de faire ou de ne pas faire.

— C'est trop injuste ! s'écria Brady.

Pendant le reste du trajet, il se plongea dans un silence maussade.

Au moins cette conversation éprouvante était-elle terminée.

Mais Jake n'en éprouva aucun soulagement. Au contraire.

Il avait eu l'impression que leurs relations s'étaient franchement améliorées pendant leur séjour au Brésil, mais, dès leur retour en Angleterre, tout avait de nouveau changé. Brady avait commencé à s'enfermer dans sa chambre et à s'isoler, même pour jouer. Rien ne parvenait à le dérider, ni la présence d'Oz, ni les programmes de documentaires sur la nature sauvage et les insectes que Jake avait sélectionnés, ni les dessins animés…

Parfois, ils parlaient du Brésil, ils regardaient des photos… Et là, systématiquement, Brady posait les mêmes questions : quand y retourneraient-ils ? Pourquoi n'avaient-ils aucune nouvelle de Flávia et de sa famille ?

À plusieurs reprises, Jake avait été tenté d'envoyer un mail à la jeune femme, mais il n'avait pas osé.

Dès qu'ils parvinrent devant chez eux, Brady sauta hors de la voiture et se rua à l'intérieur de la maison. Le temps que Jake arrive à son tour, le petit garçon avait disparu dans sa chambre à l'étage.

Étouffant un soupir, Jake hésita, debout en bas de l'escalier.

Soit il laissait Brady seul, comme il le faisait la plupart du temps, en espérant que l'enfant serait plus communicatif un peu plus tard…

Soit il allait vers lui, pour l'inciter à se confier.

Comme Flávia l'a fait…

En un éclair il se remémora la fois où, alors qu'ils visitaient VenomSci, la jeune femme avait pris Brady dans ses bras, pour le serrer affectueusement contre elle. Le petit garçon s'était alors ouvert à elle, Flávia le lui avait dit par la suite.

Le changement de relation devait venir de lui… Il fallait qu'il se montre plus proche… Vraiment plus proche.

La gorge nouée par une étrange appréhension, Jake monta l'escalier et frappa un coup bref à la porte de la chambre de Brady.

Mais au même instant le battant s'ouvrit à la volée. Brady se tint devant Jake, les yeux brillants de larmes contenues, une feuille pliée en deux à la main.

— Je veux qu'on donne ça à Flávia !

— Qu'est-ce que c'est ?

— Un dessin… Un dessin pour elle ! insista Brady, le visage sombre.

— D'accord. On le lui enverra, promit Jake.

— On le lui enverra… Et on la reverra, hein ? Pourquoi ce serait impossible ? Elle est super, Flávia… Je ne comprends pas pourquoi on ne peut même pas lui parler au téléphone, poursuivit Brady, à la fois triste et énervé. Là-bas, on était copains, on a été invités dans sa famille…

— C'est vrai. Flávia est une femme exceptionnelle, dit Jake en s'agenouillant devant le petit garçon. Elle est très généreuse… Vraiment très généreuse, oui. On ne l'oubliera jamais.

Brady le regarda droit dans les yeux, comme pour lire en lui.

— Moi, je ne comprends pas pourquoi on ne retourne pas au Brésil, insista-t-il. Elle fait des recherches sur des venins qui peuvent aider à soigner des gens, et toi, tu es médecin et tu pourrais travailler là-bas, peut-être avec elle ?

— Avec Flávia ? Ce serait difficile, répondit Jake en riant. On n'intervient pas dans les mêmes domaines, même si on a des liens professionnels…

Mais, en prononçant ces mots, il se souvint de son étreinte passionnée avec Flávia, de ce qu'il avait ressenti… Et ressentait encore pour elle.

Il pensait si souvent à Flávia…

La vérité n'avait rien à voir avec leurs métiers respectifs…

Et Brady avait déjà dû le deviner. L'enfant était en train de le pousser dans ses retranchements.

— Tonton Jake… Si jamais toi, tu tombais malade, je serais tout seul, dit alors Brady d'un ton grave. Maman ne voulait pas que j'aille chez grand-père et grand-mère, tu te souviens…

Il baissa les yeux.

— J'ai joué avec Julianna et Marcie, tu sais, et elles m'ont dit que je pourrais revenir chez elles quand je le voulais ! Et ici, je n'ai pas de copains…, murmura-t-il.

— Tu n'as pas de copains, répéta Jake, bouleversé.

Il prit Brady dans ses bras et le serra très fort. L'enfant résista pendant un court instant, avant de se laisser aller. Un sanglot lui échappa mais il s'efforça de se ressaisir dès que Jake s'écarta.

— Je ne veux pas pleurer, lâcha-t-il.

— Pourquoi ? Ça fait du bien, parfois…

Brady haussa les épaules et garda le silence, le regard fixé vers le sol.

— Qu'est-ce que tu as dessiné pour Flávia ? demanda Jake.

Brady lui tendit la feuille.

— Elle comprendra.

Jetant un coup d'œil au dessin, Jake fut surpris de découvrir une grenouille verte et marron, esquissée avec précision au feutre.

— C'est une grenouille à flèche empoisonnée. Hyper protectrice pour les petits, ajouta Brady. On en a parlé une fois, avec Flávia. Elle s'y connaît trop bien !

Jake sourit.

— Oh oui. Alors écoute…

Profondément ému, conscient qu'il s'apprêtait à agir en écoutant non pas sa raison mais son cœur, il s'agenouilla de nouveau devant le petit garçon.

— À la réflexion, tu vois, je crois que ce serait mieux que tu offres ce beau dessin directement à Flávia…

16.

Passeport, billets, carte de crédit…

Après avoir effectué une dernière vérification, Flávia referma son sac, prit sa valise et la fit rouler jusqu'à la porte.

Elle verrouillait la serrure quand elle entendit la légère sonnerie de l'ascenseur derrière elle. Elle jeta un coup d'œil par-dessus son épaule…

Et se figea, stupéfaite.

Jake…

Il s'avançait vers elle à grands pas, un sourire aux lèvres.

Un court instant, Flávia crut être en train de rêver. Mais elle sentit la main de Jake sur sa joue, il lui effleurait tendrement la joue et souriait encore…

— Qu'est-ce que tu fais ici ? murmura-t-elle, abasourdie.

— Je viens te voir… Te revoir… J'en avais besoin.

Jake hocha la tête.

— J'arrive à temps… Juste avant que tu ne t'envoles pour Londres, pas vrai ?

C'était si simple, si direct, que Flávia eut l'impression que son cœur s'arrêtait de battre.

— Comment tu es courant ?

— Je suis allé chez ta sœur aussitôt après avoir atterri. Je me disais qu'elle saurait où tu étais, en forêt, ici, à VenomSci… Elle m'a expliqué que tu partais.

Flávia sentit son pouls s'accélérer. Savait-il pour sa grossesse ?

— Qu'est-ce qu'elle t'a dit d'autre ?

— Qu’elle était contente que je vienne… Que je pouvais laisser Brady avec elle aussi longtemps que nécessaire, et…

Jake hésita, comme s’il cherchait les mots justes.

— Et qu’il fallait qu’on parle.

— C’est sûr, murmura Flávia, le cœur battant.

Elle le regarda, consciente du trouble profond qui l’envahissait, un trouble mêlé de la crainte de ne pas oser lui révéler la situation.

De plus, à cet instant, elle n’avait pas beaucoup de temps… Son avion décollait dans trois heures. Un taxi ne tarderait pas à venir la chercher.

— Je suis reparti si vite, il y a déjà plus d’un mois et demi, reprit-il. J’aurais voulu t’écrire…

— Moi aussi. Mais on ne l’a pas fait. Pourquoi ?

— Je ne sais pas. On a d’abord pensé à notre travail, à nos habitudes, on a eu peur, peut-être… Flávia, je tiens énormément à toi, on en a même parlé avec Brady, qui t’adore ! ajouta Jake.

Flávia se mit à rire.

— Je vous aime beaucoup, tous les deux. Vous m’avez manqué…

— Toi aussi. Tu nous as manqué. Tu m’as manqué… Tu m’as tellement manqué que j’ai décidé de venir m’installer au Brésil. Tout à l’heure, j’ai rendez-vous à Paulista pour évoquer mon embauche comme chirurgien, précisa Jake. Toi et moi pourrions collaborer de manière encore plus efficace, pas vrai ?

Flávia l’observa, incrédule, envahie d’un tel sentiment de joie qu’elle faillit se jeter dans les bras de Jake.

— Quelle belle nouvelle… Merveilleuse nouvelle ! Et moi qui m’apprêtais à aller à Londres pour te retrouver !

Jake lui sourit de nouveau.

— On a tant à se raconter, je crois… Grâce à toi, je m’entends mieux avec Brady… Grâce à toi, j’ai compris que j’étais trop détaché de lui, qu’il fallait que je m’engage plus fortement, moi, de façon personnelle, avec mes émotions…

— J'en suis ravie, dit-elle, sincère. C'est si important, essentiel même, d'être proche des enfants…

— Oh oui… Et pas seulement des enfants, renchérit Jake en la prenant dans ses bras.

Il l'enlaça si passionnément que Flávia sut qu'elle n'avait aucun doute à éprouver. La décision qu'il avait prise, et sa tendresse, lui prouvaient qu'il tenait à elle. Qu'aurait-elle pu espérer d'autre ?

Il fallait qu'elle lui apprenne qu'elle était enceinte.

Maintenant.

— Je vais annuler mon vol pour Londres, déclara-t-elle en s'écartant. Viens, allons boire un thé ou un café à la maison…

— Tu es sûre ?

— Certaine. Tu es venu pour me voir, j'allais partir en Angleterre en espérant te retrouver… Et j'ai quelque chose de très important à t'annoncer, ajouta Flávia, le cœur plein d'espoir.

Elle prit les clés de son appartement dans son sac, déverrouilla la porte, et invita Jake à entrer.

Le salon était lumineux, décoré de plantes luxuriantes gorgées de soleil. D'un coup d'œil, Jake apprécia le mobilier en rotin clair, le canapé orné de coussins multicolores, les nombreuses photos de la jungle qui ornaient les murs blancs. Chez Flávia, on se sentait bien tout de suite.

— Installe-toi, dit-elle en mettant sa valise dans un coin de la pièce. J'ai juste à prévenir la compagnie aérienne, et je suis à toi…

Jake s'assit et, étrangement ému, écouta d'une oreille distraite la jeune femme qui appelait l'aéroport puis annulait son taxi. Il aimait tellement sa voix…

Il l'aimait, elle, tout simplement.

Sa conversation avec Brady quelques jours plus tôt l'avait obligé à s'avouer la vérité : jusqu'à présent, il avait évité tout engagement sentimental, mais avec Flávia, c'était différent.

— J'ai préparé du thé glacé, dit-elle, revenant quelques instants plus tard.

Elle disposa tasses et théière sur une petite table, puis s'assit près de lui et sourit, l'air émue et un peu perplexe. Elle portait une jupe longue, fleurie, et un chemisier blanc qui lui conférait un air étonnamment sage.

— Ça fait drôle de se revoir ici, pas vrai ?

— Oui. Ça change, admit Jake. Tant mieux !

Hochant la tête, Flávia les servit. La boisson avait une belle couleur ambrée… Presque la même teinte que les prunelles de la jeune femme.

— Alors, qu'est-ce que tu voulais me dire ? demanda-t-il.

Elle le regarda longuement, en silence, et but quelques gorgées du breuvage rafraîchissant qu'elle venait de concocter.

— Tu te souviens de notre moment d'égarement chez ma sœur ? Quand on a fait l'amour…

— Comment pourrais-je l'avoir oublié ?

Elle sourit.

— C'est inoubliable. Et ça le sera pour toujours, car figure-toi que j'ai appris…

Elle s'éclaircit la voix.

— Je suis enceinte.

Enceinte ?

Si Flávia lui avait lancé un verre d'eau froide sur le visage, ça lui aurait fait moins d'effet.

— Tu es sûre ? murmura-t-il, effaré.

— Certaine.

Abasourdi, Jake observa la jeune femme. C'était incroyable… Pourtant, ils avaient pris leurs précautions !

Il resta silencieux un long moment, envahi par un tourbillon d'émotions contradictoires. Il aurait dû être choqué, inquiet, refuser cette nouvelle de toutes ses forces…

Curieusement, ce n'était pas le cas.

Quand il reprit la parole, il ne reconnut pas sa propre voix. Il avait l'impression d'être saisi de vertiges.

— C'est fou, quand même… On n'a fait l'amour qu'une seule fois…

— Il suffit d'une seule fois. Visiblement, ça nous est arrivé, lâcha Flávia.

Elle le contempla un court moment sans rien dire, pensive.

— Inutile de te dire que pour moi ça révolutionne tout… Absolument tout. J'en ai parlé avec ma sœur, et j'ai déjà décidé de changer certaines choses dans ma vie pour ne pas courir de risques… Mais sache que je ne te demande rien.

— Tu ne me demandes rien ?

Elle soutint son regard.

— Rien.

— Mais je vais être père…

— Si tu le veux. Tu n'es pas obligé… Jake, on se connaît à peine, on a passé du bon temps ensemble, je me retrouve enceinte… J'assume et j'assumerai.

Jake s'efforça de digérer ces informations supplémentaires. En d'autres termes, Flávia était en train de lui expliquer qu'elle s'occuperait du bébé seule…

Sans lui.

Il pensa à Brady, à la responsabilité énorme qu'il avait désormais. Comment réagirait le petit garçon en apprenant que Flávia attendait un enfant ?

S'il le lui révélait… S'il continuait à voir Flávia une fois qu'ils seraient tous deux installés à São Paulo…

Mais oui, oui, je veux la revoir ! Encore et toujours !

De toute évidence, la question ne se posait pas. De plus, Brady adorait Flávia, il serait souvent en lien avec elle, et à cette heure, il jouait déjà avec Julianna et Marcie, les filles de Maria. Toutes deux l'avaient accueilli avec un franc enthousiasme. Brady avait eu raison de lui rappeler la générosité de la famille de Flávia…

— Depuis quand le sais-tu ? demanda-t-il.

— Je l'ai appris peu de temps après ton départ. Sauf que j'ai d'abord craint d'éventuels effets secondaires de cette affreuse morsure de vipère, tu sais…

Elle esquissa une moue.

— Le médecin a dû procéder à des examens complémentaires. Mais de toute évidence, ce petit gars, ou cette petite fille, qui grandit en moi possède une force de guerrier ! On doit quand même continuer à faire des tests et surveiller, précisa Flávia d'un air soucieux.

— Je connais un excellent spécialiste qui travaille à Paulista, dit Jake en prenant son portable. Je vais l'appeler et…

— Ne t'inquiète pas, je suis déjà parfaitement suivie, affirma Flávia en posant brièvement une main sur celle de Jake.

Il sentit les battements de son cœur s'accélérer.

— Tant mieux alors… Si tout va bien, je veux dire…

— Oui, en principe, le fœtus n'a pas souffert.

La gorge serrée, Jake comprit alors que la jeune femme ne l'avait pas informé de sa grossesse. S'il n'était pas revenu au Brésil, aurait-il été mis au courant ?

— Je devais m'assurer que le bébé se portait bien, précisa Flávia à ce moment-là, comme en écho aux pensées de Jake. Ne m'en veux pas d'avoir tardé à t'informer… Aujourd'hui, j'allais prendre l'avion pour Londres, j'avais la ferme intention de te parler…

— Tu m'aurais dit la vérité ?

— Bien sûr. Je préférais te l'annoncer de vive voix plutôt que par courrier ou mail…

— Et si je n'avais pas été à Londres à ce moment-là ?

Flávia hésita, l'air prise de court.

— J'avoue que je n'ai pas envisagé cette hypothèse… Je crois que j'aurais attendu ton retour. Pour te parler. Je porte notre enfant, Jake, notre enfant…

Ces mots bouleversèrent tellement Jake qu'il garda le silence un long moment, peinant encore à réaliser ce que cela impliquait.

— On se retrouve en fin de journée, tu veux bien ? finit-il par proposer. J'ai un rendez-vous à l'hôpital Paulista, pour le travail et…

Il s'était efforcé de sourire.

— J'ai besoin de réfléchir, Flávia… Ne m'en veux pas…
Elle secoua la tête, l'air grave.
— Mais on se voit ce soir, quoi qu'il arrive, promit-il.
— D'accord. Mais je te le répète, je ne te demande rien…

17.

Ce jour-là, Flávia quitta son laboratoire tard dans la soirée, son portable à la main, le SMS de Jake éclairant encore l'écran.

Hâte de te retrouver, avait-il écrit. 19 heures, si ça te va ?

Elle avait accepté sans hésiter.

Raoul et Fabio avaient été surpris de la voir arriver, ils pensaient qu'elle partait à Londres… Flávia leur avait simplement expliqué qu'un contretemps l'avait obligée à annuler son voyage.

Elle avait passé la journée à travailler comme d'habitude. De son côté, Jake s'était rendu à l'hôpital Paulista, attendu pour un long entretien avec la direction des ressources humaines.

Durant cette journée peu ordinaire à VenomSci, Flávia avait pu se détacher de ses préoccupations personnelles. Sauf qu'une pensée lui revenait à l'esprit, obsédante : en apprenant qu'elle était enceinte, Jake n'avait pas sauté de joie, certes, mais il ne s'était pas crispé pour autant. Soit c'était bon signe, soit cela signifiait qu'il était indifférent.

À 19 h 30, Flávia traversa le hall, poussa la porte et se dirigea vers le parking, cherchant Jake.

Il l'attendait devant sa voiture de location, bras croisés et sourire aux lèvres. Il portait une chemise bleue et un pantalon blanc, plus séduisant que jamais.

Elle s'approcha, le cœur battant.

— Tu as passé une bonne journée ? demanda-t-il.

— Oui, et toi ?

— Excellente. J'ai obtenu le poste que j'espérais…

— Félicitations ! Viens, allons faire un tour, il y a un petit parc pas loin, proposa-t-elle.

Quand Jake lui prit la main, elle sentit une chaude émotion l'envahir.

Il n'est pas indifférent, réalisa-t-elle.

Ils se dirigèrent vers le jardin planté d'arbres centenaires où elle aimait parfois se réfugier après le travail, quand elle n'avait pas la possibilité d'aller se promener dans la nature. L'atmosphère y était fraîche et apaisante.

— J'ai encore quelque chose à te dire, Jake. Il y a une autre raison pour laquelle je ne t'ai pas appris tout de suite que j'attends un bébé.

— Laquelle ?

— Ma crainte… Ma propre crainte de ne pas réussir à être une bonne mère. J'ai toujours redouté de ressembler à ma mère. Quand elle nous a quittés, mon père, ma sœur et moi, je me suis plongée dans la forêt corps et âme… Ça m'a donné le sentiment d'exister. Je me suis engagée pour la cause des espèces sauvages menacées, et ça me rendait différente.

— Tu es différente.

— Oui, sans doute… Aujourd'hui, avec ma grossesse, je ressens déjà tout de manière plus aiguë. Mes sentiments, mes émotions, mes peurs…

— Comme celle d'être comme ta mère qui vous a abandonnés ?

— Oui. Mais Maria m'a rassurée. Je ne suis pas comme elle. Quoi qu'il arrive, ma famille passera toujours en premier… Avant mon travail, c'est certain. Je le sais… Je le sens.

Jake s'immobilisa, l'air ému.

— Moi aussi, j'ai quelque chose à te dire. J'ai confiance en toi, Flávia… Complètement. Tu portes mon bébé… Notre bébé… Par conséquent, si tu le veux bien, toi et moi, sommes dorénavant ensemble pour toujours.

— Pour toujours, répéta-t-elle en écho.

Sauf qu'elle avait presque énoncé ces mots avec l'intonation d'une question.

Jake l'enlaça tendrement, puis il lui encadra le visage de ses mains avec une infinie délicatesse. Après quoi, il l'embrassa lentement, profondément…

Intensément.

Enivrée, Flávia se serra contre lui et répondit à son baiser, en savourant chaque seconde.

Puis Jake s'écarta, les yeux brillants, se mit à genoux devant elle et sortit de sa poche une petite boîte de velours rouge.

— Flávia Maura, tu es la femme la plus extraordinaire que j'aie jamais connue. Tu t'es frayé un chemin dans mon cœur, et tu m'as permis de ressentir des émotions qui m'étaient inconnues… Depuis que je t'ai rencontrée, je me sens pleinement en vie !

Elle sourit, saisie d'un doux vertige. Rêvait-elle ? Tout ce que Jake déclarait était trop merveilleux, trop… onirique. Trop parfait.

— Je n'imagine pas ma vie sans toi, poursuivit-il. Et je sais pertinemment que Brady ressent la même chose. Tu m'as sauvé, Flávia… Tu nous as sauvés tous les deux et je t'aime. Épouse-moi.

— Oh ! oui… Je t'aime aussi, murmura-t-elle, bouleversée.

Tandis que Jake lui glissait au doigt une fine bague en or torsadé, ornée d'une simple perle de nacre, superbe, elle comprit que jamais elle ne s'était sentie aussi heureuse et comblée. Et quand il la prit dans ses bras pour l'embrasser, elle sut que leur amour ne cesserait jamais…

Épilogue

Flávia et Jake se marièrent un mois plus tard, célébrant leur union dans les jardins botaniques où ils s'étaient rencontrés pour la première fois.

La cérémonie fut conviviale et simple. Flávia, aux anges, savait que son père Eduardo était heureux qu'elle épouse Jake. Brady, quant à lui, était fier d'être le témoin en compagnie d'Oz, le meilleur ami de Jake.

Julianna et Marcie, nommées demoiselles d'honneur, débordèrent d'enthousiasme. Maria sanglota de bonheur. Parmi les invités, Raoul et Fabio furent parmi ceux qui, de toute évidence, étaient les plus émus.

Le champagne coula à flots, on chanta et on dansa joyeusement jusqu'à l'aube…

Et, six mois plus tard, la famille Maura-Cooper accueillit son quatrième membre, par un glorieux matin de printemps où le soleil brillait déjà magnifiquement.

Antonia Maura-Cooper vint au monde en poussant une sorte de cri de guerre digne d'une pionnière… Jake la prit dans ses bras et contempla sa fille avec une telle tendresse que Flávia sentit son cœur se gonfler de joie. Mais, quand Jake la regarda, elle, ce fut de l'amour que Flávia éprouva… Un amour invincible.

Vous avez aimé *Deux médecins au Brésil* ?
Retrouvez en numérique le premier tome de votre série « Un été à Sao Paulo » et découvrez la suite dès le mois prochain dans votre collection Blanche.
Un roman signé Tina Beckett.

1. *Une chirurgienne à Sao Paulo*, Ann McIntosh
2. *Deux médecins au Brésil*, Charlotte Hawkes

JULIETTE HYLAND

Ces sentiments défendus

Traduction française de
C. DUTEIL

BLANCHE

HARLEQUIN

Titre original :
UNLOCKING THE EX-ARMY DOC'S HEART

1.

Le Dr Rafe Bradstone attrapa son sac marin et franchit la porte du petit avion avec un frisson. Quand il posa le pied sur le tarmac, le vent glacial lui fouetta le visage. Il remonta son écharpe sur sa bouche, ce qui ne l'empêcha pas d'avoir la chair de poule. La veste épaisse achetée à LA en prévision de son voyage semblait pitoyablement inadaptée. Comment les habitants de l'Arctique faisaient-ils pour se réchauffer ?

Pénétrant dans la zone de transit de l'aéroport, il soupira d'aise en sentant l'air tiède l'envelopper.

— Pardon, dit une femme brune en le bousculant.

— Excusez-moi, je bloquais le passage…

Elle ne l'entendit pas, les bras tendus vers deux joyeux bambins qui trépignèrent ensuite pendant que leurs parents s'étreignaient. L'amour qui unissait la petite famille faisait plaisir à voir. Ces enfants n'avaient pas à supplier pour obtenir l'attention de leur mère.

Le cœur serré, Rafe détourna les yeux. Il y avait un peu plus d'un an qu'il avait retrouvé sa mère, et deux cent soixante et un jours qu'elle l'avait chassé. Il voulait croire que la souffrance de l'abandon finirait par s'effacer, mais son cœur était encore à vif.

La femme brune quitta l'aéroport, un enfant dans les bras et tenant la main de l'autre. C'était censé se passer ainsi : toute mère aimante voulait être avec ses enfants. Rafe se demanda ce qui clochait chez lui pour que sa seule présence fasse souffrir sa mère au lieu de la rendre heureuse.

Son téléphone bipa, et il répondit machinalement.

— Salut, Carrie.

Son agent ne perdit pas de temps en salutations.

— D'après les réseaux sociaux, tu serais en Alaska ?

Rafe leva les yeux au ciel, puis se reprit. Il était normal que Carrie s'intéresse à sa vie professionnelle. Elle n'y était pour rien, si la mission qu'il avait acceptée à Blue Ash, Alaska, perturbait ses engagements télévisuels. Ni si le spectacle de cette famille soudée l'avait mis de mauvaise humeur.

Il s'adossa au mur.

— Je suis tombé sur des fans de *The Dr Dave Show* qui voulaient un selfie, et je n'ai pas pu dire non.

Il aurait pu refuser. Mais, quand des admirateurs tout excités lui tendaient leur téléphone, il acceptait de faire brièvement partie de leur vie. Qu'ils veuillent un souvenir de lui le touchait. Jamais ils ne le rejetaient.

Il avait accepté, pour rembourser son emprunt étudiant, d'animer à mi-temps *Dr Dave*, un talk-show médical prônant un mode de vie sain présenté par de séduisants praticiens. La horde de fans qui allait avec était un bonus.

— Tu sais que ce n'est pas ce que je veux dire.

Il balaya le ton irrité de son agent d'un petit rire.

— Je t'ai dit que j'allais travailler bénévolement quelques semaines dans une clinique du nord de l'Alaska, non ?

— J'ai cru que tu plaisantais, répondit-elle, cinglante. Tu es le présentateur préféré de Dave, tu dois être à l'antenne pour le direct spécial Thanksgiving !

— Je connais mon planning.

Il soupira. Il s'était porté volontaire pour les émissions de Thanksgiving et de Noël afin d'oublier qu'il n'était attendu à aucune table familiale lors de ces occasions festives. Pourtant, cela ne marchait pas.

— Rafe ! Tu m'écoutes, au moins ? C'est sérieux.

— Tu es difficile à ignorer.

Par la fenêtre, il observa le paysage, entièrement givré. Le long de l'aéroport, des arbres hérissés de glace lâchaient des plaques de neige gelée sur les voitures en stationnement.

Rafe frissonna. Il n'était pas d'ici. Pour lui, l'hiver était synonyme de coupe-vent et de pull léger, pas de parka et de bottes fourrées. Il allait devoir mettre toutes ses chaussettes l'une sur l'autre pour garder les pieds au chaud.

— Je suis médecin avant tout, Carrie. De plus, je suis redevable au Dr Freson.

Jenn Freson l'avait remplacé pendant sa désastreuse visite à sa mère. Elle ne lui avait pas demandé pourquoi il avait besoin de ces deux semaines de congé, ni pourquoi il était revenu sans photo ni anecdote à raconter. Il lui en était reconnaissant, et même si Dave comptait sur lui, ce n'était pas une raison pour qu'il refuse d'aider une amie.

— On est le 30 septembre. Je serai absent quatre semaines, six au plus. Je serai rentré à LA bien avant Thanksgiving.

— Dave cherche un remplaçant pour le Dr Bloom à la fin de la saison, Rafe. Ce poste devrait te revenir. Et au lieu de te battre pour l'avoir, tu disparais !

Rafe convoitait ce poste. Pas pour l'argent ni la célébrité. Il voulait que Dave et les autres producteurs le choisissent parce qu'ils le trouvaient meilleur que les autres – excellents – candidats. Cela ferait peut-être taire les critiques amères de sa mère qui résonnaient encore en lui.

— Il y a d'autres animateurs, Carrie. Je dois faire ça.

À l'autre bout du fil, Carrie prit son inspiration.

— Rafe… Tu veux que je fasse une déclaration à la presse ? Les journaux à scandale t'accusent d'infidélité, ta réputation ne devrait pas être salie alors que c'est Vanessa qui t'a trompé.

Il n'avait pas envie d'aborder ce sujet, mais c'était mieux que de penser à la facilité avec laquelle Dave remplaçait ses présentateurs.

— Vanessa ne m'a pas trompé, répondit-il, même s'il savait que c'était faux.

Il avait rencontré l'actrice de cinéma six mois plus tôt sur le plateau de *Dr Dave*. Les paparazzis s'en étaient donné à cœur joie autour de la starlette et « son » docteur. Mais elle lui avait dissimulé sa relation avec un autre homme. C'était facile, tant leurs emplois du temps chargés coïncidaient rarement. Elle avait mis fin à leur histoire par téléphone, en gloussant avec son partenaire et amant.

Rafe n'avait pas jugé utile d'annoncer publiquement leur rupture. Il avait eu une surprise désagréable quand les tabloïds avaient publié une photo de lui raccompagnant une patiente à sa voiture, avec un commentaire de Vanessa déclarant qu'ils s'étaient séparés. Être tacitement taxé d'adultère à la une des journaux l'avait profondément blessé. Il avait toujours été un homme fidèle.

Vanessa aurait pu dire la vérité, admettre sa responsabilité. Il avait tenté de la joindre à plusieurs reprises, en vain. Elle n'avait jamais publié de rectificatif.

— Mon agent me dit souvent qu'il n'y a pas de mauvaise presse, fit-il, sarcastique, en soufflant sur ses doigts gourds.

— Au moins, la presse parle de toi, et ça plaît à Dave.

Rafe voulait que Dave apprécie sa présence sur le plateau de l'émission, son style d'interview et son excellent audimat, pas sa capacité à remplir ces feuilles de chou. Mais il les tolérait, malgré leur ramassis de mensonges.

— On se voit dans un mois, dit-il.

Carrie soupira.

— Un mois, c'est une éternité dans cette ville.

— Ce n'est jamais que trente jours.

Il n'y eut plus que des bruits parasites sur la ligne. Carrie avait raccroché. Elle n'était pas douée pour les adieux.

Rafe sourit à la quinquagénaire replète qui venait vers lui en sautillant d'excitation.

— Docteur Bradstone ! C'est *vraiment* vous ! J'adore *The Dr Dave Show*. Vous devriez participer à toutes les émissions, c'est vous qui faites les meilleures interviews. Elles sont mieux que celles de Dave ! Je peux prendre une photo avec vous ?

— Bien sûr.

Quand elle le prit par la taille, il se sentit l'âme plus légère et sa solitude s'évanouit. Il devait ces brefs instants de bonheur à l'émission, il lui fallait ce poste d'animateur à plein temps, avec tout ce que cela impliquait.

Les joues rosies, la femme s'écarta en repoussant une mèche poivre et sel de son visage.

— Merci. Je suis Helen Henkle, et voici mon mari Jack, dit-elle en désignant l'homme maigre qui venait vers eux. C'est nous qui vous emmenons à Blue Ash.

Jack regarda à peine Rafe.

— Il vous faudra de meilleures chaussures, si vous voulez garder vos orteils, fit-il en maugréant.

Des variations sur ce thème avaient émaillé les conversations de Rafe depuis qu'il avait franchi la frontière de l'Alaska, la veille. Et les picotements de froid qui lui mordaient les pieds semblaient pires maintenant qu'il avait pénétré à l'intérieur du cercle arctique.

Il baissa les yeux et agita ses doigts de pied.

— On a peu besoin de vêtements chauds à LA.

— Eh bien ici, ça peut faire la différence entre garder ses doigts de pied et les perdre. Vous ne voulez sûrement pas expliquer à vos petits-enfants que vous avez sacrifié vos orteils plutôt que de porter des chaussures adaptées.

Helen donna une petite tape à son mari et sourit à Rafe.

— Un homme peut très bien vivre avec huit orteils, dit-elle en désignant les pieds de son mari.

Rafe ramassa son sac et, le cœur lourd, suivit le couple sur le tarmac. Qu'importait le nombre de ses orteils, il n'aurait pas de petits-enfants pour scruter ses pieds. Il n'avait pas l'intention de pérenniser la pitoyable filiation de ses parents. La famille s'éteindrait avec lui.

Helen gloussa en s'asseyant à côté de lui dans le petit avion de Jack.

— Une vraie célébrité à Blue Ash ! Enfin, sans compter…

S'interrompant, elle toussota et sourit à son mari.

— Le Dr A nous attend, dit Jack. Si le Docteur Playboy et toi êtes prêts, on va y aller.

Le Docteur Playboy. Le surnom était vendeur et faisait cliquer sur le site de l'émission, mais il était dépourvu de fondement.

— Je ne me reconnais pas dans ce qualificatif, répondit Rafe, sur la défensive.

— Bien sûr, fit Jack, railleur, en lui jetant un regard dédaigneux.

Rafe s'efforça de se calmer. On le jugeait mal. *Encore*. Ça n'aurait pas dû compter. Il ne connaissait ni Jack ni Helen. Mais il brûlait de se défendre, de leur dire qu'il savait ce qu'était un play-boy et les dommages que cela pouvait causer.

Après tout, il en avait l'apparence. Pour les journaux people, ce surnom permettait nombre de gros titres racoleurs. Pour Rafe, c'était une malédiction.

Rafe était le sosie de son père. Sa mère l'avait qualifié de « mini-moi » de son père, et ce n'était pas un compliment. Le père de Rafe, séduisant danseur professionnel, avait passé sa vie sur les routes. Le poste stable d'assistante comptable de sa mère leur assurait un toit au-dessus de la tête, mais les tournées incessantes du mari de celle-ci et les nuits solitaires l'avaient rendue de plus en plus vindicative à son égard.

Quand ses parents ne se disputaient pas au sujet des nombreuses infidélités de son père, ils se querellaient à propos de Rafe. Sa mère hurlait que son rôle de mère ne lui laissait aucun répit, son père rétorquait sur le même ton que, de toute façon, il n'avait jamais voulu d'enfant.

Aucun d'eux ne prêtait attention au bambin réfugié dans un coin. Rafe ne comprenait pas tout ce qu'ils disaient, mais il avait toujours su que son père le rejetait.

Pourquoi avait-il cru que sa mère était différente ?

Se frictionnant les mains, il essaya de se concentrer sur le paysage glacé qui défilait sous l'appareil. Son père était mort avec une autre femme dans un accident de voiture peu après son septième anniversaire. Une date que ses parents avaient oublié de fêter. Sa mère lui avait répété à longueur de temps qu'il était la copie conforme de l'infâme trompeur qu'elle avait épousé. Et, après la mort de son père, elle n'avait même plus fait semblant de l'aimer.

Les infidélités avaient détruit sa famille, et Rafe avait retenu la leçon.

Peu avant son huitième anniversaire, les services sociaux l'avaient pris en charge et cela s'était prolongé jusqu'à ses dix-huit ans. Il avait vécu avec de nombreuses familles mais n'avait jamais été accepté ; jamais il n'avait connu le sentiment d'*appartenance*. Aujourd'hui, sur un plateau de télévision, il incarnait le brillant Dr Rafe Bradstone, et, pendant l'émission, la blessure toujours à vif de son cœur saignait un peu moins.

À son grand soulagement, personne ne se sentit obligé de lui faire la conversation durant le court vol vers Blue Ash.

Puis une piste étroite surgit devant eux et il plissa les yeux.

— On va atterrir là ? demanda-t-il.

Le terrain était-il seulement assez large pour le petit Cessna ?

— Ne vous inquiétez pas, Doc, répondit Jack, j'ai posé mon bébé dans des conditions bien pires.

Le sourire qui creusa ses traits taillés à la serpe n'apaisa pas Rafe. Et, quand les roues touchèrent le sol, ses nerfs lâchèrent. Un cri d'angoisse résonna dans le minuscule cockpit. Lorsque Jack arrêta l'appareil avec une parfaite maîtrise, la peur laissa place à la gêne.

— Il n'y a qu'une plaque de verglas sur la piste et vous l'avez visée. Quel besoin aviez-vous de démontrer votre compétence sur la glace ? fit une voix rauque de femme par-dessus le vrombissement des hélices.

Jack lança son sac à Rafe.

— Il faut bien endurcir le nouveau. On n'a pas l'habitude d'accueillir des stars qui ont leur photo à la une de la presse people, rétorqua-t-il à la jeune femme qui patientait sur le tarmac.

— Ce sont des ramassis de mensonges, ils ne sont bons qu'à faire de l'argent, Jack, vous le savez bien, continua le comité d'accueil.

Elle disparaissait sous une énorme parka, et son écharpe orange dissimulait entièrement son visage à l'exception de ses magnifiques yeux gris. Elle croisa le regard de Rafe, et rugissement des moteurs, morsure du vent glacial, il oublia tout.

— Je parie que vous avez froid ! dit-elle, l'invitant à la suivre vers un édifice, probablement la clinique.

Il rougit, conscient de ne s'être même pas présenté.

— Bienvenue à Blue Ash, dit-elle, ouvrant la porte du bâtiment.

Quand elle enleva sa parka, une cascade de cheveux roux s'échappa de la capuche.

— Merci.

Son petit nez était parsemé de taches de rousseur, qu'il eut aussitôt envie de toucher. Quelle idée ridicule. Elle était exquise, mais nombre de femmes de LA l'étaient aussi.

Le visage en feu, il s'efforça de recouvrer son sang-froid. Pas question de se donner en spectacle. Il suspendit son manteau avec un sourire. D'où venait cette étrange impression qu'elle lui était familière ? Il ne connaissait personne en Alaska.

Soudain les pièces du puzzle s'assemblèrent. Il avait, comme des tas de gens du monde entier, accueilli chaque semaine cette déesse de l'Arctique dans son salon, à une certaine époque.

— Vous êtes Charlotte Greene !

— J'ai incarné le *personnage* de Charlotte Greene, fit-elle avec une sorte de résignation. Je m'appelle Annie…

Tout le monde connaissait Annie. Elle avait fait la une de tous les magazines pour adolescents et avait même eu l'honneur de figurer en couverture de *Vogue* avant ses dix-sept ans.

— J'ignorais que vous vous cachiez en Alaska.

Le visage de la femme s'assombrit et il s'en voulut. Il n'en ratait pas une.

Croisant les bras, elle leva le menton.

— Je ne me cache pas.

Il ne discuta pas. D'après le Dr Freson, la clinique de Blue Ash desservait une communauté de moins de six cents âmes. C'était tout de même curieux, que la célèbre Annie Masters soit venue s'y installer.

— Votre mère…

Elle tiqua.

— Carrie et moi ne sommes pas en contact régulier. Je ne peux pas vous obtenir de rendez-vous avec elle, et je doute qu'elle veuille représenter les toubibs de la télé.

Les toubibs de la télé. Vanessa avait eu cette expression méprisante, elle aussi. Il n'obtiendrait peut-être pas de prix pour son travail dans *The Dr Dave Show*, mais l'émission aidait les gens. Il était plus qu'un « toubib de télé ».

— Je n'ai pas besoin que vous me présentiez à elle.

Annie lui répondit avec un sourire crispé.

Il lui tendit la main en souriant. Il adorait que ses fans lui parlent de *Dr Dave*. Annie ne voyait probablement pas beaucoup de fans de *My Sister's House* à Blue Ash. Peut-être se détendrait-elle s'il évoquait sa participation à la série ?

— J'ai grandi en regardant *My Sister's House*, je rêve de vous rencontrer depuis que je suis enfant.

Des paillettes d'or scintillèrent dans les yeux gris qui le détaillaient. Il ressentit de nouveau la connexion intense, troublante, qui l'avait troublé sur la piste d'atterrissage.

— Ravie de vous connaître alors, docteur Bradstone.

Son ton froid le glaça. Il se faisait des idées. Comme il avait imaginé ne faire qu'un avec Vanessa. Et avec sa mère.

Il se redressa. Il n'avait pas besoin de l'impressionner. Par-dessus son épaule, il remarqua une porte fermée.

Où était le médecin ? Lui, Rafe, était là pour apporter son aide, pas pour bafouiller devant une ex-starlette reconvertie en réceptionniste dans une clinique perdue d'Alaska.

Il désigna la porte.

— Le Dr A est avec un patient ? demanda-t-il.

Avec un peu de chance, reprendre le surnom employé par Jack allégerait le malaise qui régnait dans le petit hall de réception.

— C'est Dr Masters. Dr Annie Masters. Seuls mes patients m'appellent Dr A.

Elle releva à nouveau le menton, le défiant de demander comment une enfant star avait échoué à ce poste au fin fond de l'Alaska.

Estomaqué, il chercha ses mots.

— Le Dr Freson a omis… ne m'avait pas dit…

Elle rit doucement.

— Jenn a un sens de l'humour très spécial.

— On doit y aller, dit Helen Henkle avec un sourire timide à Rafe. S'il vous faut d'autres fournitures, Annie, prévenez-nous. Nous ne pourrons probablement pas assurer les vols plus de quelques semaines.

Helen et Jack les avaient suivis dans la clinique ? Rafe ne s'en était même pas aperçu.

— Une minute, dit-il, relevant les propos de Helen, que voulez-vous dire par « pas plus de quelques semaines » ?

— L'hiver commence tôt, ici. Si vous n'êtes pas parti avant la troisième semaine de novembre, vous devrez peut-être rester jusqu'à la mi-mars, docteur Bradstone.

Annie Masters, un sourire en coin, s'adossa au bureau de réception. Le défiait-elle ? Il ne *pouvait* pas rester tout l'hiver. Il serait en rupture de contrat s'il manquait les émissions de Thanksgiving et de Noël de *Dr Dave*.

— Je dois être rentré à LA avant la fin novembre.

Annie – le *Dr Masters* – hocha la tête.

— Ça devrait aller. Le grand froid n'arrivera pas avant des semaines, dit-elle en triturant la peau morte de son pouce. Mais si vous êtes inquiet, vous n'êtes pas forcé de rester. Jenn sera revenue avant que l'hiver s'installe vraiment.

— Et dans le cas contraire ?

Elle se raidit, mais son visage resta impassible.

— J'ai affronté quatre hivers seule. C'est… J'ai l'habitude, dit-elle en mordillant une peau morte.

Il tira sur la bandoulière de son sac.

— Seule ?

Pourquoi cela le dérangeait-il ? Elle s'était visiblement débrouillée sans personne.

Elle haussa les épaules, et il en eut le cœur serré. Annie

était manifestement habituée à la solitude. Lui-même avait appris à l'apprivoiser depuis l'abandon de sa mère, mais pourquoi une enfant star populaire devait-elle se voir infliger la même épreuve ?

Elle montra la porte menant à l'arrière de la clinique.

— Si vous restez, votre logement est par là.

Elle tourna les talons et sortit sans l'attendre, laissant la porte ouverte. C'était un défi. Un test. Elle pensait sans doute qu'un docteur d'opérette ne pouvait que fuir.

Mais il ne laisserait pas le Dr Annie Masters le rabaisser. Calant son sac sur son épaule, Rafe lui emboîta le pas.

Annie dépassa rapidement les salles d'examen pour emprunter l'escalier menant à son appartement à l'arrière de la clinique. Elle savait que Rafe – *le Dr Bradstone* – la suivrait. Il était trop arrogant pour se sauver, même s'il n'était pas taillé pour l'Arctique. Sa veste et ses chaussures ne le protégeraient pas. La clinique était située à la limite du cercle polaire, et, dès la fin du mois suivant, rester dehors plus de quelques minutes, même bien équipé, serait dangereux. Cette vie n'était pas faite pour tout le monde.

Pourtant, quand elle l'avait vu, elle avait éprouvé…

Elle se mordilla la lèvre, s'efforçant de comprendre. Pourquoi s'étaient-ils dévisagés sur le tarmac ? Elle avait ressenti de la chaleur malgré la bise mordante. Et son cœur s'était emballé comme pour jaillir de sa poitrine.

Rafe Bradstone avait l'habitude de capter l'attention. C'était un des meilleurs généralistes de Los Angeles. Et, grâce à ses liens avec l'industrie du spectacle, les groupies du *Dr Dave Show* savaient qu'il était aussi beau que compétent. Il était toujours disponible pour ses fans et semblait en avoir partout.

La clinique avait reçu plus de demandes de rendez-vous depuis une semaine qu'au cours des deux derniers mois. Tout le monde voulait voir le Dr Bradstone. Elle allait devoir vivre avec ça pendant toute la durée du séjour de

Rafe. Cet homme était une distraction – une distraction d'une rare séduction.

Pourquoi Jenn l'avait-elle choisi pour la remplacer ? Pourquoi leur avait-elle envoyé cet homme ? Annie et elle s'étaient rencontrées lors de leur premier jour à l'école de médecine, et étaient devenues les meilleures amies du monde. Durant cette première journée, Jenn avait été la seule à se présenter, la seule à éviter toute allusion au passé de star d'Annie. Des années plus tard, toujours passionnée par son métier, elle voulait un accès aux soins médicaux pour tous, et avait promis à Annie le meilleur remplaçant pour sa clinique.

Annie serra les poings. Ses patients n'étaient peut-être pas aussi glamour que ceux du Dr Bradstone, mais ils méritaient les meilleurs soins. Ce n'était pas leur faute si Rafe utilisait ses connaissances médicales, sa prestance et son physique de tombeur pour accéder à la célébrité.

Après l'annonce par la compagnie pétrolière Rickon Oil de l'ouverture d'une succursale en périphérie de Blue Ash, la ville avait connu un boom démographique. La clinique avait besoin de deux médecins, pour faire face à la liste croissante de patients. Mais où trouver un praticien disposé à passer l'hiver dans une quasi-obscurité par une température de moins vingt degrés ? Le suppléant précédent avait déclaré forfait à l'approche de l'hiver. Et quand Jenn avait proposé de passer l'hiver avec elle à Blue Ash, Annie avait aussitôt accepté.

Jenn avait promis que Rafe serait sur place jusqu'à la mi-novembre, et s'était engagée à être de retour d'ici là. Mais Rafe reparti, qu'arriverait-il si elle décidait de rester à LA une fois son père installé dans sa maison de retraite ?

Refoulant l'angoisse qui lui nouait la gorge, Annie redressa les épaules. Elle avait affiché une confiance qu'elle était loin de ressentir, mais s'il le fallait elle servirait seule la communauté un hiver de plus.

Passant devant les touchantes photos et créations artistiques de ses patients, elle résista à l'envie de se retourner pour voir la réaction de Rafe. Son cabinet de LA était probablement très classe, mais elle adorait sa clinique simple et accueillante. Peu importait ce que ce docteur d'opérette en pensait, puisqu'il ne resterait pas.

Quand elle avait ouvert l'établissement, une de ses jeunes patientes l'avait dessinée devant la bâtisse. Elle n'était reconnaissable que grâce aux boucles rousses coiffant sa silhouette bâton et la clinique était une tache informe, mais quand Annie avait affiché le dessin Nicole rayonnait de fierté. Au fil des ans, la clinique était devenue une galerie d'art miniature.

Annie gravit les marches, s'arrêta devant la porte de son appartement, prit une inspiration et se retourna. Rafe se tenait quelques pas derrière elle. Elle pinça les lèvres. Qu'est-ce qui clochait chez elle ? Elle l'avait mis au défi de partir. Était-ce une façon d'accueillir le nouveau médecin, fût-il une arrogante célébrité qui avait osé l'appeler Charlotte Greene ?

Ce nom appartenait à une époque révolue, et Rafe n'était pas le premier à l'affubler du nom du personnage qu'elle avait incarné entre sept et dix-huit ans. Mais elle avait été blessée, le premier nom à sortir des lèvres gercées de ce bel homme n'avait pas été le sien. Annie.

Même après toutes ces années loin des projecteurs, le rôle que sa mère lui avait obtenu la hantait encore. Carrie avait pris en main la carrière de sa fille dès son premier spot publicitaire, et n'avait pas voulu y renoncer lorsque celle-ci était devenue adulte. Et, pour « aider » Annie à passer la transition de l'enfant star à l'adulte superstar, elle avait vendu des photos d'elle en maillot de bain topless.

Ce que personne ne savait, c'était que Carrie avait pratiquement traîné Annie de force sur cette plage prétendument privée, et qu'elle avait critiqué son vilain maillot jusqu'à ce qu'Annie consente à retirer son haut. Les clichés étaient sortis seulement accompagnés d'un gros titre racoleur : *L'enfant star a bien grandi. Les nouveaux rôles affluent pour Annie Masters.*

Cela avait été la goutte d'eau qui avait fait déborder le vase. Annie avait compris qu'elle devait échapper au contrôle de Carrie.

À dix-huit ans, elle avait donc quitté sa mère et abandonné Hollywood. Profitant d'un rendez-vous de Carrie chez le coiffeur, elle s'était rendue dans un bureau de recrutement de l'armée et avait signé les papiers d'enrôlement. Elle avait vu en l'armée un salut, mais elle y avait trouvé un but, d'abord comme médecin militaire, puis comme praticien civil.

Tourner le dos à Hollywood n'avait pas été facile. Elle avait dû se battre pour être prise au sérieux. Prouver sa valeur sur le terrain. Se faire des amis avait demandé encore plus de temps. Longtemps, elle n'avait pas pu s'isoler sans être qualifiée de snob, ou pire encore. Elle détestait que tout le monde voie en elle la pétillante Charlotte Greene. Elle avait l'impression de les flouer, de décevoir leurs attentes, en particulier celles des hommes. Car ils avaient souvent grandi en suivant ses aventures et fantasmé sur elle.

Mais ce n'était pas Annie qu'ils désiraient. Depuis dix ans qu'elle avait abandonné la peau de Charlotte Greene, seul un homme avait vu au-delà du personnage, et lui aussi était parti.

— Excusez-moi. J'ai eu tort de présumer que vous n'étiez pas le médecin de la clinique, dit Rafe en s'adossant au mur. Et pardon de vous avoir appelée Charlotte Greene. J'ai hâte de travailler avec vous, docteur Masters.

Ces paroles tempérèrent la colère d'Annie. Il s'était comporté normalement en la rencontrant, même si c'était douloureux pour elle.

Le rôle de Charlotte lui avait donné une indépendance financière, mais comment évaluait-on le prix de la solitude ?

Ravalant sa fierté, elle lui tendit la main.

— On repart de zéro ?

— Oui… Mais pouvez-vous répondre à une question ?

— Allez-y…

Elle s'attendait à une question idiote sur Hollywood ou la série qui l'avait faite star. Ils voulaient tous la même chose.

— Pourquoi ai-je encore froid ? Je sens la chaleur, mais je jurerais que mon corps refuse de l'accepter.

Quand ses yeux sombres accrochèrent les siens, elle se sentit sottement heureuse. Il n'allait pas la harceler de questions sur Hollywood. Et elle appréciait.

— Les gens du Sud sont des petites natures, dit-elle avec un gloussement. C'est parce que vous avez les pieds humides. Le reste de votre corps essaie de compenser.

Posant ses grandes mains sur ses hanches, il éclata de rire.

— Je ne pense pas que la Californie fasse partie du Sud.

Son timbre chaud de baryton la fit frissonner.

— Tout ce qui est au sud de la frontière de l'Alaska fait partie du Sud, fit-elle, haussant les épaules.

Comment se concentrer auprès d'un si bel homme ? Elle n'en avait pas rencontré d'aussi attirant depuis Blake.

Son fiancé n'était plus là depuis des années, mais elle avait gardé certaines de ses affaires. Ses deux premiers hivers à Blue Ash, elle avait porté les pulls de Blake et ses ridicules chaussettes de laine, dix fois trop grands pour elle. Elle n'avait même pas envisagé de s'en débarrasser.

L'hiver précédent, elle les avait sortis sans les porter. Peut-être était-il temps de faire le tri dans ses tiroirs. Blake…

— Annie ?

S'arrachant à ses pensées, elle éprouva le besoin de s'éloigner de Rafe et recula d'un pas.

— Pardon, vous disiez ?

Il s'approcha, mais resta à distance.

— Je vous demandais si vous veniez aussi de Californie.

— Oui.

Un parfum de bois de santal et de citron lui chatouilla les narines. *Forcément.* Avec un physique pareil, il ne pouvait que sentir bon.

— Et il a fallu trois hivers pour que les gens arrêtent de m'énumérer les différentes façons dont je pouvais perdre mes orteils. Mais il est de mon devoir de vous mettre en garde…

— … Mes chaussures ne sont pas faites pour affronter l'hiver. On me l'a déjà dit. Alors, dans trois hivers, je serai un véritable Alaskien à condition d'apprendre à choisir mes chaussures ? demanda-t-il, tournant dans la petite cuisine.

— Votre expérience de l'Arctique vous fait déjà penser que vous pourriez devenir l'un des nôtres ?

Elle répugnait à admettre le trouble qu'il suscitait en elle. Elle aurait aimé que quelqu'un atterrisse à Blue Ash et voie cet endroit avec les mêmes yeux qu'elle, qu'il s'y sente chez lui. Mais ce ne serait pas le Dr Bradstone. Il recherchait le feu des projecteurs et un fan-club. Pas les longs hivers et les étés sans nuit.

— Je peux poser mon bagage quelque part, ou je dors dans la cuisine ? demanda-t-il avec un rire gêné. Il y a longtemps que je n'ai pas dormi par terre, mais j'en suis capable.

Elle lui fit signe de la suivre dans la chambre d'ami.

— Vous aimez le camping ? demanda-t-elle.

— Non, répondit-il d'une voix tendue.

Il posa son bagage sur le lit et commença à fouiller dedans.

— Alors pourquoi dormiez-vous par terre ? C'était un truc d'enfant ?

Elle qui avait passé son enfance à travailler, elle était fascinée par les jeux que les enfants inventaient pour s'occuper.

— Je n'avais pas toujours de lit, répondit-il sèchement.

Pourquoi *diable* n'avait-il pas de lit ?

Attrapant une paire de chaussettes, il ne s'étendit pas sur la question.

— Vous êtes à l'intérieur du cercle polaire, docteur Bradstone, dit-elle, en fronçant les sourcils. Vous perdrez *vraiment* vos orteils si vous portez des chaussettes aussi fines.

Elle se tourna vers le placard.

— Tenez, dit-elle, lui jetant d'épaisses chaussettes de laine.

Il les enfila et soupira d'aise – comme Blake. Le plaisir que prenait son fiancé à mettre des chaussettes l'avait toujours amusée.

Puis Rafe chaussa les bottes qu'elle venait de lui donner et elle en eut le cœur serré. Rafe n'était pas Blake. Il était attirant, et elle ne voulait pas qu'il perde des orteils sous sa surveillance. Voilà tout.

— Tous les résidents de l'Arctique gardent une réserve de chaussettes pour nous, mauviettes du Sud ? demanda-t-il avec malice en se levant.

— Non.

Un coup de sonnette providentiel épargna toute explication à Annie. Elle ne parlait pas de Blake. Jamais.

— Docteur A ? On a besoin de vous !

Un hurlement résonna dans les couloirs tandis que, Rafe sur les talons, elle se précipitait vers la clinique.

Les yeux du jeune Danny Mill passèrent rapidement sur le nouveau venu avant de se fixer sur Annie.

— Je déplaçais des bidons de nourriture pour les animaux, et il y en a un qui est tombé. Je n'ai pas…

— Qui est blessé et où ? l'interrompit Annie.

— Grand-père Mac, répondit Danny, les lèvres tremblantes. Il a essayé de rattraper le bidon qui a atterri sur sa jambe. Ça saigne beaucoup… Jeremiah l'amène.

Avant qu'elle ait pu réagir, Rafe courut vers la porte. Sans sa veste.

— Pas très malin, fit Danny comme le battant claquait derrière lui.

Annie soupira. Rafe avait le comportement stupide d'un docteur de show télévisé, mais elle admirait son dévouement.

— Envoie-les en salle 3, Danny. J'apporte le matériel.

Elle ne conservait qu'une petite réserve de sang. Mac était O+, elle le savait mais s'en assura néanmoins rapidement dans son dossier. Une blessure allait ralentir les préparatifs du vieil homme pour l'hiver, et il refuserait de prendre des congés. Rafe pourrait peut-être l'aider.

— Annie !

Le cri de Rafe la rappela à l'ordre et, attrapant le matériel, elle courut vers la salle 3.

Le visage de Mac était d'une pâleur de cendre. Une coupure, aux bords déchiquetés, allait de sa cheville à son genou, mais l'os n'était pas apparent sous la croûte de sang. Tant mieux.

— Le sang est sec ? demanda-t-elle, écartant Danny

et Jeremiah pour accrocher une poche de sang au pied à perfusion.

— En partie, répondit Rafe, mais il y a encore un léger saignement près du genou.

— Qu'est-ce que ça veut dire ? demanda Danny, effrayé.

— J'ai besoin du Dr A pour soigner ton grand-père, dit Rafe. Tu peux aller chercher ta grand-mère avec Jeremiah ?

Annie lui adressa un sourire reconnaissant. Les petits-fils de Mac étaient nerveux, et Rafe avait su se débarrasser des deux adolescents sans les heurter.

— On va nettoyer la plaie pour que le Dr Bradstone et moi puissions l'examiner, dit-elle à Mac. Puis on vous conduira au bloc opératoire pour la suturer, l'éclairage y est meilleur.

— Un pansement ne suffit pas ? dit Mac en grimaçant.

Rafe lui fit un clin d'œil et se tourna vers Annie.

— Que voulez-vous que je fasse ? Nettoyage ou suture ?

— Vous allez recoudre la plaie. Les sutures sont au bloc… Seconde porte sur votre droite.

— Je vais tout préparer, dit-il en sortant. Je n'arrive pas à croire que je travaille avec…

Elle n'eut pas de mal à compléter la phrase. Charlotte Greene. Toujours Charlotte Greene.

Mais Rafe exercerait ici temporairement. Il était attiré par les lumières de Hollywood. Et s'il regrettait qu'elle ne soit pas Charlotte, cela n'avait aucune importance.

Strictement aucune.

2.

Quand Annie poussa la porte de la salle d'opération avec le brancard de Mac, elle écarquilla les yeux mais s'efforça de rester impassible. Contrairement à Mac.

— Vous êtes drôlement attifé, doc ! dit le patient.

Au vestiaire du bloc, Rafe avait déniché un pantalon à fleurs à sa taille mais trop court, qui laissait voir ses mollets. Et les tuniques étant trop étroites pour ses larges épaules, il portait un T-shirt blanc qui moulait son torse athlétique.

Il pinça les lèvres sous le regard insistant d'Annie.

— Je lui ai administré l'anesthésique local il y a trois minutes, je vais me relaver, lança-t-elle en sortant, les épaules secouées par un rire silencieux.

— Si vous vous moquez de moi, Mac, je suppose que l'anesthésique a commencé à agir ? dit Rafe.

— Je ne sens plus la douleur, répondit Mac, évitant son regard.

— Recoudre la plaie va prendre du temps, et je ne veux pas que vous souffriez.

Le vieil homme le regarda droit dans les yeux.

— Je n'ai pas mal, doc, je suis gêné. Quand le Dr A m'a fait cette injection, ça m'a atrocement brûlé et je l'ai insultée.

Rafe lui sourit, rassurant.

— La lidocaïne a cet effet. Il n'y a pas de honte à admettre qu'on souffre, dit-il en prenant les sutures pour commencer à recoudre la blessure. Le Dr A n'en a pas pris ombrage.

— Bien sûr que non, assura Annie en entrant. Un jour

j'ai soigné des rangers de l'armée, ils m'ont hurlé des jurons qui vous feraient rougir. Et je ne leur en ai pas voulu.

Elle vint se placer de l'autre côté de la table d'opération.

— Vous resterez en observation cette nuit, Mac, déclara-t-elle.

— Ça ne me dérange pas de passer la nuit avec vous, doc.

— Comment ! Flirteriez-vous avec moi, Mac ? répondit-elle, faussement coquette. Qu'en penserait Molly ?

— Elle dirait que je ne trouverais pas mieux que vous, mais elle me tordrait le cou si je me risquais à vous courir après.

Annie éclata de rire.

— Parlez-moi de votre dernier arrière-petit-fils.

Elle l'écouta en souriant évoquer les joies de la vie de famille. Ces histoires heureuses serrèrent le cœur de Rafe. Il aurait aimé appartenir à une famille comme celle de Mac. Le vieil homme avait beaucoup de chance.

Se concentrant sur son travail, Rafe rapprocha les deux lèvres de la plaie. Il avait déjà posé vingt points de suture et en avait encore autant à faire.

Quand il eut fini, le vieil homme blêmit en regardant sa jambe et Annie s'empressa de l'allonger sur la table.

— Vous avez perdu du sang, et la blessure sera sensible plusieurs semaines. On va vous ramener à votre chambre et vous donner quelque chose pour vous aider à dormir.

Rafe la regarda, pensif. Annie était une excellente médecin. Elle aurait pu exercer n'importe où. Pourquoi se cachait-elle dans une clinique perdue au fin fond de l'Arctique ?

— Je vais avoir une sacrée cicatrice, dit Mac avec un sifflement en scrutant sa jambe.

— J'ai fait le maximum pour la réduire le plus possible. Mais si elle vous gêne, la chirurgie plastique pourra…

— Je ne me soucie pas de mon physique de rêve mais de ma fierté, doc. Je ne peux pas raconter que j'ai été attaqué par un bidon, je dois trouver une meilleure histoire !

Rafe rit de bon cœur.

— Il y a des lions de montagne, dans la région ?

— Pas dans un rayon de deux cents kilomètres, répondit Mac, pince-sans-rire.

— Des ours peut-être ?

Ni Mac ni Annie ne répondirent pendant qu'ils ramenaient le vieil homme dans sa chambre. Peu à peu, la médication fit effet, et la respiration de Mac ralentit.

— Où avez-vous soigné des rangers ? demanda Rafe à Annie comme le vieil homme commençait à ronfler.

— Dans l'armée, répondit-elle, l'invitant à la suivre. J'ai eu une vie après Charlotte Greene. J'ai exercé comme médecin militaire pendant quatre ans avant d'intégrer l'école de médecine civile, docteur Bradstone.

Il s'efforça de l'imaginer en treillis, et y parvint plus facilement qu'il n'aurait cru.

— En zone de combat ?

Il était impressionné. Il avait été confronté à de nombreux traumas pendant ses rotations aux urgences, et certaines expériences étaient restées gravées dans sa mémoire.

— Vous êtes beaucoup plus que Charlotte Greene.

— Merci, répondit-elle avec un sourire bref. Vous avez fait du bon travail sur la jambe de Mac.

Il n'avait pas l'habitude des compliments. Embarrassé, il la suivit dans le couloir, contemplant en passant les dessins pleins de vie et de joie affichés au mur.

— Comment une célèbre star de télévision devient-elle médecin militaire ?

Elle passa derrière la cloison qui séparait la pièce et lui lança ses vêtements.

— J'attends ici. Criez quand vous serez habillé de manière décente.

Il se déshabilla et remit son jean et son sweat-shirt.

Quand elle reparut, ses cheveux brillants étaient attachés en chignon serré, et il fut troublé par les courbes charmantes mal dissimulées par sa tunique opératoire.

— Sérieusement, Annie, comment êtes-vous devenue médecin militaire ?

Elle haussa les épaules.

— En m'enrôlant dans l'armée. Venez, je vais vous montrer la buanderie ; mon rôle d'hôtesse n'inclut pas la corvée de lessive.

Ravalant sa frustration, il écarquilla des yeux faussement horrifiés devant la machine à laver.

— Une minute. Le Dr Freson m'a assuré qu'on s'occuperait de mon linge !

— C'était un mensonge pour faire passer la pilule de l'Arctique. Vous êtes seul pour laver vos slips kangourou, dit Annie, les yeux pétillant de malice.

— Je n'en mets plus depuis l'enfance, Annie, répondit-il en riant. Il y avait probablement Batman ou Superman sur les derniers que j'ai portés.

Elle lui lança un paquet de lessive.

— Vous aimiez les comics ?

Il jeta sa tenue opératoire avec le linge sale.

— Je les *adorais* ! Les super-héros viennent toujours au secours des gens.

Elle s'adossa, bras croisés, au sèche-linge.

— Vous êtes médecin pour aider les autres ?

Son regard intense le mit mal à l'aise. Il était *certain* qu'elle avait choisi cette voie pour assister son prochain. Il aurait aimé pouvoir en dire autant.

— Non, répondit-il. Je… J'ai grandi en famille d'accueil.

Il avait connu de nombreux foyers, sans recevoir l'attention dont il avait tant besoin. Les choses auraient pu être différentes s'il était resté dans sa première famille. Sa deuxième mère, Emma, tenait à lui. Mais il l'avait perdue aussi. Après l'abandon de sa mère biologique, la mort d'Emma l'avait achevé et il s'était définitivement replié sur lui-même.

— J'ai passé mon enfance à en vouloir au monde entier, brinquebalé d'un foyer à un autre sous prétexte que j'étais un gamin difficile. J'avais besoin d'amour et d'attention pour supporter la perte de mes parents, mais on ne m'en donnait pas assez. Une de mes mères en famille d'accueil idolâtrait les médecins et, un jour, je lui ai dit que je deviendrais le meilleur docteur du monde. Elle m'a ri au nez et m'a rétorqué que j'avais plus de chances de finir en prison.

Annie serra les poings.

— C'est affreux de dire ça, surtout à un enfant…

Elle avait de l'empathie pour lui ? Ç'aurait bien été la première fois. Il ravala la boule qui lui obstruait la gorge. Il avait toujours été seul, sans personne pour se soucier vraiment de lui. Comment était-il censé réagir à la compassion d'Annie ?

— C'était cruel, mais elle m'a rendu service. J'ai étudié toutes les nuits pour lui prouver qu'elle avait tort. Et elle n'a pas été si impressionnée que ça quand j'ai obtenu ma bourse.

Annie lui tapota le bras en souriant.

— Eh bien moi, je vous trouve très impressionnant.

Il sentit son cœur se gonfler. Elle pensait ce qu'elle disait. Elle lâcha son bras, et son parfum de lavande se dissipa tandis qu'elle reprenait ses distances. Elle l'avait à peine touché, mais il se sentait un peu moins seul.

— Vous lisiez des comics, quand vous étiez actrice ? demanda-t-il en agrippant le bord du sèche-linge pour s'empêcher de la toucher.

Quelque chose en elle l'émouvait profondément.

Les épaules d'Annie s'affaissèrent. Elle s'assombrit.

— Non, répondit-elle, et une ombre passa dans ses yeux gris. Je les ai découverts dans l'armée. Blake adorait…

Il n'avait pas voulu lui faire de peine. Il n'avait jamais été dans l'armée, mais il avait rencontré bon nombre de vétérans et connaissait leur fragilité.

— Blake en lisait à la compagnie quand sa mère lui en envoyait, reprit-elle sans le regarder. Il imitait même les voix des personnages. On riait et on plaisantait beaucoup sur les intrigues débiles, mais on était fou de joie quand ces caisses arrivaient.

Elle se tut un instant, et poursuivit avec un sourire triste :

— La mère de Blake a continué à m'en envoyer après… Le gentil gagne toujours, dans ces histoires. J'aimerais que ce soit pareil dans la vraie vie.

— Moi aussi.

Que se passerait-il s'il l'enlaçait ? Elle avait manifestement besoin de réconfort, mais il la connaissait à peine.

Elle se dirigea vers la porte et posa la main sur la poignée.

— Vous devriez vous installer. J'irai voir comment va Mac après avoir fait les papiers.

Et, sans attendre de réponse, elle s'enfuit.

Dehors, les rafales de neige fouettaient la vitre. Rafe déglutit devant le vide laissé par Annie. Il fallait que Jenn rentre vite.

— Tu avais une raison de cacher mon identité au Dr Bradstone ? demanda Annie en attachant ses cheveux en queue-de-cheval.

— Je ne te vois pas comme Charlotte Greene, dit Jenn.

Annie leva les yeux au ciel. Jenn non, mais Rafe si. Et elle en souffrait.

— Rafe m'a appelée hier soir, dit Jenn.

Bien sûr.

— Pour te parler de sa rencontre avec Charlotte Greene ?

Annie perçut un bruit de vaisselle, au bout du fil.

— Non. Il s'est plaint du froid et m'a dit que tu étais remarquable.

Remarquable ? Le compliment faisait plaisir. Trop. Rafe était un merveilleux praticien, d'un abord facile. Très beau. Mais seules ses compétences médicales l'intéressaient.

— Annie ? demanda Jenn. Tu es toujours là ?

— Oui !

Son ton enjoué ne trompa pas son amie.

— Qu'est-ce qui ne va pas ?

Elle se laissa choir sur son lit et contempla le plafond.

— Rien. Rafe est un excellent médecin et…

Sa gorge se serra. Elle avait envie de le connaître. Et c'était terrifiant. Il avait eu une éducation différente de la sienne, mais son âme portait les cicatrices de la solitude. Comme la sienne.

— Il est attirant…, dit Jenn.

C'était plus que ça. Annie était presque sûre que Rafe avait voulu la prendre dans ses bras, la veille. Et, pour la première fois depuis la mort de Blake, elle avait eu envie de se blottir dans les bras d'un homme. Sentir la chaleur d'un autre corps, le réconfort de savoir que, pendant un moment, elle n'était plus seule. Cela lui avait fait peur, et elle s'était enfuie.

— Très beau, comme en témoignent ses innombrables groupies. Il n'y a rien d'autre à en dire, Jenn, fit-elle, ignorant le soupir de son amie. J'ai eu plaisir à parler avec lui hier, mais il ne reste que quelques semaines.

— Parfait pour une aventure, alors.

— Une *aventure* ?

Le rire de Jenn était contagieux, et Annie mit sa main devant sa bouche pour étouffer ses gloussements nerveux.

— Pourquoi pas ? Il est craquant, et toi aussi… Je me fais du souci pour toi. Tu es seule depuis…

La bulle joyeuse dans laquelle flottait Annie éclata.

— Depuis que Blake a été tué, fit-elle, glacée.

Elle n'évoquait jamais son fiancé. Mais elle avait parlé à Rafe de sa passion des comics, la veille.

— Annie…

— Je dois voir un patient.

— Laisse une chance à Rafe. Je parie qu'il est doué !

Annie foudroya le téléphone des yeux et regarda par la fenêtre. Rafe était dehors… Sans manteau, une fois de plus ! Elle se leva.

— Je dois raccrocher, docteur Freson.

Jenn gloussait encore quand elle coupa la communication.

Enfilant son manteau, elle traversa la clinique au pas de charge, ouvrit la porte, et tomba littéralement dans les bras gelés de Rafe qu'elle attira à l'intérieur.

— Qu'est-ce que vous fabriquez ? grogna-t-elle en s'écartant, troublée par ce contact.

Il souffla sur ses mains pour les réchauffer et pianota sur son téléphone.

— J'essaie de faire une belle photo de ces majestueuses montagnes pour la télécharger sur les réseaux sociaux.

Elle leva les yeux au ciel. Inquiète pour lui, elle avait volé à son secours alors qu'il s'exposait à des engelures pour impressionner des inconnus ! C'était ridicule.

Elle avait envie de se fâcher, de le secouer. Attrapant ses doigts froids, elle les serra entre ses paumes.

— Ils sont gelés !

Il était parfaitement capable de se réchauffer tout seul, mais elle n'avait pas envie de le lâcher.

C'était dangereux. Elle savait qu'elle ne devait pas se rapprocher du Dr Rafe Bradstone.

Rafe déglutit pendant qu'Annie frottait sans ménagement ses doigts douloureux. Il ne comptait pas rester dehors longtemps et ne s'attendait pas à ce que le froid pénètre aussi vite ses os. Le sang se remit à circuler dans ses mains gelées, et il ressentit comme des piqûres d'aiguille.

La veille au soir, il était resté longtemps éveillé à penser à elle, déplorant de ne pas avoir cédé à l'envie de la prendre dans ses bras. C'était stupide. Il la connaissait à peine. Mais cette occasion manquée le hantait.

— Je sens de nouveau mes doigts, dit-il, le regrettant aussitôt quand elle le lâcha.

— On n'est pas sur un plateau de télévision, Rafe, déclara-t-elle sévèrement.

Cela n'avait rien à voir avec son rôle dans *Dr Dave* ! Il était plus qu'un toubib de télé. Il fallait qu'elle comprenne qu'il n'était pas qu'une belle gueule de téléréalité.

Son téléphone bipa, des fans réagissaient à son post sur les réseaux sociaux.

— Je sais, Annie, dit-il tout bas en allant vers elle.

— *Vraiment ?* rétorqua-t-elle, lorgnant sa poche où son portable continuait à vibrer. Alors mettez une doudoune et une bonne paire de bottes si vous tenez à poster des photos du cercle polaire. À moins que vous vouliez illustrer à quoi ressemble une engelure ?

Elle tourna les talons, mais il la rattrapa.

— Annie ?

Elle haussa les sourcils tandis que son téléphone annonçait de nouvelles notifications. En général, ce tintement le réjouissait, il signifiait qu'on pensait à lui, qu'on partageait des choses avec lui. Mais tout cela semblait très superficiel pour Annie. Il coupa son portable.

— Merci d'être venue me chercher. Je ne m'aventurerai plus dehors sans manteau, promis.

Elle lui adressa un petit sourire et il sentit un frisson le parcourir. Elle était parfaite… mais pas pour lui. Il n'allait pas rester, et l'incident prouvait assurément qu'il n'était pas fait pour l'Arctique.

Mais, en la tenant un instant dans ses bras, il avait regretté qu'il en fût ainsi. Et cette réaction lui faisait peur.

Annie se hâtait vers la clinique. Son corps tout entier la démangeait. Elle avait voulu réchauffer les doigts de Rafe, mais elle les aurait volontiers gardés dans les siens.

Elle se sentait seule, voilà tout. Le désir n'était pas l'amour.

Le cœur serré, elle s'adossa à la porte de son bureau. *L'amour.* Elle avait eu sa chance en amour, et l'expérience avait été tristement courte.

Depuis, ses quelques rendez-vous sentimentaux avaient été désastreux. Les hommes qu'elle rencontrait ne s'intéressaient qu'à son passé. Et depuis que le dernier en date avait essayé de vendre des photos d'eux à un tabloïd, elle n'était plus sortie avec personne. Elle n'avait jamais envisagé une idylle.

Jusqu'à Rafe.

Le cœur battant, elle se raisonna, elle s'était simplement inquiétée pour un collègue en danger, rien d'autre.

Et la veille ?

Elle avait discuté avec lui simplement parce que sa

passion pour les comics lui avait rappelé l'homme qu'elle avait perdu. Voilà tout.

Blake.

Elle ne parlait pas de son fiancé. Jenn elle-même ne l'interrogeait jamais sur l'homme qui avait joué un si grand rôle dans sa venue en Alaska.

Au camp d'entraînement, Blake avait été le seul à voir au-delà de son image de star hollywoodienne. En dépit de la discipline stricte et des sergents braillards, c'était dans l'armée qu'Annie avait goûté pour la première fois à la liberté. Elle avait eu du mal à se faire des amis car elle était perçue comme trop tendre, ou pire, on croyait qu'elle s'était engagée pour faire un coup de pub. Puis Blake lui avait conseillé d'ajouter quinze kilos à son sac à dos pour la course d'endurance de vingt kilomètres, et son exploit lui avait valu le respect de tous.

Blake et elle étaient devenus aussi inséparables que le permettait la vie militaire. Elle avait pleuré quand il avait été muté dans un régiment de cavalerie au lieu de suivre une formation médicale avec elle. Et ils avaient continué à se voir lors de brèves semaines d'opérations communes.

Blake l'avait demandée en mariage en Allemagne, la veille de son départ en mission en Irak. Elle avait porté sa bague de fiançailles moins d'une semaine avant d'être appelée au bureau du commandant…

Un parfum d'after-shave mentholé interrompit le cours de ses pensées. Rafe se penchait sur son épaule pour prendre le dossier d'un patient.

— Ça va ? demanda-t-il, les sourcils froncés.

— Très bien, répondit-elle sèchement.

Il s'adossa au mur et agita les doigts.

— Je suis vraiment désolé de vous avoir fait peur ce matin.

— Et je regrette de vous avoir réprimandé. Après tout, ce sont vos doigts et vos orteils, ajouta-t-elle en riant.

— La femme de Mac vient d'arriver. Je lui ai dit qu'il pouvait rentrer chez lui et qu'il devrait revenir à la fin de la semaine prochaine pour qu'on lui enlève ses points.

En lui tendant la fiche de Mac, elle frôla ses doigts. Son cœur bondit, et elle détourna les yeux.

— Il va être pénible, comme malade. Mais il file doux devant Molly.

— Un sacré couple, apparemment, dit-il en riant.

— Ils se sont aimés plus de la moitié de leur vie, observa-t-elle avec mélancolie.

— Le Dr Masters serait-elle romantique ? fit-il, taquin, alors qu'ils pénétraient dans son bureau.

— Et vous ? demanda-t-elle en le dévisageant.

Il leva les yeux de la fiche et sourit d'un air espiègle.

— Quoi, moi ?

— Vous êtes romantique ? dit-elle, évitant son regard.

— Non. L'amour ne dure pas, pourquoi s'embêter avec ça ?

— C'est un jugement bien pessimiste…

Rafe se raidit en voyant Annie se rembrunir. Il aurait dû faire une réflexion piquante sur les bouquets de fleurs ou les boîtes de chocolats. C'était moins risqué que réfléchir à la signification du mot « amour ».

Pour une raison inconnue, il semblait incapable de garder ses distances avec Annie. Quand elle lui était tombée dans les bras, dans la matinée, il avait eu envie de la garder contre lui. D'effacer d'un baiser la petite ride qui se creusait entre ses sourcils quand elle les fronçait. Elle était intelligente, talentueuse et belle, mais ce n'était pas une raison pour aller plus loin. Même si le courant passait entre eux, une aventure ne pouvait que les mener au désastre.

— Ce qu'on appelle « amour » n'est que la sécrétion par le cerveau de noradrénaline et de dopamine, dit-il avec un haussement d'épaules. Les études scientifiques sur la chimie du cerveau sont fascinantes, mais on ne passe pas son temps libre à lire les revues scientifiques.

Une émotion indéfinissable passa sur le visage d'Annie.

— Non. Ce que vous décrivez s'appelle le désir et l'attirance. L'amour, c'est beaucoup plus que ça.

Sa certitude l'ébranla.

— Alors, c'est quoi l'amour ? demanda-t-il, intrigué.

— C'est la *vie*, répondit-elle, les yeux brillants. Le rire, la lutte, la tension, la joie… la douleur. C'est la promesse de n'être jamais vraiment seul. L'assurance que, même quand on en veut à son partenaire, la vie est dénuée de sens sans lui. C'est savoir que, même si des océans vous séparent, il est toujours à vos côtés. Qu'il se bat *pour* vous et *avec* vous. Et qu'il vous choisira, quoi qu'il arrive.

De toute évidence, Annie avait profondément aimé quelqu'un. Blake ? Pourtant, elle était seule. Rafe serra les poings. Elle avait tout donné à un homme qui l'avait quittée. Il était un peu jaloux qu'elle puisse encore défendre l'amour avec tant de fougue après avoir été délaissée.

— C'est un beau sentiment.

— Mais vous n'y croyez pas ? demanda-t-elle en le scrutant.

— J'aimerais que ce soit vrai…

Il voulait croire qu'on pouvait le choisir parmi tous les autres. Mais si sa propre mère ne l'avait pas fait, pourquoi quelqu'un d'autre le ferait-il ? Il sourit malgré tout.

— Il est encore tôt dans la journée pour avoir une conversation si sérieuse, vous ne trouvez pas, docteur Masters ?

Avec un petit rire, elle tendit la main vers la pile de dossiers de patients.

— On a une journée chargée. La moitié des femmes de la ville espèrent que vous allez les déclarer en bonne santé.

— Annie…

Sauvée par le carillon de la porte d'entrée, elle alla ouvrir sans se retourner.

— Je prends Mme Anderson, et vous Mme Hillard !

Il jeta un coup d'œil à son téléphone pour voir les réactions aux photos qu'il avait postées. Contre toute attente, le nombre impressionnant de *likes* lui parut artificiel et ne lui procura pas la joie espérée. Il éteignit l'appareil.

— Votre tension est élevée, madame Hillard.

— C'est vrai ? demanda la patiente. Dites-moi, docteur, quelle sera votre contribution à la fête d'automne ?

Rafe s'écarta et la regarda fixement. Ils étaient là pour s'occuper de sa tension, pas d'un quelconque carnaval.

Tapotant sa main ridée, il adopta un ton bienveillant.

— Il y a des antécédents d'hypertension, dans votre famille ?

Les yeux verts de la vieille dame pétillèrent.

— Je ne sais pas… Pour en revenir à la fête, qu'est-ce que vous aimeriez faire ?

Il s'exhorta à la patience. Il sourit.

— Je l'ignore, mais je serai ravi d'en discuter quand nous aurons parlé de votre tension. Une forte tension accroît le risque de crise ou d'insuffisance cardiaque, de défaillance organique et d'attaque cérébrale. C'est très sérieux.

— Ça ne m'inquiète pas, dit Mme Hillard en souriant.

Il croisa les bras, s'efforçant de maîtriser sa frustration.

— Madame Hillard, c'est grave.

— Je vais avoir quatre-vingts ans l'été prochain.

— Et vous êtes en pleine forme, répondit-il avec un soupir.

Les yeux de la vieille dame pétillèrent.

— Mon Thomas est parti depuis deux ans, docteur Bradstone. Il était tout pour moi. Maintenant je me contente de m'éclater, comme dit mon arrière-petit-fils, en attendant que le créateur me rappelle à lui.

Que répondre à cela ? Il tenta autre chose.

— C'est quoi, la fête d'automne ?

Mme Hillard lui adressa un grand sourire.

— Toute la communauté y participe. Il y a des jeux, des buffets… et un concours de danse.

— Un concours de danse ?

— Ça a commencé il y a quelques années, les gens réalisent des numéros de danse en costume. Le gagnant gagne un trophée. On s'amuse bien, et tout l'argent récolté va à la bibliothèque. C'est ma période préférée de l'année.

À l'évidence, l'événement était important pour elle.

— Si j'accepte de participer au carnaval, vous voudrez

bien suivre un régime et un programme d'exercices, pendant quelques semaines ? Et si votre tension ne baisse pas, prendrez-vous des médicaments ? Je suis sûr que votre mari tient à ce que vous participiez encore à plusieurs fêtes d'automne avant de le rejoindre.

Mme Hillard le dévisagea d'un air pensif.

— Je pourrais accepter le marché. Vous dansez ?

— Un peu.

Ce n'était pas tout à fait exact, mais il n'avait pas envie de s'expliquer. Carrie, son agent, avait insisté pour qu'il prenne des leçons, arguant qu'il pourrait ainsi, le cas échéant, participer à une compétition de danse dans une émission de téléréalité. Et apparemment il était doué. Comme son père.

Une comparaison qu'il redoutait et haïssait à la fois. Avant le décès de son époux, sa mère lui avait rabâché à l'envi qu'il était tout le portrait de son père. Mais cette ressemblance avait transformé son amour maternel en négligence, puis en haine. S'il ressemblait à son père et dansait comme son père, combien de temps mettrait-il à détruire la femme qui aurait le malheur de l'aimer ?

— Génial. Plus il y a de couples de danseurs, plus on récolte d'argent. Vous serez le partenaire de danse du Dr A, décréta-t-elle, ravie, en applaudissant des deux mains.

La gorge sèche, il s'imagina tourbillonnant sur la piste, Annie dans les bras. Il en avait très envie…

— Si je tenais plutôt le stand de barbe à papa ?

— Ce sont les fils Jones qui s'en chargent, répondit la vieille dame en prenant son manteau. C'est pour une bonne cause. Certains couples dansent ensemble depuis des années.

— Je parlerai au Dr Masters.

Il aurait voulu refuser au prétexte qu'il ne serait peut-être plus là. Et si Annie disait non ? Si elle disait oui ?

— Je vais vous inscrire. Contentez-vous de rappeler au Dr A que la bibliothèque a besoin d'une nouvelle section pour les enfants, dit la patiente en saisissant ses prescriptions. Enchantée d'avoir fait votre connaissance, docteur Bradstone.

— Prenez rendez-vous pour dans six semaines ! lança-t-il en la voyant détaler. Et suivez les instructions que j'ai notées !

— Un marché est un marché !

Le rire d'Annie le fit se retourner.

— C'était un test, docteur A ?

— Non…, dit-elle, faussement contrite, en baissant la tête.

— J'ai vu votre sourire narquois ! Vous m'avez délibérément confié cette patiente.

Elle haussa les épaules.

— Il y a un an que j'essaie de convaincre Nancy Hillard de prendre son hypertension au sérieux. J'espérais que votre charme opérerait.

— Vous trouvez que j'ai du charme ?

Il avait posé la question pour plaisanter, mais il étudia l'expression d'Annie. Il voulait qu'elle dise oui, qu'elle soit intriguée par lui. Même si c'était ridicule.

— Vous le savez bien, dit-elle, soutenant son regard. Alors, mon plan a marché ?

Il sourit.

— J'ai passé un marché avec elle. Elle a promis d'essayer un régime et un programme d'exercices, et de prendre des médicaments si ça ne suffit pas.

— Magnifique !

— En échange, nous serons partenaires au concours de danse de la fête d'automne. Elle est dure en affaires.

Annie, les yeux écarquillés, le regardait fixement.

— Je ne serai pas votre partenaire pour la salsa du démon.

Blessé par son refus, il haussa les sourcils.

— La salsa du démon ?

— Un bal de charité pendant Halloween ne peut guère s'appeler autrement. Toute la ville acclame les participants. C'est un spectacle fantastique, dit-elle, sur la défensive.

— Je dois vous rappeler que la bibliothèque a besoin d'une nouvelle section enfants, murmura-t-il en se penchant vers elle. Ne m'obligez pas à user de mon charme.

Elle lui adressa un sourire crispé.

— Désolée, Rafe, je ne peux pas danser avec vous.

— C'est pour une bonne cause, plaida-t-il.

Choisissez-moi...

— Une bonne cause, oui, dit-elle en se mordillant la lèvre.

— Si vous continuez à vous mordre, vous allez saigner.

Il caressa sa lèvre du doigt et laissa retomber sa main, troublé, hésitant entre des excuses et une remarque coquine.

— La bibliothèque a effectivement besoin d'une nouvelle section enfants, dit-elle avec un doux sourire.

Elle le frôla en posant son dossier dans la corbeille.

— Je n'ai pas dansé depuis des années, mais c'est gentil à vous de participer. Mme Hillard n'aura aucun mal à vous trouver une partenaire parmi vos nombreuses admiratrices. Elle pourrait même vous mettre aux enchères...

— Certainement pas !

Il ne voulait pas d'une admiratrice. Il voulait Annie. Troublé par son parfum de lavande, il rangea le dossier de Mme Hillard et prit le suivant sur la liste.

— Désolée, Rafe.

Il releva la tête. Ce n'était qu'un stupide concours de danse. On l'avait rejeté si souvent, une fois de plus ou de moins, quelle importance ?

— De toute façon, je serai probablement rentré à LA d'ici là. C'était une idée idiote.

Annie voulut dire quelque chose, mais il n'avait pas envie d'entendre ses excuses. Son séjour en Alaska était limité dans le temps. En attendant, il devait simplement garder ses distances avec elle. Il n'était pas question de se ridiculiser une nouvelle fois avec une starlette, fût-elle Annie.

3.

Une alarme fit voler le rêve de Rafe en éclats. Se frottant les yeux, il tenta de s'orienter. D'où venait cette sonnerie ?

Il sortit dans le couloir et, guidé par le bruit, arriva dans la chambre d'Annie où une lumière rouge clignotait près du lit. Que se passait-il ?

Se dirigeant vers la cuisine, il vit que la porte menant à la clinique était grande ouverte. *Une urgence.* Le cœur battant, il descendit l'escalier en courant.

Des sanglots s'échappaient d'une salle d'examen.

— Il est tombé du lit. J'ai mis les garçons dans des lits superposés quand ils se sont installés chez moi, j'ignorais…

— Respirez, Maggie. C'est une petite fracture du cubitus, dit la voix calme d'Annie comme il pénétrait dans la salle.

La radio d'un petit bras était affichée sur le négatoscope. Il arrivait après la bataille. Pourquoi ne l'avait-elle pas réveillé ?

La veille, elle l'avait invité à dîner avec elle et il avait décliné, prétextant un travail à finir. Quand un peu plus tard il avait gagné la cuisine, elle était partie. Depuis qu'elle avait refusé de danser avec lui au carnaval, ils n'avaient plus de conversation personnelle. Et cela lui manquait.

— Jonah a juste besoin d'un plâtre, dit Annie.

Maggie regarda à peine Rafe quand il s'approcha d'Annie. Un enfant d'environ cinq ans gémissait, allongé sur la table.

— Je veux la couchette du haut.

— C'est la mienne, fit un garçon maussade en bâillant. Tu aurais dû me laisser à la maison, Maggie.

— Tu as sept ans, Chris. Je ne peux pas te laisser seul.

— Maman le faisait toujours.

— Plus maintenant, Chris, dit Maggie avec un soupir.

— Vous n'êtes pas le Dr Henkle, dit le petit Jonah d'une voix éteinte en regardant Rafe.

— Je suis le Dr Bradstone, et je vais aider le Dr A à te soigner.

— Question importante, fit Annie avec un clin d'œil à l'enfant. Tu veux un plâtre de quelle couleur, bonhomme ?

— Bleu, répondit-il sans hésiter.

Annie réprima un bâillement en prenant le jersey et le rembourrage. Elle semblait épuisée.

— Vous voulez que je fasse le plâtre ? demanda Rafe.

Il effleura ses doigts en saisissant le matériel et soutint un instant son regard avant de s'adresser à Jonah.

— J'ai porté un plâtre bleu quand j'avais l'âge de ton frère. J'étais tombé du vélo d'un ami.

Le remerciant du regard, Annie bavarda avec Maggie pendant que Rafe plâtrait le bras de l'enfant. Puis elle porta Jonah dans la voiture de Maggie pendant que Rafe se chargeait de son frère endormi.

— Navrée qu'il soit si tard, dit Maggie en bouclant la ceinture de Jonah. J'essaie d'anticiper, mais c'est dur…

— Vous vous débrouillez très bien, répondit Annie.

Elle les salua de la main et, regagnant la clinique, ferma la porte à clé.

— J'ai oublié de couper l'alarme, désolée, Rafe.

— Ce n'est rien. Vous auriez dû m'appeler.

Malgré la fatigue, Annie n'avait pas envie de retourner au lit. Et Rafe semblait vouloir s'attarder, lui aussi.

Il lui avait à peine adressé la parole depuis qu'elle avait décliné son invitation au concours de danse. Elle s'attendait à ce qu'il profite de l'occasion pour vendre sa présence au bal aux enchères et savourer l'adoration de ses fans, mais elle s'était trompée sur lui. Elle qui avait passé son enfance à être mal jugée par les admirateurs et les critiques, elle avait blessé Rafe avec ses présomptions.

Leurs conversations, leurs rares moments de partage lui manquaient. Il avait pris ses distances. Elle avait très envie de danser avec lui, et cela la tracassait. Mais le fossé qui les séparait l'inquiétait plus encore.

La barbe naissante de Rafe lui donnait un air farouche. Comment le regarder sans avoir envie de l'embrasser ? Seigneur, l'épuisement lui procurait des pensées délirantes…

— Vous avez souvent des appels à 2 heures du matin ?

— Quelques-uns. L'hôpital le plus proche est à trois heures d'ici, et si je peux faire quelque chose…

— Où est la mère de ces enfants ? Maggie semble bien jeune pour s'occuper de deux petits garçons.

— Leur mère est toxicomane, elle purge une peine de prison. Maggie a vingt ans et a obtenu la garde de ses frères.

— Ils ont de la chance, dit-il avec un sifflement. C'est mieux que grandir dans des foyers d'accueil.

Elle posa la main sur la sienne et il ne broncha pas.

— Mais Maggie redoute de finir comme sa mère.

— Je comprends. Je me vois mal transmettre mon patrimoine génétique à une nouvelle génération. Les gènes de mes parents étaient tous mauvais.

— Non !

Il venait de passer une heure entière à soigner un enfant blessé en répondant gentiment à ses questions. Il avait été parfait.

— Vous ne les connaissiez pas.

— Mais je vous connais, *vous*.

Ou plutôt j'ai envie de vous connaître.

Elle plongea le regard dans ses yeux bruns et y lut de la souffrance.

— Malgré ces gènes, vous êtes devenu un homme intelligent et bienveillant. Vous aidez les gens à vivre mieux.

Il était tout proche, mais se taisait.

— Ma mère n'était pas parfaite non plus, mais ça ne veut pas dire que je ne veux pas avoir d'enfants un jour.

Elle aurait voulu ravaler ces paroles. La fatigue lui faisait dire n'importe quoi. Ou était-ce la présence de Rafe ?

Elle désigna la pendule.

— Essayons de dormir quelques heures, dit-elle.

— Le Dr Henkle est parent du pilote et de son épouse qui m'ont amené ici ? demanda Rafe, guère disposé à aller se coucher.

— C'est leur fils, et mon associé, répondit Annie en s'arrêtant devant la porte de sa chambre.

Ses yeux brillaient, mais ses cernes sombres inquiétaient Rafe. Elle était si habituée à se débrouiller seule qu'elle n'avait même pas pensé à requérir son aide. Ce soi-disant associé ne devait pas être très présent.

— Votre associé ? répéta-t-il. Où est-il ?

Une ombre passa dans les yeux d'Annie.

— Liam voyage beaucoup. Il s'occupe des communautés isolées.

— Mais Blue Ash *est* une communauté isolée.

— Pas exactement. Ici, les routes sont praticables une grande partie de l'hiver. Les avions peuvent atterrir. Certains villages plus au nord ne voient un médecin que quand Liam leur rend visite.

— Pourquoi ne pas engager un autre praticien ?

Elle ne répondit pas, mais serra les poings.

— Si c'est une question budgétaire, vous pourriez sûrement utiliser votre notoriété…

— Vous *plaisantez* ?

— Non, je…

Les mots moururent sur les lèvres de Rafe devant la colère qui flambait dans les yeux gris d'Annie.

— Pourquoi Jenn vient-elle, à votre avis ? Liam et moi avons engagé deux médecins ces trois dernières années. Aucun n'a voulu rester après octobre. Comme vous l'avez dit, nous sommes trop isolés pour beaucoup de gens.

— Je suis désolé. Je m'inquiète pour vous, dit-il sans réfléchir. Vous avez besoin d'une pause. Qui vous aide ?

— Une pause ? répéta-t-elle, le visage radouci. En dansant au carnaval, par exemple ?

S'adossant au chambranle de la porte, il sourit.

— Je pensais plutôt à des vacances, mais danser est excellent pour évacuer le stress.

Elle rougit en rencontrant son regard, et détourna les yeux.

— Il paraît qu'un médecin a besoin d'une partenaire.

— C'est pour une bonne cause, dit-il en souriant.

— En effet. Pardon d'avoir mal interprété votre offre. Je pensais que vous préféreriez une groupie à une actrice sur le déclin.

— Vous n'êtes pas une actrice sur le déclin, Annie, murmura-t-il en glissant une boucle rousse derrière son oreille. Vous êtes une femme intelligente et bienveillante.

Elle tiqua en l'entendant lui retourner le compliment qu'elle lui avait fait. Il avait envie de l'embrasser, mais craignait de l'effaroucher s'il s'approchait trop.

— Si une danseuse rouillée ne vous fait pas peur, j'accepte d'être votre partenaire… Votre partenaire de *danse*.

Elle l'étreignit brièvement. Il sentit ses boucles caresser son menton avant qu'elle ne s'écarte.

— Je promets de ne pas vous écraser les orteils. Merci pour votre aide ce soir. C'est agréable, de se sentir secondée.

Elle s'engouffra dans sa chambre et referma la porte.

Sur le point de s'endormir, il prit conscience qu'elle avait éludé sa question.

Il n'y avait personne pour aider Annie.

Le cœur de Rafe se serra. Il allait lui faire comprendre qu'il était prêt à se charger de tous les appels en dehors des heures ouvrables. Cela la soulagerait un peu de son fardeau pendant quelques semaines. Et il avait hâte qu'elle lui écrase les doigts de pieds…

Rafe referma brutalement son ordinateur portable. Carrie lui avait envoyé trois mails dans la journée. Elle avait essayé de lui programmer deux interviews vidéo et avait mal pris son refus. Pour ne rien arranger, elle avait vu qu'il avait perdu des douzaines de *followers* sur les réseaux sociaux.

Elle l'avait harcelé de questions lourdes de sous-entendus parce qu'il n'avait pas fait de nouvelles publications sur son compte. Il en postait généralement plusieurs par jour, mais, depuis qu'Annie lui avait reproché de courir après les *followers* dans le froid, il n'avait plus rien publié.

Au cours de cette semaine avec elle, le temps avait filé. Sa popularité avait perdu de son attrait. Son besoin d'accumuler les « *likes* » sur son compte s'évanouissait en présence d'Annie. À la place, il comptait les fois où il la faisait rire. Et la joie qu'il retirait de ces moments persistait, contrairement au plaisir éphémère dispensé par les réseaux sociaux.

Mais il ne serait pas éternellement auprès d'elle. Il avait une vie à LA, et une carrière, avec le projet de décrocher une place permanente dans *Dr Dave*. Carrie lui avait rappelé que Dave suivait de près sa popularité sur les réseaux sociaux, et cela le tourmentait.

— Tout va bien ? demanda Annie en lui tendant un cookie.

— Bien sûr.

Les yeux résolument fixés sur son assiette, il mordit dans le biscuit. Depuis le soir où elle lui avait exprimé son admiration, il avait du mal à soutenir son regard. Il voulait tellement la croire, il aurait tant voulu être digne de la magnifique personne qu'elle était.

Un morceau de cookie se coinça dans sa gorge à la pensée des mails de Carrie. Il n'avait toujours pas dit à Annie que son agent était sa mère.

Grignotant un biscuit, elle interrompit ses réflexions.

— Mon amie Holly est une excellente pâtissière. Pendant deux ans, elle a fait des cookies et des gâteaux dans sa petite cuisine. Et il y a quelques semaines, elle a ouvert une pâtisserie en ville. Je n'ai pas encore pu y aller, mais elle livre à domicile !

Lui tendant un autre biscuit, elle lui prit la main.

— Qu'est-ce qui ne va pas ? demanda-t-elle, les yeux brillants.

Elle avait les ongles laqués de rose pâle, mais la peau rongée de son pouce était à vif.

Il lui caressa la paume et se força à la lâcher. Il voulait tout le temps la toucher. Il avait cru que cela passerait, mais c'était de pire en pire.

Depuis qu'ils avaient soigné le petit Jonah, ils travaillaient ensemble chaque jour avant de se retirer dans l'appartement d'Annie. La veille, alors qu'ils faisaient la vaisselle, la hanche d'Annie avait frôlé la sienne à plusieurs reprises, et il s'interrogeait. Le désirait-elle elle aussi ?

Elle se pencha au-dessus de la table et lui tapota le nez.

— Ici la Terre, vous m'entendez, Rafe ?

— Pardon. Je réfléchissais au moyen de vous traîner sur une piste de danse.

Il avait tenté de planifier une première séance d'entraînement, mais elle avait réussi à esquiver tous leurs rendez-vous. Il voulait danser avec elle, la tenir dans ses bras, peut-être alors son envie de la toucher disparaîtrait-elle.

— Nous n'avons pas besoin de nous entraîner. Ne changez pas de sujet, Rafe. Qu'est-ce qui vous tracasse ?

— Rien…

Il se mordit la langue et jura copieusement.

— Vous voyez ce qui arrive quand on ment…

— D'accord. Vous avez gagné.

— Alors, que se passe-t-il ? Je sais très bien écouter.

— Mon agent me harcèle pour que je fasse des interviews. Elle est furieuse que je ne réponde pas à ses mails.

Elle grignota d'un air songeur les peaux mortes autour de son ongle. Les sourcils froncés, il lui saisit la main et, en touchant ses doigts, sentit le désir le prendre au ventre.

— Arrêtez, vous allez vous faire saigner.

— Désolée, c'est un tic nerveux.

— Je vous rends nerveuse ?

C'était *elle* qui le rendait chaque jour un peu plus nerveux en lui faisant penser à des choses qu'il voulait oublier. Ses parents, son envie de connaître le goût de son corps…

— Oui. Vous allez faire ces interviews ? demanda-t-elle sans transition.

— Non.

Elle pressa sa main et leva la tête.

— Pourquoi ?

— Parce que je suis là.

Les interviews l'auraient aidé à décrocher un rôle permanent dans *Dr Dave*, mais qu'arriverait-il si on s'apercevait qu'Annie était ici ? Dave adorerait, sans nul doute. Mais Rafe ne voulait pas partager le temps précieux qu'il passait avec elle. En outre, elle s'était donné du mal pour tourner le dos à Hollywood, il ne pouvait pas lui imposer cet univers qu'elle avait fui.

Elle serra sa main et la lâcha.

— Vous vous cachez ici ? demanda-t-elle.

— Pourquoi me cacherais-je ?

Elle le scruta.

— Vanessa Hutchinson ?

— J'ignorais que vous lisiez les journaux people, dit-il, sur la défensive.

— La clinique est abonnée à un ou deux magazines… J'ai peut-être lu quelques articles avant votre arrivée. Pardon, Rafe, je sais que ce sont des inepties. Je suis sûre que vous n'avez pas trompé Vanessa.

— Comment le savez-vous ?

— Je le devine…

Annie dévisagea Rafe. Ce n'était pas un tricheur. Elle ignorait pourquoi, mais elle en était certaine.

— Je pense que vous êtes trop bien pour avoir une conduite aussi déshonorante. J'ai tort ?

— Je ne l'ai pas trompée, admit-il, se détendant un peu. Vanessa ne tient pas à faire de démenti dans la presse, et je ne veux pas répondre aux questions.

— Je suis navrée qu'elle n'ait pas dit la vérité. Les lumières de Hollywood peuvent aveugler.

— Au moins, vous n'avez plus à vous en soucier ici. C'est l'endroit rêvé pour fuir tout ça.

Le ventre d'Annie se tordit. Il avait raison, l'Alaska était le lieu idéal pour se cacher des caméras indiscrètes. Mais ce n'était pas ce qu'elle faisait.

Elle prit une bouchée de cookie et se concentra sur les saveurs d'agrume et de sucre pour oublier son inquiétude.

Au bout d'un moment, elle se leva et vida le reste de son thé froid dans l'évier. Quand elle se retourna, Rafe se tenait juste derrière elle et l'observait.

— Merci de voir le meilleur en moi, dit-il dans un murmure.

Elle l'enlaça sans réfléchir, et il l'enveloppa de ses bras puissants. Elle fixa ses lèvres si proches…

Il lui faisait éprouver des choses qu'elle avait cru perdre à jamais en enterrant Blake. Il s'intéressait à son présent plus qu'à son passé. Et quand elle était près de lui, le spectre de Charlotte Greene s'évanouissait.

Si elle ne s'écartait pas maintenant, elle allait l'embrasser.

Il la lâcha et elle recula en se traitant de couarde. L'instant était passé.

— Vous voulez me donner un coup de main au foyer municipal ce soir ? proposa-t-elle, les joues brûlantes.

— Bien sûr. On va s'entraîner à danser ensemble ?

— Non ! s'écria-t-elle en souriant. On va faire de la peinture, alors habillez-vous en conséquence.

— Très bien, dit-il en sortant. Annie… ?

— Je vous promets que vous ne vous salirez pas trop. Vous regrettez déjà de vous joindre à moi ?

— Pas du tout.

Le cœur battant, elle soutint son regard brun.

— Nous danserons aussi ce soir.

— La neige est mauvaise cette nuit ? demanda Rafe en regardant par la fenêtre de la camionnette.

— Non, répondit Annie, concentrée sur sa conduite.

Une fine couche de neige saupoudrait la route, des flocons blancs flottaient paresseusement autour d'eux.

— Alors pourquoi serrez-vous le volant aussi fort ?

Quand elle relâcha sa prise, le véhicule dérapa légèrement.

— Pardon, dit-elle comme il s'agrippait au tableau de bord.

Réprimant un frisson, elle augmenta le chauffage. Ses doigts touchèrent ceux de Rafe et elle tressaillit. Le souvenir de leur brève étreinte la hantait.

Le portable de Rafe vibra, et il rit en lisant le message.

— Je sais que les réseaux sociaux sont nécessaires de nos jours, mais une admiratrice me demande de chaperonner le cours de danse de sa fille ! Comment peut-on attendre ça d'une personne qu'on ne connaît même pas ?

Annie secoua la tête. Elle ne trouvait pas les réseaux sociaux nécessaires. Une preuve de plus que Rafe appartenait à un monde différent. Elle avait testé le rêve hollywoodien et en avait gardé un goût amer.

La nuque contre l'appuie-tête, elle se força à tenir le volant normalement. Les émotions contradictoires se bousculaient en elle. Il aurait été facile de garder ses distances avec Rafe. Mais tout l'attirait en lui, ses liens avec Hollywood exceptés.

Avec lui, elle se détendait, riait, elle était elle-même. Il s'adaptait parfaitement à la clinique et à sa vie. C'était à la fois merveilleux et effrayant. L'attirance, le désir, le besoin, elle avait mis tout cela de côté avant Rafe.

Et il était entré dans sa vie…

Garant la camionnette, elle se figea sous son regard intense. Il repoussa une boucle derrière son oreille, et elle fixa ses lèvres. Ça y était, il allait l'embrasser. Enfin !

— Annie… ? demanda-t-il, fermant sa doudoune et glissant son écharpe autour de son cou. On attend quelqu'un ?

Elle se figea. Elle avait mal interprété ses intentions. Elle se sentait seule, et voyait peut-être une connexion là où il n'y en avait pas.

Elle redressa les épaules. Tout allait bien. Ce soir, ils allaient peindre et danser. Rien de plus.

— Non. Il n'y a que nous, répondit-elle du ton artificiel que prenait Charlotte Greene.

— Vous avez l'air bizarre, dit-il en la scrutant.

Elle ouvrit la portière.

— Ça va. Vous n'aurez pas besoin d'écharpe ce soir.

— Vous étiez sérieuse en me parlant de la nécessité d'une tenue d'hiver adaptée et je ne vous décevrai plus.

Il rit, gêné. Avait-il senti qu'elle attendait un baiser ?

C'était sans importance. Il le fallait.

Elle se dirigea vers le centre socio-culturel, ravie qu'il pût imputer ses joues brûlantes à la morsure du vent glacial.

Annie marchait devant Rafe, pressant le pas dès qu'il arrivait à sa hauteur.

Un peu plus tôt, il avait cru qu'elle allait l'embrasser, mais elle l'avait brièvement étreint. Et dans la voiture il avait hésité un peu trop longtemps, et l'instant était passé.

Son ton enjoué un brin artificiel était ce qu'il appelait « la voix de Charlotte ». Annie l'empruntait quand elle voulait prendre de la distance avec quelqu'un, comme lors de leur première rencontre, mais aujourd'hui cela l'avait blessé.

Des photos tapissaient les murs du hall d'entrée. Elles représentaient les résidents de Blue Ash souriant et riant à des matchs, des barbecues, des bals au centre municipal. Des années de vie communautaire joyeuse et chaleureuse.

Un cliché d'Annie en robe noire, collants verts et chapeau pointu, attira son attention.

— Vous faites une adorable petite sorcière.

— Merci, dit-elle en ôtant les draps qui protégeaient des décors d'Halloween, fantômes et sorcières en carton. C'est le costume que j'ai mis aux quatre carnavals auxquels j'ai participé.

Il étudia les photos de familles heureuses placardées au mur et reconnut plusieurs personnes.

— Vous croyez qu'ils en afficheront une de nous quand nous aurons gagné le concours de danse ? demanda-t-il.

L'idée qu'une part de lui reste à Blue Ash quand il regagnerait LA lui plaisait.

— À propos de ce concours…

— Pas de discussion. Nous nous entraînons ce soir. Nous brandirons bien haut ce ridicule trophée d'ours en peluche et on nous prendra en photo !

Tous ses patients l'avaient invité au carnaval d'automne. La vie à Blue Ash était plus lente qu'à LA, mais les heures s'écoulaient dans un calme apaisant qu'il n'avait jamais connu. S'il n'avait pas brigué cette place dans *Dr Dave*, il aurait pu se sentir chez lui ici.

Chez lui…

Il se figea. Cela n'avait jamais signifié grand-chose pour lui. Ce n'était qu'une expression pour qualifier quelque chose qu'il n'avait jamais eu et dont il n'avait pas besoin. Mais, en contemplant ces clichés drôles et touchants, il avait du mal à se convaincre qu'il n'était pas tenté.

Annie lui tendit un pinceau.

— Vous préférez le fantôme ou la sorcière ?

— Le fantôme ?

Elle lui passa un grand pot de peinture blanche.

— Et après le blanc, vous vous attaquerez aux découpes.

— C'était un piège !

Faussement horrifié, il considéra le tas de décors aux couleurs et aux motifs variés qui avaient besoin d'être repeints.

— Finalement, je prendrai peut-être la sorcière…

Elle s'empara de la sorcière.

— Oh ! non ! Le premier choix est définitif !

Il retira le couvercle de son pot de peinture en riant.

— Vous m'avez induit en erreur, docteur.

— Prouvez-le, docteur ! rétorqua-t-elle avec un clin d'œil.

Il régla en mode silencieux son portable qui sonnait.

— Encore des messages ? demanda-t-elle en attaquant la peinture de la robe de la sorcière.

Il la contempla un moment.

— Quoi que ce soit, ça compte moins que passer la soirée à me cacher avec Annie Masters.

Les yeux gris d'Annie flamboyèrent.

— Je ne me cache *pas*.

Une jeune actrice riche et célèbre quittait Hollywood pour s'engager dans l'armée, puis disparaissait de la vie publique pour diriger une clinique dans le cercle arctique. Même si elle ne voulait plus être devant les caméras, Annie était une excellente médecin, elle aurait pu travailler n'importe où. Cette retraite en Alaska ressemblait fort à une planque.

— Navré, Annie, j'ai peine à croire qu'on puisse tourner le dos à Hollywood. Tant de gens recherchent le faste et le glamour.

Lui-même adorait pénétrer sur un plateau, échanger avec ses fans, être important, respecté.

— Vous aimez jouer la comédie ? demanda-t-elle.

— *The Dr Dave Show* n'est pas une pièce de théâtre ni un film, mais j'aime faire partie de la vie des gens. Un thérapeute dirait probablement que j'essaie de combler le vide de mon âme.

— C'est le cas ?

Les yeux gris d'Annie l'étudièrent sans le juger. C'était peut-être pour cela qu'il lui parlait aussi facilement. Il avait toujours gardé une part de lui secrète avec les femmes qu'il fréquentait. Nul n'avait besoin de savoir qu'il était brisé. Mais il avait envie de dire *presque* tout de lui à Annie.

— Peut-être. Ma mère…

Il toussota. Il avait failli lui parler de l'abandon de sa mère, de la souffrance qu'elle lui avait causée, de son besoin désespéré d'être remarqué. Par n'importe qui.

— On ne prêtait guère attention à moi quand j'étais enfant. C'est peut-être pour ça que j'aime tant communiquer avec mes fans. Ils me voient comme le Dr Bradstone, un éminent médecin qui dispense ses conseils sur le plateau de *Dr Dave*, pas comme un gosse solitaire qui n'a jamais eu de vrai foyer.

Les yeux d'Annie le fixaient comme si elle lisait en lui.

— Et puis, j'aime être sous le feu des projecteurs.

Elle lui sourit presque timidement.

— Il n'y a pas de mal à ça, Rafe. C'est le vrai *vous* que voient vos fans. Vous *êtes* un médecin éminent, talentueux et bon. Vous devriez vous voir comme ils vous voient.

Il avait envie de la soulever dans ses bras pour la serrer fort. De lui dire combien ses paroles comptaient pour lui. Combien il avait envie de les croire.

— On met de la musique ?

Sans attendre sa réponse, elle se dirigea vers un petit placard. Des enceintes craquèrent, puis les premières mesures d'une chanson tirée des *Misérables* retentirent.

— Le Dr Annie Masters aime les musiques de film ?

— Bien sûr. Elles racontent une histoire.

— Une histoire triste, fit-il, railleur, en changeant de place pour peindre les yeux de son fantôme.

— Pas toutes, répondit-elle, appliquée dans son travail.

Pendant une heure, au son des musiques de film sortant des enceintes, Rafe s'efforça de se concentrer sur les décorations qu'il peignait pour oublier la très belle femme qui s'affairait près de lui en l'observant à la dérobée.

Quand ils eurent fini leur travail de peinture, il se dirigea vers la chaîne hi-fi. Il voulait danser avec Annie. Ils avaient besoin de s'exercer, mais c'était secondaire. Il avait surtout envie de la tenir dans ses bras.

— Il est temps de danser, dit-il.

Annie fronça les sourcils. La fête d'automne n'était pas un vrai concours de danse. La plupart des participants reproduisaient des acrobaties qu'ils avaient vues sur Internet, ou laissaient leurs enfants inventer des figures amusantes.

— Rafe, à propos du bal…

Il enlaça sa taille et elle se tut. Elle avait seulement envie d'être dans ses bras.

— Vous êtes rouillée ?

— Un peu. Mais j'ai été une enfant actrice, et ma mère

m'a fait faire de la danse classique et des claquettes dès mes trois ans. Elle voulait que j'aie de nombreuses cordes à mon arc.

Sa mère ne s'était jamais demandé si Annie aimait ces activités. Mais la danse, le chant, le violon, l'équitation étaient des talents appréciés des directeurs de casting.

Annie aimait danser, mais à la fête d'automne c'étaient les familles et les partenaires qui dansaient. Elle n'avait ni l'un ni l'autre. Son cœur battit plus vite quand Rafe l'attira contre lui. Elle leva les yeux.

— Je n'ai jamais eu de cavalier pour Halloween.

Il sourit et l'entraîna au son de la musique.

— Eh bien, vous en avez un maintenant, et nous gagnerons ce trophée ridicule.

Il la faisait tournoyer d'une main sûre, et elle sentait son cœur cogner en retrouvant le refuge rassurant de ses bras.

— Où avez-vous appris à danser ?

— Mon père était danseur professionnel. Il m'a appris quelques trucs quand j'étais petit, et j'ai pris des cours. C'était amusant, mais je n'avais pas de partenaire. Aucune ne s'accordait à mes pas comme vous aujourd'hui.

Elle sourit, ravie, en entendant une musique de swing.

— J'adore danser le swing !

Les yeux de Rafe brillaient, elle sentait son sang pulser dans ses oreilles. Pourquoi avait-elle différé ce moment ? Le monde s'effaçait quand elle était dans les bras de Rafe. Et elle oubliait ses raisons de garder ses distances avec lui.

Un slow commença, et Rafe plaqua Annie contre lui. Elle avait les joues roses, et quand elle posa la tête au creux de son épaule ses dernières réticences s'envolèrent.

Danser avec Annie était ce qui s'apparentait le plus à la perfection, et il ne se lassait pas de la tenir contre lui.

— C'est comme si ce trophée était déjà à nous, dit-il.

À nous…

Il n'avait jamais vécu un tel moment de fusion.

Il brûlait de partager ce trophée stupide avec Annie. Pour appartenir l'espace d'un moment à quelque chose de plus précieux qu'un groupe de fans. Et pour que la photo de leur victoire soit placardée sur le mur de souvenirs de Blue Ash.

— Je crois qu'on a besoin de s'entraîner encore, murmura-t-elle contre son cou, caressant sa peau de son souffle doux.

— Il vous suffit de vous glisser dans mes bras…

Il écarta tendrement des cheveux roux échappés de sa queue-de-cheval. Un instant, il craignit qu'elle ne s'éloigne, mais elle lui tendit ses lèvres sensuelles.

La porte d'entrée claqua. Annie s'arracha à son étreinte.

— Pardon de vous déranger, Annie, dit Helen Henkle, les scrutant avant de regarder les décorations inachevées.

Sans un mot, Jack emporta des caisses au fond de la salle.

— Aucun problème, dit Annie en allant chercher un pinceau, les yeux baissés. Nous nous entraînions à danser. Rafe a ça dans le sang. Le trophée pourrait passer l'année à la clinique.

— C'est vrai ? demanda Helen en souriant.

Rafe haussa les épaules. Il croisa les bras pour s'empêcher de les tendre à Annie.

— Il serait du plus bel effet sur le bureau de l'accueil.

Les pensées se bousculaient dans la tête d'Annie, qui contemplait l'aurore boréale à travers la verrière de sa chambre. En temps normal, ce spectacle apaisant l'aidait à plonger au pays des rêves.

Elle enfouit son visage dans l'oreiller. Elle avait failli embrasser Rafe. Ils avaient eu trois occasions ratées, et elle ignorait toujours comment il embrassait.

Une pensée dangereuse, sans réponse.

Elle appréciait sa compagnie, mais il aimait vivre devant les caméras, se mettre en scène. Sa compagne devrait appartenir au même monde. Or, elle avait mis des années à se construire un paradis à elle, loin de ce milieu artificiel.

Mais Rafe partirait bientôt, et leur histoire ne durerait

pas, de toute façon. Seulement, elle ne voulait pas d'une relation éphémère avec lui.

Avec un soupir, elle enfila ses pantoufles panda et gagna la cuisine sur la pointe des pieds. La glace au chocolat qui l'appelait ne l'aiderait peut-être pas à dormir, mais au moins serait-ce un bon moment… Elle se figea. Assis à la table, Rafe semblait avoir eu la même idée.

— Vous avez aussi des envies de sucre en pleine nuit ?

Elle prit une cuillère et alla s'asseoir avec lui.

— J'espère que vous en avez laissé ?

Il poussa d'un air piteux le pot vide vers elle.

— Désolé, Annie…

— Il ne reste même pas une cuillerée ?

— Je suis sincèrement navré.

— Ce n'est pas grave, mais il faut aller chercher un autre pot de glace, dit-elle avec un pâle sourire, consciente que ce n'était pas de crème glacée qu'elle avait envie.

— J'y vais, dit-il en quittant la cuisine.

Elle lui emboîta le pas.

— Savez-vous seulement où en trouver ?

— Il doit bien y avoir une station-service ouverte…

Le cœur battant, elle le suivit jusqu'à sa chambre.

— C'est gentil à vous, mais le magasin le plus proche ouvert à cette heure-ci est à cinquante kilomètres, dit-elle en ramassant les chaussures de Rafe. Heureusement, j'ai dans le congélateur de la clinique trois litres de glace aux cookies, deux au chocolat, et un de sorbet… Quand même, il restait au moins six cuillères dans le pot que vous avez chapardé !

— Plutôt quatre, fit-il en posant ses clés sur la commode.

Pourquoi l'avait-elle suivi ici ? Son parfum de santal mêlé à l'odeur de son shampooing troublait ses sens. Et son regard ne cessait de revenir à son lit aux draps froissés.

Ses chaussures à la main, elle recula dans le couloir.

— Je vais chercher un nouveau pot de glace.

Heurtant le mur, elle poussa un gémissement de douleur mais ne s'arrêta pas.

— Annie ?

— Oui ? dit-elle en se retournant.

— Si vous me rendez mes chaussures, j'irai avec vous.

Il promena ses yeux bruns sur son corps, et elle tira sur sa longue chemise de nuit bleue. Sa tenue n'avait rien de sexy, mais son ventre brûlait sous son regard intense.

Elle lui lança ses souliers.

— Vous ne me faites pas confiance pour apporter la glace ? demanda-t-elle.

— Comment saurais-je s'il n'y a pas des parfums que vous souhaitez garder pour vous ?

Elle porta la main à son front comme si elle défaillait.

— Vous me blessez ! Mais sachez que le chocolat framboise est réservé aux occasions spéciales, interdiction d'y toucher.

— Il y a donc bien des parfums secrets ! s'écria-t-il.

— Juste ça, fit-elle, gagnée par son hilarité contagieuse.

Elle prit un pot de glace parfum cookie dans le congélateur et laissa Rafe choisir le sien. S'emparant d'un bac de chocolat, il prit une photo rapide avec son téléphone.

— Vous faites quoi ? dit-elle comme il pianotait sur les touches.

Haussant les épaules, il remit l'appareil dans sa poche.

— J'ai à peine mis mon compte à jour depuis mon arrivée. Mon agent compte sur mon nombre de *followers* pour m'obtenir un poste permanent dans *Dr Dave*.

Son agent. Elle revint brutalement à la réalité. Rafe n'était pas d'ici. Il appartenait à ses groupies.

— Vous avez perdu beaucoup de fans depuis votre arrivée ? demanda-t-elle quand ils furent installés dans la cuisine devant un pot de glace.

Il tressaillit en entendant son téléphone sonner. Il désirait un maximum de « *likes* », pourquoi était-il gêné ?

— Ils ont l'habitude d'avoir de mes nouvelles plusieurs fois par jour, dit-il en évitant son regard. Les réseaux sociaux sont un monde complexe d'algorithmes et…

Il laissa sa phrase en suspens.

— Je prendrai cette absence de réponse pour un oui, dit-elle avec un soupir en ouvrant le pot de glace.

La vie ne se réduisait pas à une présence factice en ligne, pour des groupies qui adulaient un jour et haïssaient le lendemain.

— La gloire n'est pas réelle, Rafe. J'admets qu'elle est trompeuse et que le plaisir d'être reconnu monte à la tête…

Elle enfourna une cuillerée de glace pour clore son sermon. Rafe *recherchait* le contact avec les fans. Il n'y avait pas de mal à cela. Mais elle ne voulait plus de cette vie.

— Mais ça fait du bien, objecta-t-il. Pendant un moment, je fais partie d'un groupe, ça ne m'arriverait pas sans *Dr Dave.*

Il posa la main sur la table sans chercher la sienne.

Elle la regarda. C'était bien, de vouloir capter l'attention, mais il aspirait à bien plus que cela.

— Vos fans ne veulent pas vous donner une vraie place dans leur vie, Rafe. Ils recherchent un fantasme.

— Et vous, que voulez-vous ? demanda-t-il d'un ton sec.

Vous.

Elle prit une nouvelle cuillerée de crème glacée.

— Juste être moi. Annie. Et ça ne suffit pas aux fans qui ont grandi en souhaitant rencontrer Charlotte Greene.

— Alors vous avez déjà ce que vous voulez, dit-il.

— À Blue Ash, oui. Pas ailleurs.

Elle soupira. Elle voulait croire qu'elle ne se cachait pas ici, mais…

Le portable de Rafe continuait à tinter. Il avait apparemment du succès avec sa publication sur sa dégustation de glace à minuit. Il l'ignorait, mais, à chaque sonnerie, le monde extérieur envahissait leur petite bulle…

C'est vous que je veux, Rafe. Le vrai Rafe. Le danseur de swing qui aime manger des sucreries en pleine nuit et a tout le temps froid. Pas celui qui s'amuse avec un algorithme.

Elle poussa son pot de glace vers lui et prit le sien.

— À mon tour de goûter au chocolat.

— Je ne veux pas de glace au cookie, répondit-il, brandissant sa cuillère. En garde, Annie !

Riant de bon cœur, elle défendit le pot de chocolat contre les attaques de sa cuillère. C'était *ça* avoir trouvé sa place. S'amuser à se disputer un pot de glace tard le soir, sans public. Comment le faire comprendre à Rafe ?

Elle finit par pousser la glace au chocolat au centre de la table pour qu'ils la partagent.

Ils vidèrent le pot en un temps record, et elle déclina l'offre qu'il lui fit de prendre la dernière bouchée. Jetant un coup d'œil à la pendule, elle se leva.

— Merci de m'avoir tenu compagnie. Nous avons un planning serré demain. Nous avons besoin de dormir.

Leurs doigts se frôlèrent quand ils tendirent la main pour ramasser les pots vides. Et soudain elle se moqua du portable de Rafe et de tout le reste. Elle voulait juste savoir comment il embrassait. Elle en avait *besoin*.

— Rafe…

Elle se pencha vers lui. Sa bouche avait le goût du chocolat, de la chaleur et de l'été, et elle aima la sentir vivre sous la sienne, acceptant son exploration.

Elle s'écarta soudain, prise de panique.

— Je…

— Ne vous excusez pas, je vous en prie.

— Je n'allais pas le faire, dit-elle en s'emparant des pots vides.

Pourquoi n'avait-elle pas le courage de l'inviter à la suivre dans sa chambre ?

Il lui baisa la joue avec douceur.

— À demain, Annie.

4.

Comme Rafe effleurait la chemise de nuit d'Annie, l'alarme de son téléphone avait retenti. Essuyant son front en sueur, il l'avait éteint d'un doigt rageur.

Il n'avait pas aussi peu dormi depuis son internat, et son corps las protestait. Il aurait préféré être épuisé par des ébats amoureux avec Annie.

En réveillant son désir, leur baiser avait failli avoir raison de lui. Il avait voulu écarter le coton de sa chemise, couvrir de baisers les taches de rousseur qui disparaissaient sous son encolure. Si elle ne s'était pas écartée, il serait volontiers resté encore des heures éveillé à explorer chaque centimètre de son corps.

Il prit une inspiration. Annie était partie après l'avoir embrassé. Il la désirait, mais l'alchimie entre eux l'inquiétait. Romantique, elle croyait en l'amour, en l'engagement. Il devait garder ses distances avec elle, mais en était incapable.

Il fallait qu'il pense à autre chose. Titillé par une agréable odeur de café, il enfila un pull et gagna la cuisine.

Étouffant un bâillement, Annie lui tendit la cafetière.

— Je l'ai fait très fort. On en a besoin après… cette mauvaise nuit, dit-elle en bredouillant, les joues rouges.

Quand leurs doigts se touchèrent il sentit son désir flamber, et ses yeux s'attardèrent sur ses lèvres pleines.

— Céréales ou porridge ? demanda-t-elle doucement.

C'est vous que je veux.

Il s'éclaircit la gorge.

— J'aurais préféré un beignet, mais va pour le porridge, répondit-il.

— Un beignet ?

— J'ai envie de sucré ce matin, dit-il avec un clin d'œil.

Les joues rosies, elle s'assit à la table. Elle était adorable, et il avait une furieuse envie de l'embrasser.

Il s'adossa au comptoir.

— Quel est votre beignet préféré ?

Question stupide, mais il avait besoin de connaître la réponse. Il voulait tout savoir d'elle.

Annie hésita. Était-il vraiment en train de parler de *beignets* après le baiser de la veille ? Depuis qu'il était là, elle brûlait de se jeter dans ses bras. Mais ce matin n'avait apparemment rien de spécial pour lui. Et cela la blessait.

— C'est un sujet trop personnel ? demanda-t-il avec malice.

— Non…

Elle ne donnait jamais de détails sur sa vie. Elle avait passé son enfance et son adolescence à répondre aux interviews, et se méfiait des questions indiscrètes. Cependant Rafe semblait s'intéresser sincèrement à elle.

— À vrai dire, je n'ai jamais mangé de beignet.

Passant ses grandes mains dans ses cheveux sombres, il la regarda fixement. Que ressentirait-elle si ces mains caressaient sa peau ? Elle sentit le désir mordre son ventre.

Il prit place à la table.

— Comment avez-vous pu arriver à l'âge adulte sans goûter le double beignet au chocolat !

Son regard intense la transperçait. Il voulait connaître ce détail sans importance sur elle.

Elle était mal partie.

Rafe avait l'eau à la bouche, mais ce n'était pas de porridge qu'il avait envie.

— Sérieusement, Annie, comment c'est possible ? Sur un plateau de télévision, il y a toujours des sucreries. Et le médecin en moi doit constamment lutter contre le fou de bonbons que j'étais à huit ans !

Une ombre passa dans les yeux d'Annie tandis qu'elle portait sa tasse à ses lèvres.

— Je n'étais pas autorisée à manger ce que ma mère n'approuvait pas. Charlotte devait garder la même apparence, et tant pis si je grandissais.

— Comment votre mère a-t-elle pu… ?

Il se mordit la lèvre. Question idiote. Il *connaissait* Carrie, il lui devait sa carrière télévisée. On ne pouvait guère la qualifier de bienveillante ni de maternelle. Vivre avec elle avait dû être un cauchemar.

Il se tut. Il n'avait toujours pas dit à Annie que Carrie était son agent. Leur rencontre avait si mal tourné qu'il n'avait pas voulu en rajouter. À présent, cette omission était suspendue au-dessus de leurs têtes comme une épée de Damoclès.

— Désolé…

— Inutile de vous excuser, dit-elle en pressant sa main.

Il caressa doucement ses doigts, et elle se laissa faire.

— Maintenant que vous connaissez mes antécédents avec la pâtisserie, voulez-vous savoir d'autres secrets ? s'enquit-elle d'une voix qui tremblait légèrement.

— Dites-les-moi tous. J'aime apprendre des trucs sur vous.

— Eh bien, j'ai eu une enfance « intéressante », déclara-t-elle de la voix enjouée de Charlotte Greene.

Il agrippa sa main.

— Vous êtes infiniment plus que Charlotte, Annie.

Les yeux d'Annie étincelèrent, mais elle s'assombrit.

— Vous êtes fascinante, docteur Annie Masters, insista-t-il, lui arrachant un sourire. Et avant mon départ, je m'engage à vous faire goûter le double beignet au chocolat.

Son doigt glissa sur la peau douce de son poignet, et il se força à la lâcher.

— Nous sommes dans le cercle polaire, Rafe.

— C'est vrai ? Je croyais que la neige était un hologramme.

Le rire joyeux d'Annie lui monta à la tête.

— Il y a sûrement un magasin de beignets par ici !

— Et si je déteste les doubles beignets au chocolat ? fit-elle, taquine.

— Nous en trouverons un qui vous plaira. Chaque personne a un beignet favori, elle le sait dès qu'elle le voit.

— Vous accordez bien du pouvoir à ces machins frits…

Il se pencha vers elle, respirant le parfum de menthe et de lavande de ses cheveux. Ses lèvres étaient tout près.

— Chaque fois que j'arrivais dans un nouveau foyer d'accueil, je cherchais le vendeur de beignets le plus proche. Les doubles au chocolat étaient les préférés de mon père, et, aux pires moments de ma vie, ils m'ont toujours réconforté. Les beignets ont beaucoup de pouvoir, j'en suis convaincu.

Elle enlaça ses doigts, et il ferma les yeux. Si elle s'approchait, il l'embrasserait et enfouirait ses doigts dans ses cheveux… Il inspira pour relâcher sa tension.

— Je crois que j'aimerais manger des beignets avec vous.

— Alors, je *m'engage* à trouver un vendeur !

— Prévenez-moi quand ce sera fait, dit-elle, levant sa tasse.

Annie, le corps en feu, gagna la clinique. Une anodine conversation sur les beignets avait suffi pour qu'elle soit à deux doigts d'inviter Rafe à passer la nuit avec elle !

Elle n'avait jamais fait ce genre de chose. Elle était réservée, prudente, et réfléchissait trop. Elle avait mis des mois à avouer son attirance à Blake, et perdu un temps précieux.

Elle prit une pile de dossiers sur son bureau. Elle se sentait nerveuse à l'idée de céder à son attirance pour Rafe. Il y aurait toujours des raisons de ne pas le faire, mais elle ne le voulait plus. Ce soir, elle se glisserait dans ses bras et profiterait du temps qu'il leur restait.

On frappa à la porte.

— Docteur A ?

— Oui, Miranda ? dit-elle, souriant à la réceptionniste.

— Mme Werth est en salle 3, et elle est grincheuse.

Tara Werth était *toujours* grincheuse. Arrivée en Alaska avec la première vague d'employés de la compagnie pétrolière, elle était sortie avec tous les célibataires de la ville avant de décréter qu'il n'y en avait pas un seul d'acceptable dans ce trou inculte. Et ses doléances étaient connues de tous.

Annie jeta un coup d'œil rapide à la fiche de Tara avant de pénétrer en salle d'examen. Inspirant un bon coup, elle entra… et lâcha la fiche.

— Madame Werth ? Vous voulez que je vous aide à fermer votre blouse d'examen ?

Se retournant vivement pour cacher son joli fessier, la patiente la foudroya du regard.

— Je croyais que le Dr Bradstone allait examiner mon grain de beauté. J'ai clairement spécifié à Miranda que je voulais le voir, *lui*.

Se penchant pour ramasser sa fiche, Annie ravala ses protestations. La mise en scène de Tara était ridicule, tout juste bonne pour une série télé ringarde. De toute façon, sortir avec des patients était contraire à l'éthique, et Rafe ne se serait pas prêté au jeu.

C'était le prix à payer, quand on était une star montante. On avait affaire à des fans prêts à tout pour capter l'attention de l'objet de leurs fantasmes, qui était contraint de céder aux exigences les plus farfelues.

Annie s'avança avec un sourire aimable.

— Quel grain de beauté voulez-vous que j'examine ?

— Je ne veux pas que *vous* examiniez quoi que ce soit. Vous n'êtes pas *lui*, que je sache, répondit Tara avec colère.

Annie s'assit sur le tabouret et attendit qu'elle se calme. Elle avait déjà été confrontée à ce comportement, ce besoin d'approcher quelqu'un qu'on admirait et sur qui on fantasmait. Mais c'était *elle* qui faisait rêver, alors.

— Tara…

— Je veux voir le *célèbre* docteur !

Les demandes des patients étaient parfois ingérables, mais là, c'était ridicule. Elle allait examiner le grain de beauté de Tara et ne la libérerait que quand Rafe serait occupé avec un patient. Elle ne pouvait peut-être pas le protéger des fans hystériques de LA, mais ici elle veillerait à ce qu'on ne l'ennuie pas au travail.

— Tara, je vous ausculterai avec plaisir, mais je ne perturberai pas le déroulement des consultations. Alors, où est ce grain de beauté ?

Avec une moue boudeuse, la patiente releva sa blouse sur sa hanche. Un grain de beauté de la taille d'une petite pièce saillait juste sous sa taille.

— Ce n'est rien, fit-elle, marmonnant, en tendant la main vers ses vêtements.

— Attendez… J'ai besoin de le voir de plus près.

— Pourquoi ? Ce n'est qu'un banal grain de beauté, protesta Tara, une larme glissant sur sa joue.

— Il y a des antécédents de cancer de la peau dans votre famille ? demanda doucement Annie, lui prenant la main pour la ramener à la table d'examen.

Tara acquiesça, bouleversée.

— Ma mère a eu un cancer de la peau. J'ai passé beaucoup de temps dans des cabines de bronzage… Le grain de beauté a grossi. J'aurais dû venir avant, mais…

Elle était venue pour voir Rafe, dont l'aura de star avait été plus forte que sa peur.

— Vous avez bien fait de venir.

Depuis l'arrivée de Rafe la salle d'attente était bondée, mais s'ils diagnostiquaient ne fût-ce qu'une poignée de patients qui n'auraient pas franchi leur seuil autrement, bénis soient les liens qu'il entretenait avec Hollywood.

— Je vais retirer le grain de beauté et envoyer un échantillon au laboratoire.

— C'est un *cancer* ? demanda Tara d'une voix chevrotante.

— Ça peut être un carcinome basocellulaire, une forme de cancer de la peau qui se soigne très bien. Je vous communique les résultats des analyses dès que je les ai.

Tara essuya une larme.

— Le Dr Bradstone ne peut pas m'appeler à votre place ?

— Non. Je vous soigne et je suis votre médecin traitant,

c'est moi qui vous appellerai. Vous pouvez contacter la clinique si vous avez des questions.

Quittant la salle d'examen, Annie fronça les sourcils en entendant des gloussements dans la salle où Rafe auscultait un patient. Elle serra les dents. Il n'y était pour rien si les gens prenaient rendez-vous juste pour le rencontrer.

Elle était jalouse. Si elle voulait explorer sa relation avec Rafe, c'était le prix à payer.

Peu importait qu'il soit si populaire avec ses fans. Peu importait qu'il retourne à LA et qu'il aime la célébrité. Annie avait besoin de savoir ce qui arriverait si elle donnait libre cours au désir qui les consumait.

— La tempête de neige vous plaît ?

Rafe se détendit un peu en sentant le parfum d'Annie flotter jusqu'à lui.

— Je n'avais même pas remarqué qu'il y avait une tempête.

— Elle ne sera pas méchante, mais les deux prochaines semaines, notre travail en sera allégé. J'ai des autoneiges au garage, pour les urgences.

— Deux semaines…, dit-il en grommelant.

L'hiver arrivait plus vite qu'il n'aurait cru.

— Ces premières neiges fondent vite. Ne vous inquiétez pas, Jack pourra vous ramener en avion si nécessaire.

Annie croyait qu'il voulait fuir l'hiver, mais c'était pour *elle* qu'il avait peur. Jenn n'avait pas fini d'installer son père dans sa maison de retraite et son retour n'était pas encore prévu.

Il scruta la neige qui s'entassait sur le parking.

— Et si Jenn ne peut pas rentrer à temps ?

Il aurait aimé continuer à plaisanter avec Annie au lieu de lui rappeler qu'il partirait bientôt.

— Eh bien, je passerai encore l'hiver seule, répondit-elle avec un haussement d'épaules.

— Et le Dr Henkle ? Il devrait être là pour vous seconder.

— Liam est occupé, dit-elle avec un sourire tremblant.

— Vous aussi, Annie ! Vous ne pouvez pas tout faire seule.

— Liam ne peut pas être ici à plein temps.

Avaient-ils été amants ? Était-ce la raison pour laquelle son associé gardait ses distances ? Rafe chassa la jalousie qui lui tordait le ventre. Tout le monde avait un passé.

— Je ne peux pas passer l'hiver ici, Annie.

— Je ne vous le demande pas !

À sa surprise, il sentit son cœur se serrer. Il aurait dû se réjouir qu'elle n'exige rien de lui. Mais il aurait voulu pouvoir lui faire des promesses.

— Désolé. Je ne devrais pas me mêler de ça. Vous avez dirigé la clinique quatre hivers consécutifs.

Seule.

— J'apprécie votre sollicitude, dit-elle en regardant la neige tomber. Cette soirée n'était pas censée commencer ainsi…

— Je m'inquiète pour vous. Vous ne devriez pas être seule.

Il s'approcha en priant pour qu'elle ne recule pas.

— Et vous ? demanda-t-elle. Malgré toutes vos groupies, vous êtes seul, vous aussi.

Il caressa son menton du doigt.

— Je ne me sens pas seul quand je suis avec vous.

— Tant mieux, répondit-elle, se glissant dans ses bras.

Ils étaient tout proches à présent. Il l'embrassa.

Elle ouvrit ses lèvres tendres et il sentit ses sens s'embraser. Il caressa son dos, en savourant les doux soupirs qu'elle laissait échapper. Le sang battait à ses oreilles.

— J'ai quelque chose pour vous, murmura-t-il.

Pour lui faire une surprise, il avait demandé à une patiente où se procurer des beignets. La femme lui avait conseillé de contacter Holly, l'amie pâtissière d'Annie, qui lui en avait livré une douzaine pendant sa pause déjeuner.

Annie sourit, les yeux pétillants.

— Vraiment ? Si on allait voir ça dans l'appartement ?

— Je vais le chercher et je vous retrouve là-haut.

Il prit le carton de beignets et gravit l'escalier, tout excité à la perspective de la soirée qui s'annonçait.

— Annie ? cria-t-il, trouvant la cuisine vide.

— Je suis dans ma chambre. Venez, le spectacle va bientôt commencer.

Retenant son souffle, il pénétra dans le sanctuaire privé d'Annie. Il se sentait honoré d'y être invité.

La pièce était plus spacieuse que le studio qu'il occupait depuis son installation à LA. Une grande couverture était étendue sur le sol, et le cœur de Rafe bondit à la vue de l'immense verrière donnant sur la nuit polaire. Le corps tendu de désir, il détourna les yeux du grand lit à colonnes couvert d'une courtepointe rose et gris.

Il posa le carton de beignets sur la malle pourpre ornée de tournesols au pied du lit.

— Belle pièce, dit-il en ouvrant le carton.

— C'est moi qui l'ai décorée, dit-elle. Mon passe-temps de l'hiver consiste à donner une nouvelle vie aux meubles, généralement en les peignant de couleurs vives ! Je flaire le sucre, vous avez acheté un dessert pour le spectacle ?

Il regarda autour de lui, cherchant un poste de télévision.

— Vous voulez regarder un film ?

— Non ! Dans une dizaine de minutes, les aurores boréales vont se mettre à danser à travers la verrière.

Il posa un beignet sur l'assiette fournie par Holly.

— Chose promise, chose due.

Un lent sourire se dessina sur le visage d'Annie tandis qu'elle contemplait la pile de pâtisseries gorgées de sucre.

— Vous m'avez acheté des beignets ?

— Oui. Pour info, votre amie Holly ne fait pas que des cookies et des gâteaux. Vous le sauriez, si vous passiez plus de temps hors de la clinique… Holly a été très impressionnée que je vous courtise avec des beignets.

— Me courtiser avec des beignets ? C'est si romantique…

Assis sur la couverture, il se pencha pour lui déposer un baiser sur la joue. Il aimait qu'elle le prenne pour un romantique, mais ce n'était pas le cas. Il ne voulait pas qu'elle se fasse des illusions.

— Ce ne sont que des beignets, Annie. Une romance est faite de gestes tendres et de déclarations enflammées.

Elle éclata de rire.

— Vous vous trompez. Elle est faite de petites choses anodines, répondit-elle en lui tendant la moitié d'un beignet. Vous *êtes* un romantique, docteur Rafe Bradstone.

Il préféra ne pas polémiquer.

— Aux beignets dégustés sur une couverture en bonne compagnie devant des aurores boréales !

Elle mordit dans le beignet et ses yeux pétillèrent.

— Oh ! c'est *bon* ! dit-elle avec un soupir en posant la tête contre son torse. Merci, Rafe.

— Avec plaisir.

Il caressa son épaule en souriant. Toute la journée, il avait attendu ce tête-à-tête. Il se souviendrait toujours de ce moment, il le savait. Il s'inclina pour inhaler l'odeur de chocolat et de lavande qui émanait d'elle. Nulle part il n'aurait pu être mieux qu'au cercle polaire en compagnie d'Annie Masters.

— Rafe…

Tendu de désir, il contempla sa bouche douce et rencontra son regard.

— Oui ?

— Embrassez-moi…

À l'instant où leurs lèvres se scellaient, le ciel s'embrasa. Des voiles lumineux bleus et verts se mirent à danser derrière la verrière en un spectacle féerique.

La bouche d'Annie avait le goût du chocolat, et elle murmurait son nom, attisant son désir. La hissant sur ses genoux, il entreprit de défaire son chignon serré.

Elle s'écarta, troublée, et il ravala sa frustration. Il avait envie d'elle, mais si elle avait des doutes…

— Si vous préférez regarder les aur…

Elle tendit une main tremblante vers l'élastique qui retenait ses cheveux.

— Mes boucles sont impossibles à dompter. Mon coiffeur passait deux heures à les raidir quand je jouais Charlotte, dit-elle comme les longues mèches frisées tombaient en cascade sur ses épaules. Tout le monde croit…

Il ne la laissa pas finir.

— Vous êtes magnifique, *Annie*.

Ce soir, il n'y avait que Rafe et Annie. Son personnage de fiction n'était qu'une pâle silhouette de carton-pâte comparée à la femme qu'il avait devant lui.

Elle sourit, mais le fantôme de Charlotte n'était pas loin.

Il lui baisa la joue et soutint son regard.

— J'ai envie que vous me touchiez, *vous*. Vous qui m'avez aidé à soigner le vieux Mac, qui m'avez menacé de perdre mes orteils si je ne changeais pas de chaussures, qui avez repeint cette malle de mille couleurs et que j'ai regardée dévorer son premier beignet. *Vous,* Annie.

Elle prit son visage entre ses mains et lui offrit ses lèvres.

Il ne se fit pas prier et la serra dans ses bras. Il parcourut de baisers son visage et son long cou avant de s'attaquer aux boutons de sa chemise. Il baisa chaque centimètre de peau qu'il dénudait, titillant de la langue les taches de rousseur à la naissance de ses seins.

— Vous êtes merveilleuse, Annie…

Comme Rafe s'intéressait à ses seins ronds, Annie sentit la pièce trembler autour d'elle.

Il y avait souvent de petites secousses sismiques ici, une de plus ne l'inquiétait pas outre mesure.

Rafe. Elle aurait pu tomber amoureuse de lui. Du reste, une partie d'elle l'était déjà…

Ses pensées tourbillonnaient déjà dans sa tête quand les lèvres douces de Rafe capturèrent les siennes.

Les cadres claquaient sur les murs, la bâtisse craquait, la pièce tanguait. Comme si la terre célébrait leur union ou la mettait en garde.

Elle avait follement envie de lui et il serait à elle, même une seule nuit.

Elle l'enlaça pendant que le sol vibrait autour d'eux.

— C'est un tremblement de terre ?

— Vous ne vivez pas en Californie ? répondit-elle, railleuse.

— Si, mais au cas où vous n'auriez pas remarqué la neige et le froid glacial, on n'est *pas* en Californie.

Elle sentit sa peau s'enflammer sous ses lèvres qui exploraient fiévreusement la naissance de ses seins.

Elle s'attaqua à la fermeture Éclair de son jean.

— Il y a eu une secousse le jour de votre arrivée. Étiez-vous si impressionné par notre rencontre que vous ne l'avez pas sentie ?

Il baisa son épaule nue.

— J'étais impressionné par vous, et je le suis toujours.

Glissant les mains dans son dos, il dégrafa son soutien-gorge et se redressa. Son regard sombre glissa sur son corps, mais il ne la toucha pas. La panique s'empara d'elle. Était-il déçu ?

— Tu es parfaite…

Elle se mit à trembler. Elle n'était pas sûre d'y croire, mais le compliment la touchait.

— Je me réjouis que tu aimes les taches de rousseur…

Sans crier gare, il empoigna ses fesses, la souleva contre lui, et l'allongea sur le lit.

— J'aime tout chez toi, Annie, murmura-t-il, léchant ses seins aux pointes dressées pendant que ses mains baissaient la fermeture de son jean. Tu es exquise…

Il taquina la peau délicate de son ventre et s'agenouilla.

— J'ai passé trop de temps à me demander quel goût tu avais, à présent je compte bien le découvrir…

Elle haleta en sentant ses dents titiller la peau tendre de ses cuisses.

Il étouffa ses gémissements avec ses lèvres.

— Nous avons toute la nuit, et j'ai l'intention de te déguster.

Il couvrait sa peau de baisers légers comme des plumes et elle sentait son corps palpiter de désir.

— Je t'en prie…

Comme elle se pressait contre lui, il rit doucement.

— J'aime que tu me supplies.

Quand il lui retira son slip en dentelle, l'air frais caressa ses reins. Elle frissonna sous les lèvres qui la caressaient au plus intime, et elle noua ses jambes autour de sa taille en sentant sa langue la pénétrer.

— Exquise, succulente, parfaite…

— J'ai envie de toi, Rafe, pria-t-elle d'une voix rauque. Je te veux en moi. Maintenant !

Rafe s'empressa de se déshabiller. Il n'avait jamais rien vu de plus sexy que les yeux clos d'Annie en train de capituler. Elle était à lui… au moins pour ce soir.

— J'ai besoin de toi…, dit-elle en haletant.

Il enfila rapidement un préservatif, attira Annie au bord du lit et la pénétra. Elle exigeait davantage, mais il ne voulait pas aller trop vite et, empoignant ses hanches, il ralentit volontairement le rythme.

Les yeux dans les siens, il plongea en elle. Elle avait les pupilles dilatées et ses chevilles labourèrent son dos quand il baissa la tête pour capturer la pointe rose d'un sein entre ses lèvres.

Il sentit ses ongles s'enfoncer dans ses épaules.

— Rafe…

Soudain le corps d'Annie se contracta, et elle cria son nom, emportée dans un tourbillon de plaisir.

Alors il s'abandonna et, accélérant le rythme, fut parcouru de brûlantes vagues de plaisir. Agrippés l'un à l'autre, ils se rejoignirent dans le même cri d'extase.

Elle poussa un long soupir.

— C'était…

Il contempla tendrement ses joues rosies pendant qu'elle le dévisageait.

— Oui ?

Elle éclata de rire.

— Je n'ai pas de mots.

Il n'argumenta pas. La perfection ne s'expliquait pas.

5.

Annie caressa l'épaule de Rafe et y déposa un baiser léger. Attentive à ne pas le réveiller, elle roula sur le dos. Fixant le plafond, elle s'efforça de se convaincre qu'elle ne souffrirait pas de son départ. Leurs ébats avaient été merveilleux, mais ils ne signifiaient rien. Ils avaient seulement exploré l'attirance qui les unissait.

Elle se mentait. Elle tenait plus à Rafe que s'il n'avait été qu'une passade sans lendemain.

Elle n'avait pas ressenti cela depuis Blake, et ils n'avaient pas eu le temps de vivre leur amour. Était-elle prête à risquer son cœur avec Rafe ?

Elle n'avait pas connu beaucoup d'hommes. Les deux avec qui elle était sortie depuis la mort de Blake avaient rompu peu après avoir couché avec elle. Ils s'étaient glissés entre les draps de Charlotte Greene et s'étaient réveillés à côté d'Annie Masters, à la chevelure rousse indomptable et au visage criblé de taches de son.

Elle refusait de croire que Rafe réagirait ainsi, mais en l'entendant ronfler doucement, elle quitta lâchement le lit. Elle ne supporterait pas de voir le changement sur son visage.

Enfilant un jean et une chemise en flanelle, elle gagna le salon. Elle prit la photo encadrée de Blake et Liam sur l'étagère et caressa le doux sourire de Blake. Elle l'aimerait toujours. Elle avait eu tort de cacher à Rafe qu'une partie de son cœur était morte. Voudrait-il toujours d'elle s'il savait qu'elle en aimerait toujours un autre ?

— Qui est-ce ? demanda la voix grave de Rafe tandis qu'il l'enlaçait et déposait un baiser dans son cou.

— Liam et son frère Blake, répondit-elle.

— Blake ? Ton ami de l'armée ?

Ami. Le terme était inexact, et Annie sentit son estomac se nouer. Elle n'avait jamais voulu minimiser leur relation.

— Liam est le frère de Blake, ce sont les fils deHelen et Jack, dit-elle, la bouche sèche.

Les doigts de Rafe se crispèrent sur son épaule.

— Tu es venue en Alaska après sa mort ?

Reposant la photo, elle se retourna dans ses bras. Elle détestait revenir sur cette partie de son passé, mais elle devait la vérité à Rafe. Elle aimait Blake et ne le cacherait pas.

— Blake et Liam sont originaires d'ici. Ils étaient préoccupés par le manque de personnel médical dans cette région de l'Arctique et ont voulu y créer une clinique. Blake s'est enrôlé dans l'armée avec le projet de devenir médecin une fois démobilisé. J'ai promis de l'aider avec la clinique.

L'armée les avait réunis, puis séparés.

— Tu l'aimais, dit Rafe comme une évidence, baisant son front avec une émotion qu'elle ne put identifier.

— Oui. Blake m'a fait prendre conscience que j'étais plus que Charlotte Greene.

Toi aussi.

— C'était mon meilleur ami et mon fiancé. Il a été tué au combat une semaine après m'avoir demandée en mariage.

— Ton fiancé ? répéta-t-il d'une voix tendue.

Elle nicha la tête au creux de son épaule. Blake était son passé, mais si elle voulait un avenir avec Rafe, même provisoire, il avait le droit de savoir.

— J'aurais dû te le dire…

Elle chercha son regard, guettant sa réaction.

— C'est pour ça que tu as quitté notre lit ? demanda-t-il doucement en lui caressant la joue.

Notre lit…

Elle frissonna. Elle avait envie de tout partager avec lui…

— As-tu voulu m'échapper, ce matin ?

Incapable de parler, elle hocha la tête, et la souffrance qu'elle lut dans son regard lui fit mal.

Meurtri, Rafe scruta le visage parsemé de taches de rousseur d'Annie.

— Si tu ne veux pas poursuivre notre relation, je comprendrai, murmura-t-il.

Il regarda l'homme souriant sur la photo. Il ne pouvait pas rivaliser avec lui. Il était devenu médecin pour de mauvaises raisons, courant après le vedettariat alors que Blake avait servi son pays et lui avait tout sacrifié. C'était lui, le héros que décrivait Annie quand elle parlait d'amour.

Elle noua les bras autour de son cou.

— Je… Je veux me réveiller dans tes bras demain. Je tenais à ce que tu saches, pour Blake. Même si notre relation est temporaire, il m'a paru injuste de te le cacher.

Temporaire… Il détestait ce mot. Mais il valait mieux qu'elle ne se fasse pas d'illusions. Il n'était pas l'homme d'une vie entière, au contraire de Blake.

— Je suis content que tu me l'aies dit. Il avait de la chance.

Son téléphone sonna, rappelant LA à son bon souvenir. Il le sortit de sa poche et le coupa.

— Je peux rappeler mon agent plus tard.

Rembrunie, Annie s'écarta. Il savait ce qu'elle pensait de Hollywood et n'aurait pas dû se sentir blessé.

— Elle est la seule à m'appeler, Annie.

Cette triste constatation lui serra le cœur. Personne ne l'appelait jamais.

Annie attrapa son portable et le lui glissa dans la main.

— Note mon numéro dans tes contacts.

— Quoi ?

— Note mon numéro. Ton agent ne sera plus la seule à t'appeler, dit-elle et, lui baisant le bout du nez, elle se dirigea vers la cuisine. Rappelle-la pendant que je fais du café.

Rafe étudia longuement la photo de Blake et Liam. Annie était venue en Alaska pour tenir la promesse faite à son fiancé. Elle ne se cachait pas dans ce coin perdu du monde. Elle s'était mise à son service à la place d'un homme d'ici, qu'elle avait aimé et qui ne reviendrait plus.

Il s'efforça de démêler les émotions qui l'étreignaient. Annie aimait encore Blake et l'aimerait toujours. Cela ne le gênait pas, mais s'il se révélait indigne d'elle ? S'il lui ouvrait son cœur, accepterait-elle les casseroles qu'il traînait avec lui ? Elle méritait le meilleur. Il ne l'était pas, mais il n'avait pas envie de s'effacer.

Il jeta un regard noir à son portable qui sonnait encore, lui rappelant son autre vie. La lumière des projecteurs et l'excitation qu'il ressentait devant les caméras étaient addictives. Il voulait croire qu'il pouvait tout avoir, mais…

Nouvelle sonnerie. Il se décida à répondre.

— Carrie…

— On a un problème, Rafe, coupa son agent. Dave veut que tous les candidats au poste d'animateur à plein temps lui accordent une interview. J'ai déjà tout prévu. On va envoyer une équipe là-bas ; un endroit isolé comme l'Alaska rendra le sujet passionnant, bien plus fascinant que ce que projettent tes concurrents. J'en ai déjà parlé à Dave, il adore l'idée. C'est comme si le poste était à toi !

— Attends.

Il sentit un frisson le parcourir. Annie avait fui les lumières de Hollywood, il ne pouvait pas les lui imposer ici !

L'interview attendrait son retour à LA. Il était mieux placé que ses concurrents, il n'avait pas besoin d'être filmé dans un coin perdu d'Alaska pour s'imposer comme le meilleur.

Il considéra la photo de Blake avec amertume. Il ne pouvait pas demander à Annie de renoncer au rêve de son fiancé pour l'univers futile hollywoodien. Mais cela faisait des années qu'il voulait décrocher un poste permanent sur le plateau de *Dr Dave*, et s'il y renonçait il n'aurait plus rien quand Annie s'apercevrait qu'il ne lui suffisait pas…

Ravalant la boule qui lui obstruait la gorge, il se promit de profiter de chaque minute du temps qui leur restait.

— Rafe ! Si tu veux ce poste, fais cette interview maintenant, avant les autres. Ils sont basés à LA, et tu as un atout de taille avec les paysages sauvages et sexy de l'Arctique. C'est exactement ce que recherche Dave.

Les yeux au plafond, il s'efforça de chasser son malaise croissant. *Les paysages sauvages et sexy de l'Arctique*… La clinique d'Annie n'avait rien à voir avec ça.

— Rafe, tu as fait tes preuves avec Dave, ces deux dernières années. Tu auras le poste. J'en suis sûre. Ne gâche pas tout.

Il se passa la main dans les cheveux. Outre une clinique et un foyer, Annie avait une mission ici. Il ne pouvait pas lui demander de renoncer à sa vie pour qu'il ait sa promotion.

— La clinique n'est pas intéressée par la publicité.

Carrie hésita un instant avant de poursuivre.

— Dave veut un regard en profondeur sur la médecine dans les terres isolées de l'Arctique. Si tu vends ça à Annie comme une célébration de la médecine de premier plan qui se pratique là malgré un besoin de praticiens dans les régions reculées, elle acceptera.

Il sentit son estomac se soulever.

— Alors tu sais que je suis à Blue Ash…

— C'était facile à déduire, avec les publications que tu as postées depuis ton arrivée, répondit-elle sèchement. Après ta fuite dans le Tennessee l'an dernier, il m'a semblé prudent de te suivre à la trace.

— Je ne me suis pas enfui.

Il tira sur un fil de son jean. Dans le Tennessee, il avait suivi un rêve qui était parti en fumée. Il ne pouvait pas échouer de nouveau en laissant passer cette chance de promotion.

Il regarda tomber la neige par la fenêtre.

— *Si* je demande à Annie de participer – et je ne te promets rien – nous pourrons parler de la médecine en zone isolée et du manque de médecins, mais pas question de minimiser le travail fantastique qu'elle fait à la clinique.

— Comment va ma fille ?

Il se passa la main sur le visage. Il n'avait pas dit à Annie qui était son agent, de peur qu'elle ne le rejette. La question se posait toujours. Comment le lui avouer sans la faire fuir ?

— Annie voudrait-elle que je réponde à cette question ?

— Non, répondit Carrie d'une voix enrouée. Tu aurais peut-être mieux fait de repartir dans le Tennessee au lieu de partir pour le cercle arctique. Dave veut son histoire nordique, maintenant.

Carrie ignorait ce qui s'était passé dans le Tennessee, mais sa remarque lui serra le cœur.

— Eh bien, je ne suis pas dans le Tennessee ! répondit-il en lançant son téléphone à travers la pièce.

— Qu'est-ce qui se passe dans le Tennessee ? demanda avec inquiétude Annie, plantée sur le seuil.

Qu'avait-elle entendu exactement ?

— Rien !

Elle s'assombrit et il s'en voulut. Mais il ne mentait pas. Il n'y avait rien dans le Tennessee… Pas pour lui.

Pourquoi ne lui avait-il pas parlé de Carrie ? Cette omission planait désormais entre eux comme une menace.

— Je… Hum… J'ai des trucs à faire dans ma chambre.

— Bien sûr, répondit-elle d'une voix blanche.

Elle n'essaya pas de le retenir. Et il ne lui en voulut pas. Ce matin, elle avait partagé avec lui une partie importante de son passé, et il était parti. Décidément, il n'arrivait pas à la cheville de son ex.

Quand Rafe se décida à descendre, des cartons étaient éparpillés dans le hall d'accueil. Un zombie souriant flottait au-dessus du bureau de réception, et un chaudron rempli de friandises s'était matérialisé près de la porte. Lui n'avait jamais pris la peine de décorer sa clinique de LA pour Halloween.

Annie était en train d'accrocher des lampions de mini-citrouilles autour de la salle, et son air accablé lui serra le cœur. Il l'avait blessée. Il avait tant à lui dire.

— Pardon, Annie. Je n'aurais pas dû crier contre toi.

— On a tous des choses dont on ne veut pas parler.

— Peut-être, mais…

Il tint la guirlande pendant qu'elle descendait de l'échelle.

— Tu ne me dois pas d'explication, Rafe.

— Si…, répondit-il, s'efforçant de rassembler son courage. En quoi puis-je t'aider ?

— Il faut suspendre ces toiles d'araignée aux fenêtres, dit-elle en montrant les accessoires. Et on y placera les araignées qui sont dans ce carton.

Tortillant une toile entre ses doigts, il regarda les arachnides plus vrais que nature.

— Tu m'as parlé de Blake. Mais moi aussi, j'ai des casseroles, Annie.

— Vanessa ? Je me moque des premières pages des magazines.

— Je parlais de mes parents. De la raison pour laquelle j'aspire à cette attention que tu détestes tant.

Il prit une inspiration et se lança.

— Ma mère était dans le Tennessee…, fit-il, les poings serrés. Elle y est encore, je crois.

Il accrocha la toile d'araignée à un clou sur le rebord de la fenêtre.

— Elle vit toujours ?

Elle le dévisageait, les petites lanternes citrouilles tremblant dans ses mains. Que penserait-elle de lui quand elle saurait qu'il ne valait rien pour sa propre mère ?

Il acquiesça, fixant sans les voir les flocons qui fondaient sur la vitre tiède.

— Oui. Mon père est mort dans un accident de voiture quand j'avais sept ans, dit-il en disposant des araignées sur la toile. Maman l'a soutenu quand il courait après son rêve de devenir un grand danseur. Et il l'a trompée. Il la trompait. Pourtant, elle ne l'a jamais quitté. Je me rappelle l'entendant hurler combien elle l'aimait, le suppliant de rester… Elle a appris que, quand il s'est tué dans cet accident, il était avec sa meilleure amie. Ils entretenaient une liaison depuis des mois.

— Waouh…

— Un bon scénario de série télé, fit-il avec un rire amer. Je suis le portrait de mon père. J'agis comme lui, je marche, je parle comme lui. Il m'appelait son « mini-moi ».

Il avait pris sur ses épaules le fardeau de toute la rage que sa mère n'avait pas pu déverser sur son père. Ses petites incartades d'enfant lui avaient valu de longs sermons sur le lourd héritage de son père, qui ne manquerait pas de faire de lui un menteur et un coureur de jupons.

— Après sa mort, elle ne pouvait plus me regarder. J'avais beau crier sur elle, j'étais transparent à ses yeux.

Annie lui prit la toile des mains.

— Elle t'a placé en famille d'accueil ?

Il ferma les yeux pour contenir ses larmes.

— Après le décès de mon père, elle a simplement arrêté de s'occuper de moi. Et quand les services sociaux ont été appelés, elle ne s'est même pas battue pour me garder.

Les bras d'Annie l'enlaçaient, lui dispensant de la force.

— Malgré tout, j'ai persisté à croire qu'elle changerait. Qu'elle me cherchait, et que les autorités refusaient de lui dire où j'étais. Je fantasmais sur elle, comme la plupart des enfants abandonnés. Il est plus facile de croire qu'on manque à nos parents. C'est vrai pour certains, mais pas pour moi.

Il inhala, pour se donner le courage de continuer, le doux parfum des cheveux d'Annie.

— L'an dernier, j'ai commis l'erreur de la rechercher via les réseaux sociaux. Je pensais que nos retrouvailles se passeraient mieux si je me présentais chez elle. C'est comme ça dans les films, et tout le monde est heureux, non ?

— La fiction est souvent plus douce que la réalité, dit-elle, tout bas, en lui déposant un baiser sur la joue.

La tête posée contre la sienne, il regarda la neige tomber.

— Je croyais vraiment qu'elle serait contente de me voir.

La mâchoire de Rafe se durcit. Sa mère ne voulait pas

de lui. Il ne valait rien à ses yeux. Qui aurait pu lui trouver des qualités que ses propres parents n'avaient pas vues ?

— Elle aurait *dû* être ravie, répondit Annie. Être fière de l'homme que tu es devenu. Tant pis pour elle.

La tension de ses épaules se relâcha tandis qu'il l'enveloppait de ses bras. Elle avait vu ce qu'il y avait de bien en lui. Le cœur plus léger, il poursuivit son récit.

— J'avais si souvent imaginé nos retrouvailles…

Tout excité à la perspective de ce qui allait être une merveilleuse journée, il s'était retrouvé devant chez elle et avait frappé à la porte.

— Elle m'a chassé de son porche en me jetant au visage que sa nouvelle famille ignorait mon existence, fit-il en murmurant dans les boucles rousses d'Annie. Avec l'âge, je ressemble encore plus à mon père, apparemment… Avant de me claquer la porte au nez, elle m'a dit que j'étais mieux seul, que tous les hommes de ma famille étaient des manipulateurs incapables d'aimer.

— C'est une réflexion haineuse, amère, et c'est un mensonge, répondit Annie en posant un doux baiser sur ses lèvres. Tu n'es *pas* responsable des fautes de tes parents.

— Je connais ta mère, dit-il de but en blanc.

— *Tout le monde* connaît ma mère, répondit-elle avec un pâle sourire en l'étreignant.

— Annie…

Elle posa un doigt sur ses lèvres pour le faire taire.

— S'il te plaît, je ne veux pas parler de ma mère. J'ai assez à faire à essayer de convaincre un charmant docteur qu'il vaut mille fois mieux que les horreurs qu'on a proférées sur lui, dit-elle en se blottissant contre lui. Ne laisse pas le venin de ta mère empoisonner ton avenir.

Il se surprit à espérer. Peut-être quelqu'un *pouvait-il* l'aimer. Il s'était persuadé qu'il n'avait pas besoin d'amour, que ce sentiment n'existait pas. Et s'il se trompait ?

Peut-être qu'Annie…

La sonnerie de son portable fit éclater la bulle d'espoir. Il n'avait toujours pas parlé à Annie de son agent. Par lâcheté.

Il voulait croire Annie. Il voulait croire qu'il y avait une place pour lui dans sa vie. Mais il savait également qu'il n'était pas digne d'intérêt. Sa mère, Vanessa, ses innombrables familles d'accueil, tout le monde avait fini par le rejeter. Et il en serait de même pour Annie.

Il trouverait un meilleur moment pour lui parler de Carrie. En tout cas, cette interview ne se ferait pas à Blue Ash. Il n'était pas question de faire venir des caméras à la clinique d'Annie. Aucune promotion ne valait la peine de détruire l'existence sereine qu'elle s'était construite ici.

6.

Rafe sourit à Annie venue prendre le dossier d'un patient. Les derniers jours avaient été idylliques. Il avait craint que travailler ensemble soit une gêne, maintenant qu'ils étaient amants, mais leur vie n'en était que plus belle.

Le matin, ils déjeunaient et étudiaient les dossiers ensemble, et elle partageait ses notes avec lui pour faciliter sa relation avec les patients. À midi, ils avalaient un sandwich au bureau en finalisant leurs notes sur les consultations de la matinée, et ils se retrouvaient pour le dîner.

Un planning déjà familier… et parfait.

Il n'avait plus qu'une patiente à voir, puis il pourrait passer la soirée à rire, bavarder, et faire l'amour avec Annie, avant de recommencer ce merveilleux cycle le lendemain matin.

Il entra en salle d'examen.

— Bonjour, je suis le Dr Bradstone.

— Amelia Clarke. Je n'arrive pas à croire que je rencontre une célébrité ! dit la femme avant de se mettre à tousser.

Il hocha la tête. Il avait déjà rencontré plusieurs groupies exaltées, depuis son arrivée à Blue Ash.

— Bien, si vous me laissiez examiner cette toux ?

— Ce n'est rien. Je suis venue parce que j'ai mal à l'oreille.

Il fronça les sourcils. Elle avait une vilaine toux, mais il commencerait par ses oreilles avant d'ausculter sa poitrine.

Il trouva son tympan enflammé.

— Votre oreille droite est infectée. Je vais écouter vos poumons.

— Je ne suis plus aussi jeune qu'avant, docteur Bradstone. Je tousse depuis des semaines, ça finira par s'arranger.

Amelia voulut descendre de la table d'examen, mais il brandit son stéthoscope en souriant. Elle céda avec un soupir.

Ses poumons sifflaient. Il soupçonnait une pneumonie aiguë. Avec l'otite, son corps devait avoir du mal à combattre la double infection. Il prit une chaise et croisa les bras.

— Madame Clarke…

— Appelez-moi Amelia.

— Amelia, dit-il en souriant, je crois que vous avez une pneumonie. Je programme une radio thoracique pour le confirmer. Nous allons fermer, mais venez à la première heure demain matin. D'ici là, je vais vous mettre sous antibiotique pour votre otite.

— Au moins, je pourrai dire à mon club de canasta qu'une vraie célébrité m'a examinée deux fois !

Il éclata de rire.

— Le Dr A vous a déjà auscultée. Elle ne joue plus la comédie depuis des années, mais elle est encore plus célèbre.

— Oui, mais elle est de la famille, ça ne compte pas.

— Comment ça ?

Elle lui tapota le genou.

— J'ai été la prof de son fiancé Blake au lycée. Un garçon intelligent. Je considère mes élèves comme mes enfants, et Blake aimait Annie, alors c'est un peu ma fille. Je ne les ai pas vus ensemble, mais il avait un rêve et elle l'a magnifiquement réalisé. Un couple exceptionnel.

La gorge serrée, Rafe rédigea sa prescription.

— J'ai tenté de caser Annie avec mon neveu. Ils sont sortis deux fois ensemble. Elle était polie avec Colin mais il ne l'intéressait pas. Certaines personnes n'aiment qu'une fois.

Il se leva. *L'amour.* Ce sentiment n'avait pas de place dans sa vie. Pourquoi les propos d'Amelia faisaient-ils si mal ?

Elle prit l'ordonnance et trottina vers la sortie.

Il regarda autour de lui et soupira. Cette clinique et le travail d'Annie étaient impressionnants. Un témoignage de son amour pour Blake, qui pérennisait son héritage.

Et lui, quel serait son héritage, à part des vidéos sur YouTube et des publications insipides sur les réseaux sociaux ? Rien de comparable avec une clinique qui soignait une communauté isolée du cercle arctique.

— Tu es là, dit Annie, surgissant à ses côtés et lui embrassant la joue. Amelia a pris rendez-vous pour sa radio demain avant l'ouverture, on commencera plus tôt. Tu m'écoutes, Rafe ?

Il l'embrassa sur le front.

— Pardon, j'avais l'esprit ailleurs.

— Où ça ? demanda-t-elle, enlaçant ses doigts.

— Nulle part en particulier.

Un pli soucieux barra le front d'Annie.

— Rafe ? Qu'est-ce qui ne va pas ?

Il baisa ses lèvres et sourit.

— Rien, mon cœur. J'étais juste perdu dans mes pensées à la fin d'une longue journée. Nous voyons des patients depuis plus de dix heures. Comment fais-tu pour tenir ?

Elle rit, mais demeura soucieuse.

— On s'habitue, répondit-elle en l'entraînant vers la porte. Viens, allons commander à dîner.

— Bonne idée.

Il lui enlaça la taille. Il allait partir dans quelques semaines, peu importait que Blake ait été le seul véritable amour d'Annie ou que son héritage à lui se limite à une émission de téléréalité. *Cela n'avait pas d'importance.*

Quand Annie, se retournant dans son sommeil, tendit la main vers Rafe, elle ne rencontra qu'un oreiller froid. Se redressant, elle se frotta les yeux et loucha sur l'horloge de son portable. Il était 4 h 55… Où était-il ?

Ses pieds touchèrent le sol froid et elle frissonna. Attrapant son peignoir, elle gagna la cuisine. Personne.

Les sourcils froncés, elle continua jusqu'à la chambre d'ami. Rafe n'y avait pas dormi depuis deux semaines. S'il avait déserté leur lit pour…

Elle poussa la porte et regarda la pièce vide. Alors elle fut prise de panique.

— Rafe ?

L'appel résonna dans le hall, mais personne ne répondit.

Le cœur battant, elle descendit à la clinique. Rafe ne serait jamais parti sans la prévenir. Elle dramatisait…

Mais elle n'arrivait pas à respirer normalement.

Le silence régnait à la clinique, mais de la lumière filtrait sous la porte de son bureau. Elle prit une profonde inspiration. Quelle idiote. Rafe allait bien, elle était ridicule.

Elle envisagea de regagner leur chambre. *Leur* chambre ? Quand son petit sanctuaire était-il devenu le leur ?

Quand elle l'avait invité à y passer la nuit.

Le cœur serré, elle pénétra dans le bureau.

Les yeux sur l'écran de l'ordinateur, Rafe tapait furieusement sur le clavier. Elle contempla avidement ses cheveux ébouriffés et la barbe naissante qui ombrait son menton. Il était tellement parfait.

Il leva les yeux et la vit.

— Annie ?

— Erreur. Je suis une nymphe des neiges assoupie à la recherche de son partenaire, dit-elle, éclatant de rire, en plaquant un baiser sur ses lèvres. Si tu es fatigué au point de ne pas me reconnaître, tu ne devrais peut-être pas te lever aussi tôt.

Elle glapit quand il l'attira sur ses genoux.

— Rafe…, fit-elle dans une sorte de grognement en sentant sa barbe irriter la peau sensible de son cou.

Il referma les mains autour de sa taille.

— Désolé. Stephen Donovan a des problèmes. Dave veut faire une interview que Stephen désapprouve. Il me demande d'examiner la documentation et de donner mon avis à Dave.

— Le Dr Donovan est coprésentateur de l'émission, pourquoi Dave ne l'écouterait pas ?

Elle se déplaça pour voir l'écran pendant que Rafe ouvrait l'étude sur le bureau de son ordinateur.

— Ils ont eu des désaccords avant mon arrivée. Ça arrive régulièrement qu'un médecin me demande d'intervenir auprès de Dave pour qu'il renonce à une idée saugrenue. En général, il m'écoute.

Il souligna quelques lignes sur l'écran.

— Vers 3 heures, Stephen m'a envoyé un message affolé. Apparemment, Dave veut traiter le sujet du *hot yoga* et de ses bénéfices pour les malades atteints de mucoviscidose.

— Quoi ? dit-elle en scrutant l'écran. Il y a un fondement scientifique à cette théorie ?

— Limité, d'après mes recherches. Ça peut même être néfaste si le studio n'est pas propre… J'ai envoyé des mails à Dave et aux producteurs pour leur dire que le sujet n'était pas approprié. J'espère qu'ils en tiendront compte.

— J'ignorais que tu t'investissais autant dans l'émission.

Elle avait imaginé qu'il ne s'agissait pour lui que d'un moyen d'attirer l'attention, une occasion de se mettre en scène. Mais à l'évidence elle s'était trompée.

— Ce n'est pas une grosse contribution à la science, mais c'est ce qu'il y a de plus important pour *moi*.

Elle se raidit. L'émission comptait donc tant pour lui ?

Les lèvres de Rafe parcoururent son cou de baisers légers.

— L'idée de « contribuer à la science » grâce à un talk-show peut paraître un peu bizarre, je sais.

Il rit, mais elle sentit qu'il lui cachait quelque chose.

— Les gens écoutent Dave, dit-elle. Ils prêtent foi à ses propos car il présente une émission et porte une blouse blanche. En empêchant la diffusion de sujets pseudo-scientifiques à la limite du charlatanisme, tu protèges les téléspectateurs. C'est une démarche noble, Rafe.

— Peut-être, fit-il, sceptique.

— Rafe…

Il s'empara de sa bouche, coupant court à la discussion.

7.

Quand les premiers rayons du soleil percèrent la verrière de la chambre d'Annie, des bras puissants l'enlaçaient et un ronflement léger résonnait à son oreille. Elle se retourna et contempla les beaux traits de Rafe adoucis par le sommeil. Elle baisa ses lèvres et sa peau s'embrasa sous la main qui empoignait ses hanches.

— Je ne voulais pas te réveiller…

Il titilla son cou et frotta son menton rêche contre sa peau délicate. Frémissant de désir, elle glissa les doigts sur son sexe dur.

— Si ma barbe t'excite tant, je vais la laisser pousser.

— Ça ne me gênerait pas.

Elle haleta en sentant une bouche happer la pointe de son sein. C'était la même délicieuse routine depuis deux semaines. Tout allait bien… C'était ça le problème.

Elle caressa le dos de Rafe en s'efforçant de conjurer sa peur. Ces dernières semaines resteraient gravées en elle. Une part d'elle était irrévocablement liée à Rafe. Elle aimerait toujours Blake, mais il était parti. Et Rafe allait rentrer à LA.

Elle voulait croire que leur histoire avait une chance – Rafe ne serait qu'à quelques heures d'avion – mais ils n'évoquaient jamais l'avenir. À la place, ils vivaient une vie entière en quelques semaines. Ils s'endormaient dans les bras l'un de l'autre, s'éveillaient ensemble, faisaient l'amour et se comportaient comme si le temps ne signifiait rien.

— Rafe…, murmura-t-elle comme il entrait en elle.

Elle se laissa doucement emporter. Ils n'étaient pas pressés de jouir, ils avaient simplement besoin de ne faire qu'un.

— Je pourrais passer l'éternité à te toucher sans faire le tour complet de tes taches de rousseur…

Il promena ses lèvres sur son visage, quel intérêt pouvait-il trouver à ces taches qu'elle détestait ?

Roulant sur elle-même, elle se hissa sur lui et le chevaucha, avide de le faire sien, de laisser son empreinte sur son âme comme il avait marqué la sienne.

Le rythme s'accéléra. Il se souleva, s'assit et grogna de plaisir quand elle l'enferma entre ses jambes.

Les doigts dans ses cheveux, elle l'embrassa avidement tandis que le plaisir montait en elle, de plus en plus fort.

Soudain, elle se cambra, emportée dans un tourbillon de sensations vertigineuses. Ses yeux s'emplirent de larmes qu'elle retint farouchement. Elle ne perdrait pas une seule seconde à pleurer sur l'avenir. Le présent était trop précieux.

Rafe laissait ses pensées dériver. Il continuerait à voir Annie. Comment, il l'ignorait, mais il savait qu'il trouverait un moyen pour que ça marche.

La sonnerie de son téléphone l'arracha à sa rêverie. Résistant à l'envie de le jeter contre le mur, il le ramassa.

Vidéoconférence avec Dave et moi mardi à midi. Pas négociable.

Il fixa le message de Carrie avec un nœud à l'estomac.

Il n'avait pas trouvé d'autre site pour l'interview avec Dave. La clinique d'Annie était l'endroit idéal. Tout le monde serait séduit par l'histoire du docteur qui avait réussi l'exploit de créer un miniservice d'urgence aux confins du cercle arctique. La clinique était lointaine, exotique, et sa belle propriétaire avait servi son pays avant de se consacrer à cette communauté défavorisée au milieu de nulle part. Son histoire valait la peine d'être racontée.

Seul problème, c'était la vie de Charlotte Greene que

Dave et les autres voulaient connaître. Pas celle d'Annie. Il tapa la réponse en tremblant.

D'accord.

Et s'il n'avait pas de meilleure idée d'ici à mardi… Son indice d'écoute était supérieur à celui de ses concurrents. Il comptait là-dessus pour faire la différence.

Une mélodie de comédie musicale lui parvint de la cuisine. Quand Annie viendrait à LA, il l'emmènerait en voir une. Il se réjouissait de lui faire visiter son monde, de lui montrer sa vie, et il trouverait un moyen pour qu'elle en fasse partie.

Elle fredonnait, et ses cheveux humides dansaient dans son dos pendant qu'elle se balançait au rythme de la musique.

— Tu n'as jamais eu envie de jouer dans une comédie musicale ? demanda-t-il en l'enlaçant.

Elle retira la dernière tranche de bacon de la poêle et éteignit la cuisinière avant de l'embrasser.

— Non. Pourquoi ?

— Tu es actrice, et tu adores les musiques de film.

— Je ne suis plus actrice, répondit-elle en s'écartant. Je prépare les assiettes, sers-nous le café.

Elle était tendue. Si elle acceptait de ne plus fuir son passé, aller à LA serait plus facile pour elle.

— Annie, pourquoi fais-tu comme si Charlotte Greene n'existait pas ?

— Excuse-moi ?

— J'ai évoqué ta participation à une comédie musicale parce que je sais que tu les aimes beaucoup.

— Je suis bien plus que Charlotte Greene, répondit-elle en reculant, les mains tremblantes.

Il sentit un frisson le parcourir et l'ignora.

— Bien sûr. Mais tu ne peux pas plus l'effacer de ta vie que je ne peux rayer de la mienne l'abandon de ma mère. Elle fait partie de toi.

Il se glissa dans ses bras et elle lui abandonna sa main gauche. Se détendant, elle suivit ses pas et se mit à danser au rythme de la musique.

Mieux valait laisser tomber le sujet. Se laisser porter par le charme de l'instant. Il aspirait à ces moments simples. Le romantisme était facile avec Annie. Il voulait la faire sourire.

— Quand tu viendras à LA, je trouverai sûrement une salle où on joue une comédie musicale.

Elle lui planta son talon sur le pied et il réprima une grimace. Elle voulut s'arracher à ses bras mais il la tenait fermement.

— Je ne peux pas venir à LA, Rafe. Je sais qu'il n'y a que deux vols, si je pars un mercredi…

Elle y avait déjà réfléchi et avait décidé de ne pas venir. Meurtri, il ferma les yeux.

Elle recula, et il ne chercha pas à la retenir.

— Annie…

Elle se laissa choir sur sa chaise.

— La clinique a besoin de moi.

Il se sentait mal. Il *fallait* qu'elle vienne à LA, parce que la ville comptait beaucoup pour lui. Sa réussite était là-bas, et il avait besoin qu'elle la voie à travers ses yeux à lui, pas avec ceux de Charlotte.

Il tenta d'argumenter.

— Tu as le droit d'avoir une vie, Annie. D'aller voir ton…

Le terme *petit ami* resta coincé dans sa gorge. Ils n'avaient pas parlé de leur relation, et il détestait les étiquettes. Il ne voulait pas être le petit ami d'Annie. Il voulait plus.

— Je peux venir en Alaska, mais il y a des fois où j'ai besoin d'être à LA, reprit-il.

Elle suivit du doigt une vieille rainure sur la table.

— Je n'ai pas quitté la clinique depuis sa création. Liam vient m'assister quand il est en ville. Et j'essaierai d'engager un autre médecin après l'hiver. Mais si je m'absente…

— Tu as besoin de vacances, Annie, pas forcément à LA. Ce serait aussi bon pour tes patients, si tu faisais une pause.

Elle le foudroya du regard.

— Je n'ai pas besoin de pause.

— Tu es une vraie généraliste, Annie. Tu accouches des femmes, tu recouds des plaies, tu réduis des fractures…

Mais cette ville s'agrandit. La compagnie pétrolière y amènera des centaines de nouvelles personnes dans les années à venir.

Il lui prit la main et la caressa. Il avait besoin de la toucher pour apaiser son esprit terrifié à l'idée de la perdre. Il embrassa le bout de ses doigts.

— Si tu ne te reposes pas de temps en temps, tu ne pourras pas faire face. Peut-être pas demain, ni le mois prochain, mais, un jour, la clinique peut être envahie par les victimes d'une épidémie ou de nombreux blessés, et si tu es épuisée…

— Je ne crois pas qu'on risque une tuerie de masse ici.

Il posa les mains sur la table.

— Il y a eu deux tremblements de terre depuis mon arrivée. L'Alaska est sur la ceinture de feu. Qu'arrivera-t-il si un séisme majeur frappe la région ? S'il y a une avalanche et que plus de deux personnes sont ensevelies sous la neige ? S'il y a une coulée de boue en été ? Une inondation ?

— Assez, dit-elle, posant sa tasse sur la table en tremblant.

— Annie, tu cours un énorme risque en travaillant sans arrêt sans te préoccuper de toi.

— Je prends du temps pour moi.

— Quand ? Après les heures ouvrables, le téléphone de la clinique sonne dans ta chambre, la sonnette de la porte retentit dans tout l'appartement, et il y a une alarme près de ton lit pour les urgences. Et tu refuses d'envisager un congé ou même simplement de partir un week-end !

— À t'entendre, on dirait que je suis le seul médecin accro à son travail, répondit-elle froidement. *Toi,* tu passes ton temps libre à animer une émission médicale et à courtiser tes fans. Mais ce n'est pas la vie à laquelle j'aspire.

Il recula, blessé par son ton mordant. Il savait qu'elle n'aimait pas l'émission, mais elle l'avait aidé dans ses recherches après l'avoir trouvé en train de faire des recherches en pleine nuit, et il avait cru qu'elle respectait ce qu'il faisait.

Annie tendit la main vers Rafe en se maudissant. Quelle mouche l'avait piquée ? Il était en train de parler de l'avenir. Pourquoi le provoquait-elle ?

— Excuse-moi, Rafe.

Il hocha la tête, mais la lueur dans ses yeux avait disparu.

— Tu as raison, Annie. Mon existence s'organise autour de ma clinique californienne et de *Dr Dave*, mais il y a d'autres choses dans ma vie. Je peux aussi être bénévole dans une clinique alaskienne et prendre des congés. Toi, tu te caches.

— Non, répondit-elle d'une voix chevrotante.

— Parfait. Cet après-midi, je t'achète un billet pour LA. On peut réserver six mois à l'avance. Comme ça, tu auras tout l'hiver pour engager un autre médecin et te préparer à visiter la ville.

Elle ricana avec amertume.

— Je l'ai déjà visitée, Rafe.

— Pas avec moi. Je ne veux pas te faire découvrir les studios télé, mais les endroits que j'aime. Le restaurant thaï où je commande si souvent qu'ils savent ce que je mange chaque jour de la semaine. Le parc où je passe mes dimanches à faire du yoga. Je veux te présenter à ma voisine Martha, une ex-pin-up qui aime raconter des histoires sur son passé glamour en servant des biscuits immondes.

Il éclata de rire.

— Ils ont goût de carton mais elle les adore. Je les avale avec l'infâme thé vert dont elle est si friande. Je sais que tu as de mauvais souvenirs là-bas, mais tu pourrais t'en faire de nouveaux.

Elle se glissa dans ses bras et le serra fort.

— Rafe, je ne peux pas partir. La clinique…

Elle leva la tête et l'embrassa à pleine bouche. Il se laissa faire sans réagir. Elle eut envie de hurler. Elle ne pouvait pas le perdre… Elle ne *pouvait pas !*

Il s'écarta.

— Ça va, Annie, je comprends. Cet endroit est trop important. C'était juste une idée, dit-il en lui plantant un baiser sur la joue. Bon, j'y vais, j'ai un truc à faire avant l'arrivée des patients.

Elle resta pétrifiée, incapable de bouger.

Elle avait passé des heures à chercher un moyen de le garder. Si seulement il vivait ailleurs qu'à LA… Cette pensée égoïste la frappa comme une gifle.

Il avait raison… Elle se *cachait* bel et bien.

Passant à grandes enjambées furieuses devant le salon, Rafe aperçut la photographie de Blake et s'arrêta. Annie s'était installée dans le cercle arctique pour Blake, mais elle refusait de venir à LA pour *lui*.

Il aurait aimé pouvoir s'arracher cette pensée de la tête.

Il voulait qu'elle choisisse entre Blue Ash et LA, et elle choisirait toujours Blue Ash. Elle *devait* choisir Blue Ash.

Il soupira. Avait-il vraiment cru que sa vie et son émission compteraient autant pour elle que sa clinique ?

Il ravala la bile qui lui brûlait la gorge. Il voulait qu'elle le choisisse, mais ils ne se connaissaient que depuis un mois. Il n'était pas nécessaire de hâter les choses. Il pouvait patienter.

Annie attendait que les derniers patients de Rafe s'en aillent. Il l'avait évitée toute la journée, la saluant vaguement une fois en passant, mais il était toujours occupé quand elle avait un instant de répit.

Elle l'avait blessé et voulait se racheter. Elle n'était pas prête à aller à LA, mais il avait raison, elle méritait des vacances.

— Rafe.

Elle le laissa raccompagner Mme Hamilton, puis l'entraîna dans la salle d'examen la plus proche.

— Excuse-moi, dit-elle en mordillant la peau meurtrie de son pouce. Je sais que LA compte pour toi, et je…

Elle voulait lui promettre qu'elle viendrait, mais les mots lui restèrent dans la gorge.

Il lui embrassa le sommet du crâne.

— Pardonne-moi aussi. Je n'aurais pas dû insister.

— Peut-être que…

Elle fut interrompue par les cris de Miranda, la réceptionniste.

— Docteur A ! Docteur Bradstone !

— Ça va aller, mon cœur. Je te promets.

Il lui prit la main et ils coururent vers l'accueil. Elle voulait le croire. Mais combien de temps attendrait-il qu'elle ait vaincu ses peurs ?

— Lily Banister est tombée de vélo, dit Miranda. D'après sa mère Tina, on voit l'os de son menton…

Rafe examina la blessure et fit un clin d'œil à l'enfant.

— On va te faire de beaux points de suture.

— J'en veux pas ! On n'en fait pas aux dinosaures !

— Il me semble avoir vu des dinosaures couturés.

Lily écarquilla les yeux, se demandant s'il était sérieux. Puis elle poussa un monstrueux rugissement.

Rafe éclata de rire.

— On jurerait un vrai T-Rex ! Mais il va quand même falloir recoudre cette plaie.

Il lui prit la main et, sous les yeux médusés d'Annie, la chipie l'accompagna docilement en salle de suture.

Annie soignait Lily depuis qu'elle était bébé, et en cinq ans elle avait déjà recousu sa joue, son bras, et posé des attelles à deux de ses doigts. Lily insistait pour suivre les acrobaties cyclistes de ses grands frères et cela finissait souvent mal.

À la demande de Rafe, Lily grimpa sur la table d'examen et se tourna vers Annie.

— Vous allez distribuer des sucettes et des super bonbons à la fête ce soir, j'espère ?

Tina jeta un regard sévère à sa benjamine.

— Tommy dit que vos bonbons sont dégueu, fit Lily avec une moue, ignorant le regard furieux de sa mère.

Se retenant de rire, Annie échangea un regard avec Rafe.

— Je dois te faire une piqûre avant de suturer, dit-il à Lily.

— Je n'aime pas les piqûres.

— Moi non plus, répondit-il, compatissant. Si on poussait un rugissement de T-Rex après l'injection de calmant ?

La fillette croisa les bras d'un air buté, mais céda.

Quand Rafe et Lily rugirent en chœur, Annie pouffa, conquise. Rafe était un excellent médecin, génial avec les enfants. Il ferait un très bon père.

Cette idée la tourmenta. Depuis la mort de Blake, elle avait mis son désir d'enfant de côté. Rafe avait abattu ses défenses. Si elle ne quittait jamais Blue Ash, elle ignorerait toujours si son rêve de famille était possible.

Elle s'assit devant la table et immobilisa la tête de Lily.

— Tu pourras montrer tes points à tes amis à la fête ce soir. Je parie qu'ils feront de l'effet avec ton déguisement.

— Bah, je serai une *fée*..., déclara Lily avec dédain. Je préférerais être un dinosaure mangeur d'hommes.

— Les costumes de fée sont magnifiques, dit Rafe en s'approchant. Je vais commencer maintenant, ne bouge plus.

— Je peux avoir un autocollant ?

— Tu en auras trois si tu te tiens tranquille, répondit Annie.

Rafe parla de dinosaures, de fées et de super-héros en recousant la blessure de la fillette, et elle but chacune de ses paroles en restant sage comme une image.

— C'est fini, dit gaiement Rafe, arrachant Annie à ses pensées.

— C'est quoi ton costume ? demanda Lily en fouillant dans le tiroir à autocollants.

Annie s'accroupit à sa hauteur.

— En fait, j'envisage d'en changer cette année.

Elle jeta un coup d'œil à Rafe, qui ne fit aucun commentaire. Elle avait acheté le déguisement pour le surprendre, mais comment allait-il réagir ?

Lily se colla un autocollant sur le nez.

— Est-ce que les fées peuvent manger les gens ?

— Je ne crois pas, dit Rafe. Un dernier rugissement ?

La salle résonna des mugissements de Rafe et Lily, et le cœur d'Annie se serra. Il était parfait avec les bambins.

— J'ai des choses à faire au bureau, lança-t-elle en ouvrant la porte. Le Dr Bradstone vous raccompagnera.

— J'ai hâte de voir votre nouveau costume, dit Tina.

— Un nouveau costume ? reprit une voix familière.

Annie se maudit. Pourquoi avait-elle parlé de son déguisement ? Elle l'avait commandé sur un coup de tête, deux semaines plus tôt. Elle avait envisagé de le renvoyer, et l'avait gardé en pensant qu'il plairait à Rafe.

Maintenant, il fallait qu'elle ait le courage de le porter.

— Peut-être, répondit-elle à son associé, Liam Henkle, qui venait d'arriver. Je dois aussi prévoir de nouvelles friandises.

— Quelqu'un t'a enfin révélé que tes sucettes sans sucre étaient immangeables ? demanda-t-il avec malice.

Elle le fusilla du regard.

— Tu aurais pu me le dire plus tôt !

— Tu en étais si fière, je ne voulais pas te vexer.

Blake non plus ne lui aurait pas dit que ses friandises étaient unanimement détestées. Il en aurait mangé pour la ménager.

Et Rafe ? Les aurait-il goûtées ? Non. Il lui aurait dit le fond de sa pensée et aurait proposé autre chose, même si elle ne voulait pas l'entendre.

Pour l'heure, la fête n'avait pas d'importance. Rafe voulait qu'elle vienne à LA, et elle avait envie d'essayer.

Liam étant là, ils devaient s'organiser avec la clinique pour qu'elle puisse s'absenter. Partagée entre la crainte et l'excitation, elle fit signe à Liam de la suivre.

— Je dois te parler.

— C'est au sujet du beau remplaçant avec qui tu sors ?

— On ne peut pas garder un secret dans cette ville, fit-elle avec humeur en refermant la porte du bureau. Non, il ne s'agit pas de Rafe. Pas directement.

— C'est censé être un secret ?

— Non, répondit-elle, fixant l'homme si semblable à son frère que le voir avait été une souffrance après la mort de Blake. Je ne veux pas te peiner… ni tes parents.

— Annie, dit-il en la prenant contre lui, Blake aurait voulu que tu sois heureuse. On veut *tous* que tu sois heureuse.

Une joie immense inonda Annie.

— Je suis contente… Il faut qu'on trouve un partenaire de confiance, au cas où nous serions absents tous les deux.

Liam haussa les sourcils.

— Tu envisages d'aller dans le Sud ?

Elle haussa les épaules.

— Je n'ai pas pris de vacances depuis longtemps.

— Tu projettes un voyage en Californie, dit Liam en s'asseyant dans le fauteuil devant le bureau.

— Peut-être…

Elle voulait voir la maison de Rafe, rencontrer sa vieille voisine, connaître sa vie. Voir si leur relation pouvait survivre à ces merveilleuses semaines.

— Je ne suis pas partie depuis que nous avons ouvert, mais il n'y a pas que ça. La population de la ville augmente, et avec l'installation du nouveau pipeline, elle doublera les cinq prochaines années. Actuellement, la clinique fonctionne six jours par semaine. En nous organisant bien, on peut engager trois médecins à plein temps et une assistante médicale.

— Je sais, Annie. Je me disais justement que le moment était venu pour moi de passer plus de temps à Blue Ash.

— Vraiment ?

Liam avait obtenu son diplôme de médecine quelques années avant elle, mais il n'était jamais resté à la clinique plus de six semaines. L'endroit lui rappelait trop Blake. Le temps ne guérissait pas les blessures, mais rendait le chagrin supportable.

— Il est temps que je fasse ma part du travail ici, mais je continuerai à me rendre régulièrement dans les zones isolées. Je comptais t'en parler après la fête de ce soir. Tu crois que la vie en Arctique peut intéresser le Dr Bradstone ?

Elle secoua la tête. La vie de Rafe était à LA. Il méritait d'obtenir la promotion qu'il briguait sur le plateau de *Dr Dave*. Elle voulait qu'il réussisse.

— Il déteste le froid. Et il fait une émission en Californie.

— On pourrait quand même lui offrir…

— Il est sous contrat pour le *Dr Dave Show*, ce n'est pas son style de laisser les gens tomber.

Elle tenait à Rafe. Le mot *amour* flotta un instant dans son esprit. Elle soupira. Elle *aimait* Rafe. C'était la raison pour laquelle elle avait si peur de l'avenir. La perte de Blake avait failli la détruire. Si cela ne marchait pas avec Rafe, comment le supporterait-elle ?

— Il n'y a pas d'urgence, assura Liam. Je compte rester tout l'hiver, ça te permettra de souffler. Prends des vacances, en Californie ou ailleurs.

— Annie, lança Rafe, faisant irruption dans le bureau. Pardon… J'ignorais que tu avais de la compagnie.

Il tendit la main à Liam.

— Rafe Bradstone, dit-il.

Liam se leva et lui serra la main.

— Liam Henkle, l'associé d'Annie.

— Content de vous rencontrer.

— Moi aussi. J'ai pu rentrer pour la fête de l'automne.

— Et vous comptez repartir ? demanda sèchement Rafe.

— En fait, Liam projette de passer l'hiver à Blue Ash, dit Annie en contournant son bureau.

Évitant son regard, Rafe acquiesça, gardant ses distances.

— Je vais voir si la salle d'attente est propre, ajouta-t-elle.

Elle était déjà loin quand elle s'aperçut que la porte du bureau s'était refermée. Que fabriquaient-ils ?

— Vous comptez vraiment passer l'hiver ici ?

Rafe croisa les bras. Il *fallait* que Liam comprenne qu'Annie avait vraiment besoin d'être épaulée. S'il restait, elle pourrait s'absenter. Rafe chassa cet espoir trompeur. Elle ne voulait pas aller à LA et il ne la forcerait pas. Il prendrait ce qu'elle avait à lui offrir.

— Annie mérite des vacances, dit Liam.

— C'est ce que je lui ai suggéré. Et elle n'était pas ravie.

— Je crois qu'elle pourrait se laisser convaincre… Elle est très protectrice vis-à-vis de cet endroit.

— Oui, elle a le sentiment de le devoir à Blake, dit Rafe, conscient que les liens d'Annie avec l'Alaska étaient plus forts que ceux qui l'unissaient à LA.

— Blake aura toujours une place spéciale dans son cœur.

— C'est normal, admit Rafe. Mais ça ne veut pas dire qu'il faille se servir de ça pour l'emprisonner ici.

— Waouh, s'exclama Liam, sidéré. Vous y allez un peu fort.

Tant mieux.

Rafe prit une inspiration. Son argument était le même si Liam remplaçait Annie à la clinique. Il faudrait toujours un minimum de médecins à Blue Ash. Et Annie ne se détendrait jamais si Liam gérait seul la situation.

— Annie a besoin d'un partenaire à plein temps, dit-il en fixant l'homme qui s'était reposé sur elle pour accomplir le rêve de son frère. Un seul médecin ne suffit pas à la clinique, que ce soit vous ou elle. Nous avons consulté de 8 heures du matin à 6 heures du soir presque chaque jour depuis mon arrivée. Sans compter les urgences en dehors des heures d'ouverture.

— Depuis quand êtes-vous là ?

— Quatre semaines.

— Vous aimez cette clinique ? demanda Liam en prenant un bloc-notes.

— Bien sûr. Elle soigne toute la communauté. Mais en cas de grave problème sanitaire, un seul praticien ne suffira pas. Deux non plus, d'ailleurs.

— Quand j'étais petit, une épidémie de grippe a fait vingt morts ici, dit Liam. Nous n'avions pas de médecin, c'est pour ça que Blake tenait tant à exercer ici.

— Au dire d'Annie, c'était un homme remarquable. Elle a voulu que son rêve se réalise, mais vous devez la seconder.

— Je comprends qu'elle vous apprécie, déclara Liam avec un sourire en prenant des notes. Je lui ai parlé maintes fois de notre besoin d'un troisième associé. Et à mon arrivée aujourd'hui, c'est le premier sujet qu'elle a abordé. J'ignore ce que vous lui avez dit, mais ça a marché. Faites-moi plaisir. Quand elle viendra vous voir à LA, prenez-la en photo devant son étoile sur le Walk of Fame à Hollywood. Ça fera un effet bœuf à la clinique.

Rafe vit rouge.

— Hors de question, dit-il, menaçant. Ce genre de chose ne l'intéresse pas le moins du monde !

Liam sourit malicieusement.

— Vous êtes un type bien, Rafe Bradstone.

— C'était un test ?

— Oui. J'ignore si elle a une étoile, mais je sais qu'elle détesterait être photographiée devant. Vous n'êtes pas le seul à vouloir la protéger.

À cet instant, Annie surgit dans la pièce.

— On doit se préparer pour la fête… Vous en faites une tête, tous les deux. Tout va bien ?

— Oui. J'ai hâte de voir ton nouveau costume, répondit Liam en riant.

8.

— Tu vas te décider à sortir de la salle de bains ?

Sous le similicuir qui épousait son corps, Annie sentit la chair de poule hérisser sa peau.

— Une minute… Ferme les yeux.

— Ça fait des heures que j'attends, dit Rafe en s'exécutant.

— Tu exagères. J'enfile mon ceinturon et j'arrive.

— Un ceinturon ? Tu m'intrigues.

Elle mit la dernière touche au costume et sortit. Elle contempla la haute silhouette de Rafe moulée dans une tenue de super-héros rouge blanc et bleu tout droit sortie d'une BD.

— Je compte jusqu'à cinq et j'ouvre les yeux, dit-il.

— Tu peux y aller.

Elle se redressa et attendit. Vêtue d'une combinaison moulante assortie à celle de Rafe, elle avait mis plus d'une heure à raidir ses boucles rousses et dissimuler ses taches de rousseur sous une épaisse couche de fond de teint.

Elle subit son examen sans broncher. Ressemblait-elle assez à une super-espionne ?

— Pour l'amour du ciel, dis quelque chose.

— Tu as choisi un costume assorti au mien, dit-il en s'approchant. Et en cuir moulant…

— En *simili*cuir.

Il l'embrassa dans le cou.

— Tu es la femme la plus sexy que j'aie jamais vue.

— Ça change de mon déguisement de sorcière…

— Tu es fantastique, Annie, murmura-t-il dans ses cheveux, mais si tu te sens mieux en sorcière, n'hésite pas.

Il se dirigea vers le placard et en sortit la robe noire informe.

— Si tu es ma partenaire, peu m'importe que tu sois une espionne sexy ou une sorcière affriolante.

Il posa la robe sur le lit et prit le chapeau de sorcière déformé par l'année qu'il avait passée au fond du placard.

L'appréhension d'Annie s'envola. Il la trouvait belle, et elle ne céderait pas à ses peurs, ce soir. Avec un sourire, elle glissa son pistolet à eau dans son ceinturon.

— Je fais une super-héroïne convaincante, non ?

Il prit ses lèvres. Et elle eut l'impression de rentrer chez elle après une longue errance. Une pensée ridicule, associée à un baiser. Mais elle s'abandonna avec un soupir. Rafe était son refuge. Quoi qu'il arrive dans l'avenir, elle ne renoncerait pas à lui pour des raisons géographiques.

La tête d'Annie contre son épaule, Rafe évoluait sur la piste de danse avec les autres couples se préparant pour le concours. Était-ce cela, l'amour ? Il soupira. Et si danser en costumes assortis pour décrocher un trophée ridicule faisait partie des choses qui rendaient la vie merveilleuse ?

Comment allait-il combiner son existence californienne et Blue Ash ? Il n'en savait rien, mais il trouverait un moyen. Une femme prête à se déguiser en super-héroïne pour vous en valait la peine. Il prendrait l'avion aussi souvent que possible pour la rejoindre, et ils pourraient se retrouver à Seattle de temps en temps. Ce serait mieux que rien.

Alors qu'un couple et leurs deux enfants se tortillaient sur une musique entraînante pour la « danse de la tondeuse à gazon », il joignit ses acclamations à celles de toute la ville.

— Je crains que notre swing fasse ringard, s'exclama-t-il en riant.

— Je t'avais dit qu'il était inutile de s'entraîner. La plupart des gens ont commencé à s'exercer il y a quelques jours, voire ce matin. Je cherchais juste un prétexte pour être dans tes bras.

Comment pouvait-on être aussi heureux ? Il posa ses lèvres sur son front.

— Tu peux venir dans mes bras quand tu veux, mon amour.

Le mot tendre lui avait échappé. L'évidence s'imposait. Il aimait Annie. Leur relation n'était pas qu'une passade.

Mais la fête de l'automne n'était pas l'endroit idéal pour une déclaration d'amour.

— Comment on vote ? demanda-t-il, montrant les danseurs.

Elle le dévisagea, mais ne commenta pas.

— Il y a des bocaux au fond de la salle. Un dollar donne droit à dix bonbons, cinq dollars à soixante-quinze bonbons. Le bocal où il y a le plus de bonbons l'emporte.

— Pourquoi utiliser de bonnes friandises ?

— Trop *drôle*, répondit-elle en riant, les yeux brillants sous les lumières orange qui baignaient la salle.

— Tu n'aimes pas les bonbons ?

— C'est du sucre coloré. Tu aimes vraiment ça ?

Il haussa les épaules, les yeux fixés sur les bocaux qui se remplissaient de petits triangles de couleur.

— La mère de la famille d'accueil, Emma, nous en donnait après le dîner. Cette fête lui aurait plu, dit-il, la gorge nouée.

— Parle-moi d'elle.

Il sourit au souvenir d'Emma et son chignon grisonnant.

— Elle prétendait que les couleurs vives élevaient l'esprit. J'étais un pré-ado révolté – je croyais encore que ma mère voulait de moi – et je haïssais tout le monde. J'étais odieux. J'ai dit à Emma que sa manie de peindre les pièces en vert et rose était ridicule et que je préférais le noir, la couleur de mon âme… À mon retour de l'école le lendemain, elle avait repeint ma chambre en noir.

Il rit en se remémorant le sourire insolent d'Emma.

— Elle avait utilisé de la peinture blanche et jaune pour faire des étoiles. Elle m'a dit que les étoiles luisaient plus dans l'obscurité et que, comme j'étais une star pour elle, je brillerais un jour. C'est peut-être pour ça que j'aime tant le feu des projecteurs, conclut-il en riant.

— Combien de temps as-tu vécu chez elle ?

— Six mois. Elle a eu une attaque… Avant de mourir, elle m'a rappelé de ne jamais oublier que j'étais une star.

— Quelqu'un croyait donc en toi. Une femme formidable.

Annie l'entraîna au fond de la salle, paya cinq dollars, et enfourna quelques bonbons avant de lui tendre le reste.

— Je croyais que tu n'aimais pas ça ? dit-il, savourant les friandises fondantes.

— Ils ne m'évoquent pas les mêmes souvenirs qu'à toi, mais ils ne sont pas si mauvais.

Il glissa d'autres sucreries dans sa bouche. Emma avait cru en lui, sûre qu'un jour il se distinguerait. Mais ses paroles s'étaient diluées dans les sombres prédictions de sa « vraie » mère, persuadée qu'il deviendrait un tricheur et un manipulateur, comme son père. Avec Annie à ses côtés, il arrivait à croire Emma, à admettre que les remarques de sa mère étaient mensongères.

— Je t'en achèterai d'autres quand nous aurons enflammé le *dance-floor*, dit-elle en l'embrassant sur la joue.

— Pourquoi tu n'as jamais participé à cette compétition ? Tu es une excellente danseuse, et ici les gens ne connaissent que le *moonwalk* des années 1980 ou les danses virales d'Internet.

Elle plissa le front. *Charlotte,* pensa-t-il.

— Tu ne voulais pas qu'on te compare à ton personnage ?

Elle acquiesça et s'appuya contre lui.

— Mais je me moque de ce que pensent les autres quand je suis dans tes bras.

Il l'embrassa sur la bouche et la serra contre lui. Annie Masters, cette femme belle et merveilleuse, l'avait choisi, lui.

— Si les docteurs veulent bien se séparer pour danser…, déclara le maître de cérémonie au milieu des cris et des rires.

Annie sourit, à l'aise parce qu'elle était avec *lui*. Quand il se remémorerait les moments les plus heureux de sa vie, cette soirée serait sans doute le plus beau de tous.

Elle l'entraîna au centre de la piste.

— Montrons-leur de quoi on est capables !

Un swing entraînant retentit dans les enceintes, et la foule recula pour leur laisser la place. Il n'y eut plus que la musique, lui et Annie qui se déhanchait, s'illuminant quand elle retrouvait ses bras au rythme endiablé du rock and roll.

L'amour. Le mot flottait autour d'eux. Il ne craignait pas de lui avouer son amour. Pour une fois, on le choisirait *lui*. Et il avait besoin d'elle, désespérément.

Leurs torses se heurtaient comme ils rebondissaient à l'unisson au son des joyeuses mesures du swing. Il y eut des sifflements quand il la souleva pour la balancer à droite, puis à gauche. Elle recula en se déhanchant, sa chevelure dénouée sautant sur ses épaules. Puis elle se précipita dans ses bras, et il la fit tournoyer une dernière fois sous les ovations de la foule en délire. La musique se tut.

— Eh bien, cette prestation sera difficile à battre ! Vous pourrez encore voter pendant une heure, cria l'animateur pour être entendu au milieu des acclamations. Un grand bravo au Dr A et au Dr Bradstone, mais trois groupes doivent encore passer !

Rafe conduisit Annie à l'écart de la piste et, sortant son portable, il l'embrassa sur la joue et prit une photo.

— Je capture notre moment de triomphe !

— Ne crie pas victoire. On n'a pas encore le trophée.

— Je me moque éperdument du trophée.

Seul comptait le plaisir qu'elle avait pris pendant ces instants magiques où la danse les avait réunis.

— On a dansé ensemble devant tout le monde et tu as adoré chaque minute. On aura une photo pour témoigner de cette victoire !

Il se pencha vers elle, et la foule, les cris, le trophée, le monde, tout s'effaça pendant qu'ils s'embrassaient.

Annie caressa du doigt la photo prise par Rafe. Elle avait adoré chaque seconde de leur swing endiablé.

Des flashs crépitèrent autour d'eux pendant qu'ils se frayaient un chemin parmi la foule.

— Docteur Bradstone ! Je peux faire une photo avec vous ?

— Je ne pense pas que…

— Va ! dit Annie. Je vais ajouter des bonbons dans le bocal.

Les femmes faisaient la queue pour passer trente secondes avec le beau docteur de la télévision. Il souriait, ravi. Il adorait être le centre de l'attention.

Elle s'aperçut qu'elle n'était plus jalouse. Rafe aimait être photographié avec ses fans, mais c'était *elle* qu'il voulait.

— Beau costume, lui dit Danny, le petit-fils de Mac.

— Merci, Danny. Comment va ton grand-père ?

— Bien. Il est par là, répondit Danny qui portait le même déguisement que Rafe, rembourré pour figurer les muscles.

Il se pencha vers Annie.

— Je peux prendre une photo avec vous ?

— Désolée, Danny, je n'ai pas l'habitude qu'on me demande ça, dit-elle, ce qui était absolument faux.

Durant des années, elle avait affiché des sourires factices pour ses fans. C'était facile pour Rafe, mais pas pour elle. Les appareils photo et les premiers smartphones qui l'avaient capturée en train de dîner, de faire son jogging, ou de marcher dans la rue l'avaient mise très mal à l'aise.

— Je ne suis pas aussi beau que le Dr Bradstone, mais j'aurai l'air plus vrai avec vous en super-héroïne, dit Danny.

— C'est donc mon déguisement qui t'intéresse ?

— Ben oui, Dr A. Quoi d'autre ? demanda Danny, perplexe.

Annie éclata de rire.

— Faisons cette photo, alors.

Attrapant son bouclier en plastique, Danny tendit son portable à un ami et s'agenouilla devant elle.

— Vous pouvez prendre la pose, Dr A ?

Elle sortit son pistolet à eau et le plaqua contre sa poitrine en prenant une expression féroce.

Danny se releva, regarda l'écran et sourit.

— Parfait ! dit-il, montrant fièrement le cliché à ses copains avant de se fondre dans la foule costumée.

— Pour quelqu'un qui prétend ne pas savoir danser, tu avais tout d'une pro ! dit son amie Holly costumée en Minnie en rejoignant Annie.

— Rafe est un excellent partenaire.

Elle regarda dans sa direction. Il posait en compagnie d'un fan déguisé en T-Rex. L'image était ridicule. Parfaite.

— Je parie qu'il est aussi excellent dans d'autres domaines, fit Holly en riant sous cape comme elles se dirigeaient vers le buffet.

Les pâtisseries de Holly étaient les vraies stars de la soirée, on en parlait ensuite pendant des mois. Il y avait des biscuits orange qui rougissaient les dents, des cookies-vampires, des araignées chocolat framboise…

Annie prit un cookie en forme de doigt de sorcière.

— Il est doué pour *tout*, répondit-elle, les joues en feu.

— Le contraire serait dommage, dit Holly avec un clin d'œil.

— Des sous-entendus dignes de Minnie Mouse, fit Annie.

Soudain, Rafe l'enlaça en saluant Holly. Elle se sentait en sécurité dans ses bras. Tout semblait possible quand son cœur battait près du sien.

— Je t'ai pris des bonbons, dit-elle.

— Pour voter ou pour les manger ?

— Comme tu veux, répondit-elle en riant.

— Au lieu de vous goinfrer de bonbons, il y a un buffet d'excellents desserts ici, Rafe, dit sévèrement Holly en désignant ses créations. Je dois aller chercher les pochettes cadeaux, tu m'aides à les rapporter de la réserve, Annie ?

Rafe fourra un bonbon dans sa bouche en souriant.

— Pourquoi sont-elles dans la réserve ?

— Si je les mets dans la cuisine, elles disparaîtront. J'en prépare juste assez pour que chaque enfant ait la sienne. Personne ne va dans la réserve.

— Parce que c'est une zone sinistrée, dit Annie, hilare,

en tendant une poignée de friandises à Rafe. Tu devrais te charger de distribuer les pochettes cadeaux, Rafe.

— Pourquoi moi ?

Un gamin déguisé en super-héros salua Rafe en passant.

— Parce que tu es doué avec les enfants.

— Pas du tout, répondit-il d'une voix tendue.

Elle posa une main douce sur sa joue.

— Tu as calmé Lily cet après-midi, et tous les gosses t'ont parlé ce soir. Tu n'es pas brisé, Rafe Bradstone. Et je te le prouverai, quel que soit le temps que ça prendra.

— Annie…, murmura-t-il avec émotion.

— Je dois aller chercher les pochettes cadeaux, dit-elle en l'embrassant. Nous les distribuerons ensemble.

— D'accord, murmura-t-il, l'esprit ailleurs.

Elle pressa sa main et courut rejoindre Holly. S'efforçant d'ignorer son sentiment de malaise, elle l'aida à ouvrir la lourde porte de la réserve. Un carton près de l'interrupteur se renversa, heurtant le bras d'Annie qui poussa un cri.

— Ça va ? demanda Holly en allumant la lumière.

Un filet de sang coulait de son poignet, mais elle était surtout contrariée par la déchirure de sa combinaison. Depuis quand les super-héros étaient-ils agressés par des caisses ?

— Je crois, fit-elle, constatant que le sang ne coulait plus et qu'une reprise au fil noir réglerait le problème du costume. Quel désordre… Après la fête, il faudra ranger ici.

Étouffant un petit rire, Holly enjamba un carton de décorations de Noël et une tête de lapin de Pâques.

— On dit ça à chaque fois…

Annie souleva la caisse qui lui était tombée dessus et se fraya un chemin vers le fond de la réserve.

À cet instant, la pièce se mit à vaciller, et le carton lui échappa des mains. Elle cria en voyant les affaires empilées s'écrouler autour d'elle. Des hurlements se firent entendre tandis que la terre tremblait violemment.

— Annie !

Le cri paniqué de Holly lui arracha un frisson. Elle vivait dans la région depuis des années, et les secousses n'avaient jamais été aussi longues. Près d'elle, une pile d'affaires tomba sur le sol.

— Je vais bien. Reste où tu es.

— Annie…

La voix de Holly se perdit dans le grincement du toit.

Une palette en bois se détacha du mur, et Annie ressentit une violente douleur à la tête. Ses genoux heurtèrent le sol. Elle n'eut même pas le temps de se protéger de ses bras, les ténèbres l'engloutirent.

9.

Annie…, hurlait mentalement Rafe, jouant des coudes parmi la foule affolée. Mais le devoir passait avant tout, il devait s'occuper des éventuels blessés. Du reste, Annie devait être en train de faire de même. Il scruta la marée de têtes à la recherche de ses cheveux roux.

Planté sur l'estrade, le garçon déguisé en super-héros tenait son bras blessé, et Rafe s'accroupit devant lui.

— Je peux regarder ?

L'enfant renifla et lui tendit son bras. Rafe ramassa une bouteille d'eau non ouverte et lava la blessure.

— Comment tu t'appelles ?

— Mitchel.

— Bien, Mitchel. Je sais que tu as peur, mais je dois examiner ton bras.

Heureusement, la plaie était superficielle et n'aurait probablement pas besoin de points de suture.

— Tu es un vrai super-héros, Mitchel, cette coupure aura disparu dans quelques jours.

Le visage de l'enfant s'illumina. Annie avait peut-être raison, au sujet de son don avec les enfants. Il n'avait jamais envisagé d'en avoir, mais l'idée ne l'effrayait plus. Cependant cela n'arriverait pas s'il était à LA et Annie à Blue Ash. Pouvait-il renoncer à *Dr Dave* ?

Oui… Pour Annie, il était prêt à tout.

Il se redressa et scruta la salle où étaient rassemblés la plupart des habitants de Blue Ash. Où était-elle passée ?

Liam se précipita vers lui.

— M. McHenry s'est foulé la cheville en tombant, et Margery Stevens a besoin de *Steri—Strip* pour une coupure au-dessus de l'œil. À part ça, on s'en est bien sortis.

— Vous avez vu Annie ? demanda Rafe dont l'inquiétude croissait à chaque seconde.

— Non, répondit Liam en parcourant la salle des yeux. Elle soigne peut-être quelqu'un.

Le regard de Rafe s'attarda sur les costumes. La combinaison d'Annie et la tenue de Minnie de Holly étaient aisément repérables. Mais il ne les voyait pas.

Un Mickey costaud les rejoignit. Doug, le mari de Holly.

— Liam, tu n'as pas vu Holly ? demanda-t-il, très pâle.

— Annie et elle devaient se rendre à la réserve, dit Rafe.

Liam blêmit et fonça à la réserve avec Doug, Rafe sur leurs talons. Ce n'était qu'un placard à fournitures. Pourquoi semblaient-ils aussi inquiets ?

Doug poussa la porte, qui refusa de s'ouvrir.

— Holly ! cria-t-il, en larmes, la martelant de ses poings.

Des personnes les rejoignirent, alertées par les cris. Rafe donna des coups d'épaule dans la porte qui finit par céder. Un sapin de Noël lui griffa le bras en lui tombant dessus.

Liam attrapa Jack Henkle par le bras.

— Papa ! Annie et Holly sont quelque part dans ce foutoir. Aide-nous à dégager tout ça pendant que maman court à la clinique chercher la trousse médicale d'Annie.

Rafe était livide. Annie et Holly étaient coincées sous ce fatras, et elles étaient silencieuses.

Il fallait qu'elle aille bien. Il avait tant de choses à lui dire.

Il enjamba des caisses.

— Annie ! Holly !

Le sang battait dans ses tempes. Les étagères des deux murs s'étaient écroulées. Il passa des cartons à Liam et Doug.

— Holly ! cria Doug derrière lui.

— Doug ! répondit la voix étouffée de Holly. Je suis derrière l'étagère gauche, où on range les affaires de Pâques.

Écartant Rafe d'un coup de coude, Doug commença à escalader les gravats pour rejoindre sa femme.

— Annie ! hurla Rafe, priant pour qu'elle réponde.

— Elle est de l'autre côté, dit Holly d'une voix chevrotante.

Annie allait bien. Il le fallait. Il avait besoin d'elle. Vivre sans elle n'était pas envisageable. Il ne pouvait pas la perdre.

— Elle ne répond pas…

— Annie ! cria Rafe, fonçant dans la direction indiquée.

Le silence était oppressant.

— Annie, *je t'en prie…*

Malgré sa hâte, il se forçait à avancer prudemment. La pièce était un vrai champ de mines, avec ces caisses éventrées et ces objets épars. Annie pouvait être n'importe où là-dessous. *Seigneur, faites qu'elle aille bien…*

— Annie, mon cœur, fais du bruit, supplia-t-il, les joues humides de larmes. S'il te plaît, dis quelque chose…

Le monde sans Annie…

Il chassa la peur qui menaçait de le paralyser.

— Annie !

— Rafe…

La voix était si faible qu'il crut l'avoir imaginée.

— Annie… Où es-tu ?

Une caisse bougea, un mètre devant lui. Une vieille palette gisait à côté, maculée de sang.

Il balaya les obstacles sans regarder où ils atterrissaient et, enjambant une machine à pop-corn renversée, il tomba à genoux devant Annie. Se retenant de la prendre dans ses bras pour ne pas lui faire mal, il la scruta.

Suintant d'une coupure au-dessus de son œil, du sang raidissait sa frange, mais il ne coulait plus.

— Où as-tu mal ?

— À la tête…, bredouilla-t-elle. Il faut que je m'assoie…

— Non.

Après une blessure à la tête, les gens étaient confus et voulaient se lever, un mécanisme de défense naturel pour fuir la menace. Mais cela pouvait aggraver le problème.

— J'ai mal au crâne.

— Tu dois rester tranquille, mon cœur. Tu as une

commotion cérébrale et je dois m'assurer que tu n'as pas d'autres blessures avant de te déplacer.

— J'ai mal à la tête ! dit-elle dans un gémissement. Cette palette m'est tombée dessus. Je me sens vaseuse…

— Je sais, ma douce. Mais je dois t'examiner, dit-il, touchant l'ecchymose qu'elle avait à la joue.

L'adrénaline était retombée. Prenant une inspiration, il palpa délicatement la peau autour de ses côtes.

Elle gloussa et geignit.

— Tu me chatouilles !

Elle battit l'air de sa main, frappant Rafe à la joue. Il se mordit la langue et un goût métallique emplit sa bouche. Au moins, elle n'avait pas de côtes cassées.

— Pardon, j'ai l'impression que mon corps pèse une tonne.

— Ça va, mais tu dois rester éveillée, Annie.

— Je suis fatiguée et j'ai la nausée. Je me sens confuse…

Elle aurait besoin de temps pour se remettre de sa commotion cérébrale. Heureusement que Liam était là, car la clinique devrait se passer du Dr A au moins une semaine.

S'asseyant sur les talons, Rafe heurta une machine à barbe à papa et considéra d'un œil noir la poudre rose qui recouvrait les jambes d'Annie. Que diable n'avaient-ils *pas* entreposé dans cette pièce ? Il fit pivoter les chevilles d'Annie et pressa doucement sa peau. Elle gémit quand il lui plia les genoux, mais sa combinaison était trop moulante pour lui permettre de réaliser un examen complet.

Liam vint le rejoindre avec la trousse médicale.

— Alors ?

— Elle a un traumatisme crânien avec état nauséeux, les genoux contusionnés, et peut-être une pommette fêlée, répondit Rafe, se répétant mentalement pour chasser son angoisse que tout irait bien.

Liam se releva et déblaya les affaires autour d'Annie pour dégager le passage et leur permettre de sortir.

— Doug emmène Holly à la clinique. Elle a peut-être le poignet cassé.

Rafe glissa les bras autour de la taille d'Annie et la souleva doucement.

— Je veux rentrer à la maison, murmura-t-elle contre son épaule.

— Liam, vous pouvez demander qu'on éteigne les lumières et qu'on nous laisse passer sans faire de tapage ?

Annie fondit en larmes.

— Je ne suis pas une diva.

— Il ne s'agit pas de ça, Annie, dit Rafe en déposant un baiser sur sa tête. Nous devons nous occuper de toi.

Mais Liam avait déjà disparu.

— Je peux marcher…

Rafe emprunta prudemment le chemin que Liam avait dégagé et elle s'agrippa à lui.

— Je préfère te porter.

— Je n'aime pas ça, marmonna-t-elle comme ils avançaient avec prudence parmi les cartons recouverts de gravats.

— Je sais, mon cœur. Si tu te sentais bien avec une commotion cérébrale, ce serait inquiétant.

Ils traversèrent la salle de fête sombre et silencieuse et gagnèrent la sortie.

— Je n'arrive pas à croire qu'ils ont arrêté les festivités à cause de moi…

— Tout le monde t'aime.

L'amour. S'il avait douté de ses sentiments, la catastrophe de ce soir avait éclairci les choses. Il aimait Annie. Elle était sa vie, son souffle. Et dès qu'elle irait mieux, il le lui dirait. Ce serait un moment dont elle se souviendrait toujours.

— On a oublié de prendre nos manteaux. Ma mère m'achetait toujours les manteaux les plus jolis…

— Quelqu'un a dû remarquer qu'on ne les avait pas. Je parie qu'on nous les apportera avant qu'on fasse démarrer la camionnette.

Le traumatisme devait embrouiller l'esprit d'Annie pour qu'elle évoque un souvenir heureux lié à Carrie. *Carrie.* Comment pouvait-il avouer son amour à Annie alors qu'il avait omis de lui parler de sa mère, et de lui dire que Dave voulait une interview d'elle ?

— Rafe, si tu me serres comme ça, tes empreintes vont rester gravées dans mes côtes…

— Pardon, dit-il, se forçant à se détendre.

Il la déposa près de la fourgonnette et sortit les clés.

— Je peux m'attacher toute seule, grommela-t-elle en s'installant.

Mais, quand elle tourna la tête pour attraper sa ceinture, son visage se vida de son sang. Se mordant la lèvre, elle saisit l'attache et la glissa dans son logement.

— Rafe ! Annie ! cria Helen Henkle, courant vers la camionnette.

— Tu vois, voilà nos manteaux, observa-t-il.

Il prit les lourds vêtements des mains deHelen et enveloppa Annie du sien.

— Jack vous apportera le trophée demain. Prenez soin d'elle, Rafe, dit Helen en l'étreignant. Vous êtes un type bien.

— Merci, répondit-il, la gorge nouée.

Helen s'affaira autour d'Annie pendant qu'il mettait le contact. Elle ferma aussi doucement qu'elle put la lourde portière, mais Annie tressaillit.

— Nous avons gagné le concours, dit-il.

Elle agrippa sa main.

— Je parie que c'est un vote de sympathie.

Il baisa ses doigts pendant que l'habitacle se réchauffait.

— Je conduirai lentement. Essaie de garder la tête aussi immobile que possible.

— Ce n'est pas ainsi que je prévoyais de passer la nuit…, murmura-t-elle en bâillant.

Il rit doucement, les yeux sur la route obscure.

— La plus grande partie s'est bien passée.

— Oui…, dit-elle avec un soupir, les paupières lourdes. Je suis fatiguée…

— Que prévoyais-tu ? demanda-t-il, haussant la voix.

Il quitta un instant la route des yeux pour la regarder. Il voulait lui crier qu'il l'aimait, ou le lui chuchoter doucement.

Il caressa sa joue indemne. Il avait besoin de la toucher, de se prouver qu'elle allait bien, mais son rythme cardiaque refusait de ralentir.

Il devait empêcher Annie de dormir et s'y employa.

— Comment projetais-tu de passer la nuit, mon cœur ?

— J'adore quand tu m'appelles « mon cœur », dit-elle tout bas, la main sur sa jambe. Je t'aime.

Il faillit avoir une attaque. Le pensait-elle ou était-ce un effet de la commotion ?

— Annie…

Les roues droites roulèrent dans un gros nids-de-poule et toute la fourgonnette trembla. Annie poussa un cri et Rafe jura. Il posa la main sur son genou et le caressa.

— Désolé, Annie. Nous sommes presque arrivés. Je vais prendre soin de toi, je te le promets.

— Je sais, répondit-elle. J'ai confiance en toi.

Confiance. Il reçut le mot comme une gifle en pleine face. Il lui cachait trop de choses. Mais il pouvait y remédier.

Il *devait* le faire.

10.

Ce matin-là, dans la cuisine, Annie scrutait Rafe en s'efforçant de se convaincre que son regard vitreux et son mutisme étaient dus à la fatigue. Depuis trois jours, il ne l'avait quittée que pour soigner des patients, mais quelque chose le tourmentait. Et cela l'inquiétait, elle.

La tête baissée, il écrivait furieusement dans son carnet. C'était une sorte de journal généralement posé sur sa table de chevet, Rafe y notait des choses avant de dormir.

Mais désormais il l'emportait partout.

À ses questions, il avait répondu qu'il dressait des listes, et elle n'avait pas eu le cœur d'insister. Se préparait-il à partir, essayait-il de mettre de la distance entre eux ? Parce qu'elle avait refusé d'aller à LA ?

Il jura en rayant quelque chose dans le carnet.

— Je me fais du souci pour toi, dit-elle.

Et je suis terrifiée à l'idée que tu veuilles partir.

Elle se resservit de café et s'assit à côté de lui.

— C'est moi qui devrais m'en faire, répondit-il en lui embrassant le bout du nez. Comment va ta tête, ce matin ?

— Elle m'élance, et ma joue prend une hideuse teinte violette. Au moins, c'est assorti à mes genoux.

Elle voulut l'embrasser sur les lèvres, mais il se détourna, alarmant plus encore Annie. *Que se passait-il ?*

— Les ecchymoses sont plus impressionnantes quelques jours après le choc. Ça commencera à s'atténuer demain.

Il griffonna quelque chose, puis arracha la page du carnet.

— Tu veux que je la jette ? demanda-t-elle.

Il fourra le papier dans sa poche.

— Inutile. Je pourrais en avoir besoin plus tard.

Cette réponse, plausible, n'apaisa pas Annie, persuadée qu'il lui cachait quelque chose.

— J'ignorais que tu écrivais si souvent dans ton journal.

— Je ne le fais pas, en général. Mais quand j'essaie de résoudre un problème, ça m'aide d'établir des listes.

Elle attira sa main libre sur ses genoux.

— Sur quoi travailles-tu ? Je peux peut-être t'aider.

— Sur rien de spécial.

Il caressa ses doigts, mais ses yeux soutinrent son regard à peine une seconde avant de revenir au carnet.

Elle soupira. Pourquoi refusait-il de la regarder ? À cause de ses bleus ? Elle n'était pas vaniteuse, mais au réveil elle avait pleuré devant la vilaine coupure à sa tempe et ses pommettes striées de marbrures violettes. Elle n'avait rien d'une jolie actrice. Était-ce pour cela que le regard de Rafe ne s'attardait pas sur elle plus d'une seconde ?

Non. Ce n'était pas son genre, et les bleus s'effaceraient. Ses baisers manquaient de passion parce qu'il ne voulait pas la brusquer après sa commotion, voilà tout.

Mais elle n'arrivait pas à chasser ses doutes.

Il avait d'autres raisons de prendre ses distances. Était-il contrarié qu'elle lui ait avoué son amour ? L'avait-elle vraiment fait, d'ailleurs ? Ses souvenirs de l'accident étaient flous, déformés par la douleur. Mais elle était presque sûre de lui avoir dit dans la confusion du moment qu'elle l'aimait.

Lui l'avait appelée *mon amour* avant qu'ils dansent, elle s'en souvenait, mais un mot tendre n'était pas une déclaration. Elle avait beau fouiller sa mémoire, elle était certaine qu'il ne lui avait pas avoué ses sentiments. Même embrouillé, son cerveau aurait conservé ce souvenir.

Depuis la fête de l'automne, la peur la rongeait. Elle voulait parler de leur avenir, proposer d'aller à LA quelques jours, mais il était trop préoccupé par son journal.

Comment retrouver leur bulle de bonheur d'avant la fête ? Ses yeux s'emplirent de larmes.

— J'ai fait quelque chose de mal ? demanda-t-elle.

— Quoi ? dit-il en la fixant, bouche bée.

Elle haussa les épaules.

— Tu es… distant. Tu n'arrêtes pas de prendre des notes et… Mais je suis peut-être trop curieuse…

Elle voulut se lever, mais il lui saisit la main.

— Tu n'as rien fait de mal, lâcha-t-il dans un murmure, serrant ses doigts et parcourant des yeux son visage meurtri. C'est juste…

Elle retint son souffle, elle avait la gorge nouée d'angoisse.

— J'ai une vidéoconférence avec Dave et mon agent à midi. J'essaie de trouver la réponse à leur problématique, mais mon cerveau bloque, indiqua-t-il avec un rire amer.

— Pardonne-moi, dit-elle en l'embrassant comme il l'attirait contre lui.

Il se dérida, mais son sourire n'atteignait pas ses yeux.

— Quelle est la problématique ? demanda-t-elle, lovée contre lui. Mon expérience des shows télé date un peu, mais je me souviens fort bien de mon trac.

Rencontrer les producteurs et les réalisateurs l'avait toujours angoissée. Et comme elle vivait sous le même toit que son agent, toutes les recommandations lui étaient assénées à la table familiale. Elle frissonna à ce souvenir.

— Dave veut que je fasse une interview. En fait, il *faut* que je la fasse.

Elle fronça les sourcils.

— Tu as réussi à le convaincre de renoncer au *hot yoga*. Tu peux sûrement le persuader d'abandonner cette idée.

— J'ai essayé, dit-il en déposant un baiser sur son front. Il n'en démord pas. Il a même répondu à mon dernier mail par une copie de mon contrat. Si je ne lui donne pas satisfaction, il y aura rupture du contrat et je serai lourdement pénalisé. Cela videra mes comptes et plus encore.

Il resserra ses bras autour d'elle.

— Je dois trouver un truc qu'il ne pourra pas refuser.

Elle refoula ses larmes. Si cette interview se passait bien, ce contrat n'aurait plus d'importance car ils en négocieraient un nouveau après sa promotion. Elle savait comment les choses fonctionnaient, à Hollywood. Il n'aimait peut-être pas le sujet d'interview choisi par Dave, mais l'émission était tout pour lui.

— Sur quoi doit porter l'entretien ? demanda-t-elle.

Il garda les yeux baissés et elle sentit la peur l'étreindre.

— Rafe ?

— Il veut traiter d'un sujet sans rapport direct avec la médecine. Mais je ne l'ai jamais fait et je ne veux pas commencer maintenant.

Chez ses patients, Annie avait déjà été confrontée aux effets néfastes des derniers régimes à la mode et autres produits vitaminés préconisés par le Dr Dave dans ses émissions. Rafe avait raison de refuser. Mais pourquoi avait-elle l'impression que ce n'était pas le seul problème ?

Elle s'efforça d'oublier ses craintes. Rafe ne lui avait donné aucune raison de douter de lui. Après son rendez-vous, ils parleraient tous les deux, et elle ne se dégonflerait pas.

— Nous n'avons pas beaucoup de temps, dit-elle. Faisons un brainstorming. Quelles autres idées as-tu ?

C'était important pour lui, donc cela comptait pour elle.

— Tu acceptes de m'aider à trouver de la matière pour *Dr Dave* ? demanda-t-il en la lâchant.

Elle se força à afficher une expression heureuse.

— Tu veux cette promotion, Rafe. Et elle doit te revenir.

Il l'enlaça de ses bras tremblants.

— Tu ne regardes même pas le *Dr Dave Show*, pourquoi crois-tu que c'est moi qui dois avoir cette promotion ?

— Tu en parles depuis ton arrivée. Il est facile de lire entre les lignes, même avec le cerveau amoché. Tu veux qu'ils te choisissent, qu'ils admettent ce que tu apportes à l'émission.

Il se mordilla la lèvre.

— C'est toujours agréable d'être choisi…

Parlait-il d'autre chose que de l'émission ? Elle lui embrassa le bout du nez.

— Je ne regarde pas le programme, mais j'ai plein de préjugés favorables pour le merveilleux Dr Bradstone.

Le sourire qui illumina les traits de Rafe la ravit. Elle se leva d'un bond et, prise de vertige, étouffa un cri.

Rafe la rattrapa avant qu'elle perde l'équilibre.

— Il faut encore y aller doucement, mon ange.

— J'adore quand tu m'appelles comme ça…

Il embrassa le sommet de son crâne et l'aida à se rasseoir.

— Et moi, j'aime bien t'appeler comme ça.

Elle n'avait jamais eu de surnom. Les gens supposaient que son vrai prénom était Anne, mais sa mère avait préféré Annie, un meilleur nom de scène. Elle mordilla la peau de son pouce. Même quand elle était enfant, sa mère rêvait de la voir devenir célèbre.

Quand elle aurait des enfants, elle leur donnerait de mignons surnoms que Rafe leur chuchoterait à l'oreille.

Elle frissonna en le regardant fixement. Soupira en l'imaginant courir après de facétieux bambins aux cheveux noirs. Il ferait un excellent père. Mais ce rêve ne se réaliserait pas s'ils vivaient à des milliers de kilomètres l'un de l'autre.

Pouvait-elle abandonner la clinique ? Cette simple question aurait été impensable une semaine plus tôt.

Les cabinets médicaux ne manquaient pas à LA, mais Blue Ash était tout pour Blake. Pour elle aussi. Cependant, si elle voulait faire sa vie avec Rafe, elle devait résider dans le même État que lui. S'il avait besoin d'être sous le feu des projecteurs, elle trouverait un moyen pour être à ses côtés. Une relation était un partenariat. Elle ferait cela pour lui.

— Parle-moi de tes idées, dit-elle en lui prenant les mains.

Il ramassa son carnet.

— Si nous en discutions en nous câlinant sur le canapé ? Tu pourras m'aider à éliminer les mauvaises.

— Je parie qu'il y a au moins une idée gagnante dans cette tête-là, dit-elle.

Avec son talent, Rafe méritait un poste permanent de coprésentateur dans l'émission de Dave, elle en était certaine.

Dans le couloir, elle promena sa main sur le mur. Elle

connaissait chaque creux et chaque bosse des murs de la clinique, mais elle n'y avait pas toujours été chez elle. On était chez soi auprès de ceux qu'on aimait. C'était avec Rafe qu'elle se sentait chez elle.

— Inutile de multiplier les thèmes. Le mieux est d'en traiter un, à fond : le problème du manque d'appui médical dans les communautés rurales à faibles revenus.

Annie biffa tous les autres sujets dont Rafe et elle avaient discuté au cours de l'heure qui venait de s'écouler.

Elle avait raison. Mais il ne voulait pas qu'elle croie qu'il cherchait à l'interviewer *elle*. Il savait combien elle détestait être dans la lumière. Elle avait été exploitée par sa mère et par la machine hollywoodienne, il n'était pas question qu'il l'utilise pour son propre profit.

— Si je choisis ça, sur quoi je devrai mettre l'accent ?

Elle plissa les yeux. Pensait-elle qu'il se servait d'elle ? Rien n'était plus éloigné de la vérité. Il essayait depuis des jours de trouver un nouveau sujet d'émission pour Dave. Il avait épluché son contrat, et Dave était dans son droit en voulant imposer un thème spécifique.

Si Annie n'était pas d'accord, Dave ne pouvait pas la forcer à participer à l'interview. Mais Rafe ne lui avait rien demandé. Elle était gentille, compatissante, d'un soutien total. Elle risquait d'accepter, rien que pour le faire décrocher cette promotion. Sauf que la promotion n'avait pas beaucoup d'importance pour lui quand elle était près de lui.

Il devait trouver une autre piste qui n'impliquait pas Annie.

— J'ai vu un document infographique de l'Association médicale américaine, il y a quelques mois, reprit-elle en ramenant une boucle rousse derrière son oreille. Les plus grands déserts médicaux se trouvent dans le Mississippi et l'Idaho. Mais ce n'est pas qu'un problème géographique…

Il lui caressa le haut de la cuisse, un des rares endroits où elle n'était pas meurtrie. Il avait encore plus besoin de la toucher depuis son accident. Et il faisait le même cauchemar chaque nuit : il courait comme un fou dans le dédale de la réserve de la salle des fêtes sans pouvoir atteindre Annie.

Il ne voulait pas risquer de la perdre. Rien ne valait un tel sacrifice.

Après la vidéoconférence, il lui dirait tout. Il achèterait une énorme boîte de beignets et lui déclarerait son amour. Ce serait parfait.

— Que veux-tu dire, ce n'est pas qu'un problème géographique ? demanda-t-il, revenant au présent.

— Si les projections de l'Association médicale américaine sont fiables, le pays manquera cruellement de généralistes, de psychiatres et de gynécologues obstétriciens dans les vingt prochaines années.

— J'ai peut-être la personne idéale pour parler de cette question, dit-il comme un téléphone vibrait et que son ventre gargouillait. Je dois manger quelque chose et passer un coup de fil avant la conférence.

Elle l'embrassa.

— Je te prépare un truc à manger, va dans la chambre passer ton appel. Peut-être qu'après la réunion ton téléphone cessera enfin de sonner tout le temps !

— C'était *ton* portable, mon ange, dit-il en riant.

Elle regarda son écran et fronça les sourcils.

— Le père de Jenn a dû être opéré du cœur en urgence. Heureusement que Liam projette de rester ici cet hiver.

La nouvelle atterra Rafe. Jenn ne pourrait plus le remplacer, et Liam devait encore passer plusieurs semaines dans les territoires isolés avant de revenir ici.

— Tout va bien, Rafe, dit Annie. C'était prévisible. Cette fois, c'est ton portable qui sonne. Va téléphoner et parle avec tes collaborateurs. Tu mérites cette promotion.

— Annie…

Il se sentait oppressé. Il ne lui avait pas dit qu'il l'aimait. Que c'était elle qui comptait, pas sa promotion. Ils avaient passé la matinée à planifier son interview avec Dave. À présent, il n'avait plus le temps…

La sonnerie de son portable le fit sursauter.

— Il faut qu'on discute, Annie…

— Plus le temps, dit-elle en l'embrassant sur la joue. Bon courage !

Elle fonça vers la cuisine. Il aurait dû la rattraper, mais la sonnerie insistante lui força la main. Après la conférence, il se le promit, il éteindrait son téléphone et avouerait son amour à Annie.

Bientôt…

11.

Tentée de poser des tranches de jambon sur un morceau de pain et de courir apporter le sandwich à Rafe avant sa réunion téléphonique, Annie tempéra son excitation. Si elle comptait faire partie de sa vie, elle connaîtrait son agent et Dave bien assez tôt.

Avec un sentiment de malaise, elle alluma le gril pour faire fondre le fromage et s'absorba dans ses pensées. Rafe avait raison, elle ne se réduisait pas au personnage de Charlotte Greene. Il était temps de tourner la page. Surtout si elle voulait passer du temps à LA.

Son téléphone bourdonna. Jenn.

Son amie n'était pas responsable de l'attaque de son père. Annie repousserait ses vacances au printemps, voilà tout. Au moins, avec Liam, elle se sentirait moins seule ici cet hiver. Sauf que sans Rafe… Elle ne le supplierait pas de rester.

Elle l'aimait et voulait croire qu'il l'aimait aussi. Mais il ne l'avait jamais dit. Il s'inquiétait pour son contrat, et elle comprenait. Les studios étaient impitoyables.

Une nouvelle vibration de son portable l'arracha à ses pensées. Elle scruta les mots sur l'écran. Helen ne lui envoyait jamais de SMS, sous prétexte qu'elle avait du mal à déchiffrer les petites lettres du clavier.

> Je suis sincèrement désolée, Annie. Dites-moi si vous voulez que Jack le conduise à Anchorage en avion cet après-midi.

Le message était suivi d'un lien vers un journal à scandale en ligne.

— Non !

L'appareil lui échappa des mains et la coque se brisa sur le carrelage de la cuisine. Elle le ramassa, les yeux noyés de larmes. Elle était tentée de ne pas lire l'article, mais il était peut-être mensonger. Les tabloïds faisaient fortune sur des demi-vérités, des informations rémunérées et des mensonges.

Elle cliqua sur le lien.

Le Docteur Playboy se sert de l'enfant star pour décrocher une promotion

Le texte était illustré par la photo prise par Rafe le soir de la fête. Lui seul avait pu la donner à la presse.

Il lui avait menti en lui faisant croire… Quoi au juste ? Il n'avait jamais dit qu'il l'aimait. Seulement qu'ils devaient avoir une conversation. Quelle sotte elle avait été…

Quand le Dr Rafe Bradstone est parti en Alaska exercer bénévolement, ses fans ont supposé qu'il prenait du recul pour redorer son image de séducteur. Mais le Docteur Playboy n'était pas uniquement là-bas pour faire profiter les Alaskiens de ses compétences médicales. Il était sur les traces d'une ex-starlette déchue qui se cache dans ces contrées reculées.

Selon nos sources, le Dr Bradstone aurait décroché le poste permanent de coprésentateur du Dr Dave Show en obtenant une interview exclusive avec l'ex-enfant star Annie Masters.

Mme Masters travaille actuellement dans une clinique de Blue Ash, Alaska. À l'heure où paraît cet article, la clinique n'a pas répondu au message que nous avons laissé sur son répondeur.

L'agent du Dr Bradstone, Mme Carrie Forester, a refusé tout commentaire, précisant qu'un communiqué de presse officiel paraîtrait plus tard. Mme Forester n'a pas souhaité parler d'Annie Masters. Mme Forester est la mère d'Annie Masters et fut son agent pendant dix ans, quand sa fille faisait une jolie carrière d'actrice dans la série My Sister's House.

Annie Masters a-t-elle dilapidé sa fortune ? Est-ce la raison pour laquelle elle travaille dans une clinique perdue en Alaska ?

Nous vous tiendrons au courant quand nous aurons de nouvelles informations.

Annie prit plusieurs inspirations pour calmer sa nausée. L'auteur du texte n'avait même pas pris la peine de se renseigner sur la clinique. Les informations étaient pourtant accessibles au public, à commencer par son diplôme de médecine. Même son engagement dans l'armée était facile à trouver. Il aurait été aisé de vérifier qu'elle n'était pas une pauvre starlette déchue. Mais bien sûr, cela n'aurait pas eu le même impact sur un public avide d'histoires sordides.

Le Dr Annie Masters était réduite à une enfant star puis à une starlette sur le retour. Personne n'avait voulu voir qu'elle était beaucoup plus.

Rafe l'avait souvent dit et elle l'avait presque cru, mais c'était encore un mensonge. L'histoire de la transformation de l'enfant star en médecin d'une clinique isolée du cercle polaire était un formidable atout pour son interview.

Dès lors, leurs câlins de ce matin étaient suspects. Il lui fallait un prétexte pour la questionner sur les déserts médicaux dans les zones défavorisées. Comment avait-elle pu être aussi aveugle ? Il lui avait même fait croire que l'idée venait d'elle.

Tout cela à cause de son émission adorée. Elle espérait prendre la première place dans son cœur, mais maintenant…

Étourdie de chagrin, elle ferma les yeux. S'il lui avait demandé franchement de participer à l'interview au lieu de comploter dans son dos, elle aurait accepté sans hésiter.

Pourquoi lui avait-il fait croire qu'il tenait à elle ?

Vidée de ses forces, elle s'assit par terre.

L'agent de Rafe était Carrie. *Sa mère*. Carrie avait régné

sur son enfance, et elle aurait encore régenté sa vie si elle avait pu. Tout le monde la voyait comme Charlotte Greene parce que Carrie ne lui avait pas permis d'être autre chose.

Mais un enrôlement dans l'armée ne s'annulait pas aisément. Carrie avait eu beau hurler, tempêter, elle avait dû la laisser partir. Et elles ne s'étaient plus adressé la parole.

Carrie. Annie s'adossa au placard. Rafe lui parlait de son agent depuis son arrivée. Comment n'avait-elle pas remarqué qu'il ne prononçait jamais son nom ?

Son portable vibra. Le nom de Holly s'afficha avec un lien, puis un mot du vieux Mac, prêt à bouter Rafe hors de la clinique.

Voilà en quoi consisterait sa vie les prochains jours. À répondre aux questions polies et inquisitrices sur les mensonges de Rafe. Elle ne pouvait pas rester. Elle ne supporterait pas les gentils sourires des gens qui voudraient savoir comment elle allait, énuméreraient les défauts de Rafe et affirmeraient qu'elle était mieux sans lui.

Elle posa l'appareil et ferma les yeux. Qu'allait-elle faire ?

Six nouveaux messages s'affichèrent, et elle faillit hurler.

— Annie ? dit Liam en entrant dans la cuisine.

— Ne m'interroge pas sur lui, s'il te plaît.

Elle avait mal au crâne, son cœur saignait, et son cerveau meurtri ne savait pas comment faire face.

— Demande à ton père de ramener Rafe en avion dès ce soir. Peux-tu tenir la clinique seul une semaine ou deux ?

— Bien sûr, répondit-il en lui lançant ses clés. Installe-toi dans mon chalet. Je prendrai ta chambre d'ami.

— Merci, dit-elle, tremblante mais digne.

— Où est-il ? demanda Liam.

— En visioconférence avec ma mère et Dave. Je parie qu'il est en train de leur raconter comment il m'a convaincue de participer à cette stupide interview…

Elle appuya sa tête lourde contre ses genoux.

— Tu as accepté de le faire ?

— Non. Pas vraiment, dit-elle, les lèvres pincées.

— Je vais régler ça avec lui, déclara Liam.

Elle se leva pour retirer du gril le sandwich de Rafe. Elle éprouva une joie mauvaise en voyant le fromage à moitié brûlé. Le goût ne serait pas génial. Bien fait pour lui.

— S'il te plaît, ne sois pas cruel avec lui. Il… Il…

— Ne me dis pas qu'il ne le mérite pas, s'insurgea Liam.

Elle ravala la boule qui lui obstruait la gorge. Elle aimait Rafe. Elle souffrait d'avoir mal interprété son comportement, mais elle était incapable de le détester.

— Rafe est passionné, talentueux. Je lui ai souhaité d'avoir cette promotion et j'étais sincère. Je hais la façon dont il s'y est pris et le fait qu'il ne m'ait rien dit, mais il a besoin de cette émission. Elle compte énormément pour lui.

Elle avait naïvement cru avoir pansé certaines des blessures de Rafe… Mais elle ne devait pas songer à cela.

— Il est indigne de toi, Annie.

Elle n'avait plus rien à dire. Elle voulait quitter la clinique avant la fin de la visioconférence de Rafe, mais refusait de passer pour lâche. Pas question de se ridiculiser davantage.

Elle salua Liam d'un signe de tête et il sortit prévenir Jack et annoncer à Rafe et à sa clique que leur clinique ne participerait pas au *Dr Dave Show*.

Son téléphone vibra et elle l'éteignit sans lire le message.

Descendant à la clinique, elle écouta la boîte vocale de l'établissement, vingt-neuf appels de différents tabloïds, invités par Rafe à envahir son refuge…

Elle appuya sur la touche de suppression, et les messages s'effacèrent en même temps que ses rêves.

Dans la chambre d'Annie, Rafe faisait les cent pas, son portable à la main. Annie avait raison : l'interview devait traiter des déserts médicaux dans les zones défavorisées. Elle maîtrisait parfaitement le sujet, mais elle n'était pas le seul médecin à exercer en territoire isolé. Le Dr Demarcus Martin, vieux copain de fac de Rafe, dirigeait une clinique dans un des comtés les plus démunis du Mississippi.

Demarcus désapprouvait la participation de Rafe au *Dr Dave Show*, mais ce thème l'intéresserait sûrement.

Rafe pouvait toujours lui laisser un message. Il écouta le téléphone sonner, puis :

— Rafe ! fit la voix chaleureuse de Demarcus.

— J'aimerais papoter avec toi, mon vieux, mais je n'ai pas beaucoup de temps, dit-il.

— Tu m'appelles à propos de ton émission ?

— Oui, répondit Rafe en sortant ses notes. Je sens à ta voix que tu es toujours aussi mal disposé à cet égard…

— Les toubibs doivent servir la communauté, pas se pavaner à la télévision.

— Aïe.

Demarcus soupira.

— Ça s'adresse surtout à Dave. Et si tu veux que je prenne l'avion pour passer une audition, c'est non.

— Il ne s'agit pas d'une audition, mais d'une interview. Écoute, dit Rafe avant de lui exposer les grandes lignes de son plan. On ne forme pas assez de praticiens pour couvrir les besoins médicaux des populations isolées et indigentes.

— J'ai lu le rapport de l'Association médicale américaine, grommela Demarcus. Je ne vois pas quel rapport ça a avec ma clinique.

Rafe s'assura que la caméra et le micro de son ordinateur étaient éteints. Dave n'était pas ponctuel, mais s'il faisait exception aujourd'hui, Rafe ne voulait pas qu'il entende ce qu'il allait dire avant que Demarcus ne soit dans le coup.

— Ta communauté est très mal desservie. L'interview permettrait de parler de tes besoins, et de souligner la nécessité de réformer le coût des études de médecine, les dépenses de santé, et l'accès inégal aux soins médicaux.

Demarcus garda le silence plusieurs secondes, et Rafe vérifia que la communication n'était pas coupée.

— Je doute que ça fasse un audimat génial… Mais ça m'intéresse. Tu peux compter sur moi.

— *Yes !* s'écria Rafe avec un énorme soupir de soulagement. Tu ne le regretteras pas.

Son contrat arrivait à son terme en fin d'année. Il ferait un saut dans le Mississippi la semaine suivante pour interviewer Demarcus, puis il s'envolerait pour la Californie, participerait au tournage des émissions de Thanksgiving et de Noël, après quoi il tournerait le dos à sa vie à LA. Ce serait son ultime contribution à Hollywood.

Dave n'apprécierait pas de retirer son nom de l'équipe, mais Rafe s'en moquait. Il avait gardé des secrets, mais il était désormais libre de les révéler à Annie. Il ne serait jamais aussi parfait que Blake, mais il passerait le reste de sa vie à la rendre heureuse. À l'aider à finaliser ses rêves. Ici.

— Rafe ?

La voix calme de Demarcus l'arracha à ses pensées.

— J'ignore comment tu as pu obtenir l'accord du Dr Masters, mais il faudra que tu me racontes toute l'histoire.

— *Quoi* ?

Comment Demarcus savait-il, pour Annie ?

La sonnerie de son ordinateur mit fin à leur échange.

— Je t'appelle dans quelques jours pour te donner les détails. Merci, Demarcus.

Dave voulait que l'interview se passe en Arctique, restait pour Rafe à le persuader que la clinique de Demarcus illustrait mieux leur propos. Les gens savaient que l'Arctique était peu peuplé, il fallait leur ouvrir les yeux sur les problèmes des praticiens comme Demarcus, qui soignaient un millier de patients avec un budget dérisoire dans une ville américaine tout près de chez eux.

Rafe s'installa dans le fauteuil et coupa son téléphone tandis que le visage de Carrie apparaissait à l'écran.

— Félicitations, Rafe !

Il fronça les sourcils. Pourquoi le congratulait-elle ?

— Tu n'as pas vu le site de *CelebNews* ?

— Non, pourquoi ? Tu as laissé fuiter des choses dans la presse ? demanda-t-il, inquiet.

— Pas moi, dit-elle, ses yeux gris semblables à ceux de sa fille, sans leur chaleur.

Une visioconférence n'était pas le moment idéal pour ergoter avec son agent, aussi n'insista-t-il pas.

— Rafe ! dit la voix joyeuse de Dave, résonnant dans la chambre. C'est un *lit* que je vois derrière toi ?

— Je suis dans l'appartement au-dessus de la clinique. Le médecin que j'assiste est indisponible et on ne prend que les urgences, répondit Rafe, sortant ostensiblement ses notes.

— La couette donne une note intime, ricana Dave.

— Comment va le Dr Masters ? demanda Carrie.

— Elle va bien.

Carrie hocha la tête sans s'appesantir sur le sujet. Comment cette femme froide avait-elle pu élever une personne aussi bienveillante et chaleureuse qu'Annie ?

Annie avait raison. Les gènes ne comptaient pas vraiment. Même si sa mère l'avait abandonné, il ne quitterait pas Annie. Si elle voulait de lui, il veillerait à ce qu'elle et leurs enfants – s'ils avaient la chance d'en avoir – sachent toujours combien ils étaient aimés.

— Bon, dit Dave, l'équipe de tournage sera là-bas mercredi prochain, Rafe.

— Attends. Je compte faire cette interview dans une clinique de Ransburg, Mississippi. Le Dr Demarcus Martin est prêt à aborder les mêmes thèmes qu'ici.

Dave prit une gorgée d'un smoothie verdâtre.

— Le Mississippi n'est pas aussi exotique que l'Arctique, répondit-il fermement. Je ne céderai pas là-dessus. C'est une émission télévisée, il ne faut pas que les spectateurs s'ennuient. Ça fait de mauvaises audiences.

Il contempla ses ongles avant de poursuivre.

— J'ai laissé fuiter que tu serais mon nouveau co-animateur, mais on peut revenir là-dessus…

Rafe fronça les sourcils. Ils en reparleraient quand Dave aurait accepté de tourner l'interview chez Demarcus.

— Nous avons une responsabilité envers nos producteurs, reprit Dave. Ce sont eux qui payent nos salaires.

— Alors fais-leur comprendre. Tu es *médecin*, bon sang !

Dave haussa les épaules.

— C'est simple, Rafe. Tes suggestions donnent toujours des émissions de haut niveau, tout en évitant les sujets sensibles susceptibles de nous exposer à des poursuites judiciaires. Je te considère comme un brillant tacticien.

Dave se moquait du message qu'ils envoyaient, il était uniquement préoccupé par l'audimat et les recettes publicitaires générées par l'émission. Rafe ne méprisait pas l'indice d'écoute, mais pour lui le facteur humain et l'aide qu'ils apportaient aux téléspectateurs passaient avant tout.

Dave ne voyait en lui qu'un homme superficiel avide de notoriété. Rien d'autre. Comment avait-il pu être aussi aveugle ?

Il inspira. Même s'il quittait l'émission, il avait un message à faire passer. Et Demarcus était le porte-parole parfait.

— Je crois que, si tu voyais la clinique de Demarcus, tu comprendrais. Il fait un travail remarquable et…

— Est-ce que ce Dr Martin est un ancien acteur disparu de la vie publique ? l'interrompit Dave. Est-ce qu'il dirige une clinique loin du monde ? Est-ce qu'il a servi dans l'armée ?

Rafe eut l'impression de recevoir un uppercut. Comment Dave était-il au courant de l'existence d'Annie ?

— C'est l'histoire de Charlotte Greene qui m'intéresse. Pas celle de sa clinique.

— C'est le *docteur* Annie Masters, gronda Rafe, le cœur au bord des lèvres. Comment as-tu su pour elle ? *Comment ?*

— Tout le monde le sait. Le téléphone de la clinique n'arrête pas de sonner, dit la voix froide de Liam Henkle derrière lui. Félicitations pour votre promotion…

Il se dirigea vers le bureau.

— Pardon de vous interrompre, mais le *Dr* Masters m'a chargé de parler au nom de *notre* clinique. Nous n'autoriserons *aucune* interview ici.

Rafe était pétrifié. Comment Dave avait-il appris la présence d'Annie et pourquoi le téléphone de la clinique sonnait-il sans discontinuer ?

— Je vous rappelle, dit-il, fermant son ordinateur au nez et à la barbe de Carrie et Dave.

Écartant Liam, il traversa l'appartement en courant. Dans la cuisine, un sandwich au fromage brûlé était posé sur une assiette. Il attrapa son manteau et descendit à la clinique.

« Ici Richard Dixon du Gossip Weekly. Nous essayons de joindre Annie Masters. Mon numéro de téléphone est le… »

Le message enregistré fut coupé et un autre se fit entendre.

« Joséphine Warren de All Celeb News. Je souhaiterais contacter Annie Masters. On peut me joindre au… »

Les yeux gris d'Annie rencontrèrent les siens comme elle pressait la touche d'effacement du répondeur.

— Félicitations pour ta promotion.

Rafe eut l'impression qu'on lui arrachait le cœur.

— Comment… ?

Il prit conscience de s'être exprimé à voix haute quand elle tourna vers lui l'ordinateur de la clinique.

Le Docteur Playboy se sert de l'enfant star pour décrocher une promotion

La manchette s'accompagnait de la photo qu'il avait prise à la fête de l'automne. Elle venait de son compte sur les réseaux sociaux. Il avait dû la télécharger sans réfléchir. Annie était juste Annie pour lui. Ignorait-elle donc combien elle comptait pour lui ?

La réponse l'atterra.

Oui.

Il avait gardé ses sentiments pour lui. Il avait fait venir les médias jusqu'à elle, et ses plans pour la protéger ressemblaient à de la manipulation. Ses motivations différaient de celles de son père, mais le résultat était le même. Il avait trahi la femme qu'il aimait.

— Tu aurais dû m'en parler avant de l'étaler en première page de *Celeb News*, dit-elle.

— Ce n'est pas ce que tu crois, se défendit-il en secouant la tête. Annie, mon ange… Je ne voulais pas…

Il fut interrompu par la sonnerie du téléphone. Annie serra les dents et décrocha.

— Clinique de Blue Ash. Pas de commentaire, dit-elle avant de raccrocher. Tu ne voulais pas quoi ? Me pousser à quitter ma maison ? Me dissimuler ce que tu tramais avec cette interview ? Me cacher que ma mère était ton agent ?

Avec un sanglot, elle ramassa le sac de voyage à ses pieds.

— Tu ne voulais pas me faire croire que tu tenais à moi et que j'étais plus que Charlotte Greene à tes yeux ?

— Je *tiens* à toi. Seigneur, Annie, tu es tellement plus que ça ! Pourquoi refuses-tu de le voir ?

Elle le fusilla du regard et ricana, amère.

— Tout le monde attend ça de moi. Quoi que je fasse, c'est Charlotte que veulent mes proches. Ma mère avait besoin de Charlotte pour booster sa carrière, et toi…

Ravalant un sanglot, elle s'essuya le nez de la main.

— Je t'ai même facilité les choses. On ne voit pas bien mon costume d'Halloween sur la photo, mais je suis la copie conforme d'une Charlotte Greene plus âgée.

— Ce n'est pas ce que tu crois, répéta-t-il.

— Alors, tu n'as pas obtenu de promotion en échange de ta promesse de me faire raconter aux téléspectateurs comment Charlotte Greene est devenue le Dr Annie Masters ? Le pire, c'est que j'aurais accepté si tu me l'avais demandé. Je suis tellement stupide.

Il tremblait, anéanti par les conséquences de ses mensonges par omission.

— Tu n'es pas stupide. Tu es merveilleuse, magnifique…

— Et un moyen de te garder sous le feu des projecteurs. C'est assez d'attention pour toi ? dit-elle, montrant l'écran.

Il lui attrapa la main et y glissa son carnet.

— Il n'a jamais été question de Charlotte pour moi. Lis ça. Je veux que tu te voies avec mes yeux. Comme la femme intelligente, belle et bienveillante que tu es, Annie.

Elle regarda le journal dans sa main.

— J'ai pris cette photo parce que j'étais heureux d'être avec toi.

Je t'aime. Les mots restèrent coincés dans sa gorge. Sa

mère les avait prononcés lors de disputes avec son père dans le but de le faire rester. Il se refusait à en faire autant.

Comme elle se taisait, le téléphone sonna. Il décrocha.

— Pas de commentaires !

— Tu m'avais promis de ne pas te servir de moi, murmura-t-elle tandis qu'une larme solitaire glissait sur sa joue. J'avais confiance en toi. Et maintenant je dois quitter le refuge que je m'étais créé, où j'étais juste le Dr A…

Il l'avait utilisée, oui, pour rassembler les morceaux de son cœur brisé. Connaître la signification du verbe aimer.

— Ne pars pas, je t'en prie.

— Il n'y a plus rien ici pour moi. Adieu, docteur Bradstone.

Il avait envie de hurler, de la supplier de rester, mais il la laissa partir. Son père avait détruit sa mère avec ses infidélités, et la quête de notoriété de Rafe avait volé à Annie ce qu'elle aimait le plus au monde, sa clinique.

— Je t'aime, dit-il dans un souffle quand la porte claqua derrière elle.

12.

— Je vais vous aider à faire vos bagages, dit Liam, fermé.

— Non, répondit Rafe.

Annie avait besoin d'une pause, loin de la clinique, loin de lui. Mais Jenn ne viendrait pas tout de suite. Or il fallait deux médecins à la clinique. Et comme c'était le sanctuaire d'Annie, il en prendrait soin jusqu'à son retour.

Si elle le chassait, alors, il partirait. Mais pas sans lui avoir avoué son amour. À elle, Annie, pas à Charlotte Greene.

Liam haussa un sourcil, dehors le moteur de l'avion de Jack rugissait.

— Je pourrais vous forcer à partir.

— Oui, mais j'espère que vous me laisserez une chance. J'aime Annie, et je crois qu'elle m'aime aussi. Mais comment le lui prouver si je m'enfuis maintenant ?

— Elle me tuera si elle apprend que je ne vous ai pas mis dans cet avion, dit Liam en haussant les épaules.

Annie était trop généreuse pour en vouloir à Liam. Rafe ignorait combien de temps il mettrait à regagner sa confiance, mais il attendrait le temps qu'il faudrait.

— Laissez-moi essayer d'arranger les choses.

La sonnerie stridente du téléphone l'interrompit.

— Clinique de Blue Ash. Aucun commentaire.

Les médias encombraient la ligne. En cas d'urgence…

— Les patients ont votre numéro de portable, Liam ? Il faut qu'on puisse nous joindre s'il y a une urgence.

Liam acquiesça et sortit son téléphone.

— Maman ? Contacte le câble local. Si on veut joindre la clinique, qu'on appelle sur mon portable ou celui de Rafe.

Il demanda son numéro à Rafe et le communiqua à sa mère. Il l'écouta un moment en silence, puis l'interrompit.

— J'ai besoin d'un médecin en l'absence d'Annie, maman, alors il reste.

Rafe sourit. Liam ne faisait pas preuve d'un enthousiasme débordant, mais c'était un début.

— Bon, dit Liam, vous me montrez les derniers dossiers, pour que je sois au point avec nos patients ?

Nos patients. Le cœur de Rafe se réchauffa. Il appartenait à la famille de la clinique. Restait à convaincre Annie qu'il ne lui manquait plus que *son* attention pour être comblé.

L'eau froide de la douche martelait le dos d'Annie, mais elle n'avait pas la force d'éteindre le robinet. Le front contre la paroi carrelée, elle laissa couler ses larmes, le visage marbré par le froid et les pleurs.

Ses larmes taries, elle s'enveloppa dans une serviette chaude et, le corps lourd, s'assit à même le sol.

Si elle quittait le chalet de Liam maintenant, risquait-elle de se trouver nez à nez avec Rafe à la clinique ?

Elle ravala un sanglot. Pourquoi serait-il resté ? *Pour moi ?*

Sauf que ce n'était pas Annie qu'il voulait. Pas vraiment.

Avec un soupir, elle leva les yeux vers les gouttes d'eau pendues au crépi du plafond.

— J'aurais dû sortir avant que l'eau soit glacée, dit-elle.

Elle avait mal à la tête. Elle pressa ses paumes sur ses paupières et éprouva un léger mieux.

— Et maintenant, voilà que je parle toute seule !

Elle ferma les yeux et de nouvelles larmes jaillirent. Pourquoi Rafe avait-il voulu l'interviewer ? Il était le meilleur médecin de l'émission et attirait le plus grand nombre de téléspectateurs, il aurait eu sa promotion sans elle.

Elle voulait croire qu'il ne s'était pas servi d'elle. Elle porta son poing à sa bouche pour étouffer ses sanglots.

Se forçant à se lever, elle rajusta la serviette autour d'elle et se tourna vers le miroir embué. Elle l'essuya pour se voir. Elle avait les yeux bouffis et son visage portait encore des traces d'ecchymoses. Elle pensa aux paroles de Rafe.

Quand elle se regardait dans la glace, que voyait-elle ? *Une loque.* Un rire hystérique lui échappa. Une loque trempée. Pathétique.

— Je me vois *moi,* dit-elle à voix haute, décidée à y croire.

Une larme glissa sur sa joue. C'était Charlotte Greene qui la regardait, et Annie tapa du pied en hurlant.

— Fiche le camp ! Je suis le Dr Annie Masters !

Elle tourna le dos au miroir. Argumenter avec elle-même n'y changerait rien.

Elle enfila un pull et, frottant ses bras pour se réchauffer, prit la direction de la cuisine. Le carnet de Rafe était posé sur le comptoir.

Elle sortit une tasse et se prépara du thé. *Elle ne lirait pas le journal de Rafe.* Elle ouvrit un tiroir et le jeta dedans. Elle éprouva une brève satisfaction en refermant le tiroir.

Puis son cœur sombra. Rafe était parti… ou il n'allait pas tarder. Sa tête l'élançait, son cœur pleurait.

Elle avala deux comprimés d'antalgique et alla dans le salon. Se laissant choir sur le canapé, elle regarda la photo de Blake sur la cheminée de Liam. Il était en treillis et souriait.

Elle avait donné sa vie pour réaliser le rêve de Blake.

Aurait-elle créé une clinique à LA s'il l'avait voulu ?

Non.

Elle avait réalisé le rêve de Blake parce qu'elle l'aimait, mais Blue Ash lui avait apporté la solitude à laquelle elle aspirait, lui permettant de se cacher.

Blake lui avait dit un jour qu'elle était courageuse et capable de tout. Que penserait-il d'elle aujourd'hui ?

Elle s'était sentie si perdue à sa mort. Et elle avait vécu pour la clinique jusqu'à ce que Rafe en franchisse le seuil.

Blake aurait été fier de l'établissement, mais il n'aurait pas approuvé qu'elle s'y terre. Il aurait été furieux qu'elle utilise son rêve comme prétexte pour ne pas retourner à LA.

L'esprit d'Annie tournait à plein régime.

Et si Rafe ne s'était pas servi d'elle ? Et s'il voulait tout d'elle ? Passé, présent et futur ?

Elle sanglota, tremblante. Elle avait le cœur brisé. Elle avait déjà perdu Rafe en le chassant… Non ?

Elle remonta ses genoux contre sa poitrine.

Elle n'avait pas pu suivre Blake dans la mort, mais elle pouvait rattraper Rafe.

Elle se leva, retourna dans la cuisine, et sortit son journal du tiroir. Que voulait-il qu'elle voie ?

Il n'y avait qu'une façon de le savoir.

Elle fixa le carnet de cuir. Et si elle apprenait que c'était Charlotte qu'il cherchait en elle ?

Non, Charlotte ne l'empêcherait pas de découvrir ce que Rafe voulait lui dire. Son personnage n'était qu'une infime partie d'elle. Désormais elle refusait de vivre dans son ombre, quoi qu'elle trouve dans le journal de Rafe.

Elle prit une inspiration et l'ouvrit. La première page était arrachée, et les trois suivantes comportaient des listes de courses et des programmes de musculation. Elle feuilleta le calepin, et une page s'en échappa. Elle avait été chiffonnée puis lissée. Elle la lut et son cœur se fendit.

Objectifs :

Entrer à l'école de médecine

Obtenir poste de résident

Finir internat

Quitter studio

Visiter les cinquante États

Décrocher poste permanent Dr Dave Show (ligne barrée)

Retrouver maman (ligne barrée)

Rencontrer maman (ligne barrée)

Dire à Annie que je l'aime

Acheter chaussures adaptées à l'Arctique

M'installer en Alaska

Le cœur d'Annie battait la chamade, mais elle n'osait pas crier victoire. Ces notes n'étaient peut-être plus d'actualité.

Elle retint son souffle. Rafe voulait qu'elle connaisse ses pensées au fil des ans. Lui révéler ses espoirs et ses rêves.

Plus loin, elle trouva les idées d'interview qu'ils avaient notées le matin même. Une tache d'encre maculait la page suivante, cachant plusieurs mots. Rafe avait visiblement travaillé dur sur cette liste :

Comment avouer mon amour à Annie :

Le dire simplement

Dîner

Bouquet de roses

Dîner avec bouquet de roses

Beignets !

Elle se mit à pleurer. Il lui préparait des surprises et elle l'avait chassé. Elle l'avait accusé de se servir d'elle en sachant combien cette accusation lui ferait mal.

Qu'importait le contenu de ces pages si Rafe était parti.

Il l'aimait.

Il devait y avoir une explication à l'article de *Celeb News,* et lui seul pouvait la lui donner. Elle prit une longue inspiration. Liam était là, il dirigerait la clinique sans elle quelques jours. Elle allait rassembler quelques affaires et faire sa valise. Si Rafe était à LA, c'était là qu'elle devait être.

Annie bâilla en montant l'escalier de l'appartement. Pour éviter les regards inquisiteurs et ne pas aggraver sa migraine, elle avait demandé à Holly de faire des courses pour elle. Son amie avait dû attendre la fermeture de la pâtisserie et été retardée par un accident. Mais maintenant Annie avait tout ce qu'il lui fallait pour partir en Californie, il faisait nuit, elle pouvait regagner son appartement à la clinique.

Elle sentit son cœur se serrer à la pensée de dormir sans

Rafe. Elle s'était habituée à la chaleur de son corps contre elle, à son souffle léger dans son cou…

Si les vols étaient à l'heure, elle serait dans ses bras le surlendemain. *Trop long…*

Laissant les sacs dans la cuisine, elle traversait furtivement le salon pour ne pas réveiller Liam quand son pied heurta un obstacle dur. Poussant un cri, elle serait tombée si deux bras forts ne l'avaient rattrapée au vol.

— Annie ? fit une voix endormie, rauque.

Rafe plissa les yeux quand elle alluma la lumière.

— Qu'est-ce que tu fais par terre ?

Il était encore à Blue Ash !

Elle caressa ses bras. Il était là. Il était encore là.– Je dormais, répondit Rafe avec un sourire niais.

Ce n'était pas un effet de son subconscient. Annie était là. *Elle était là.*

— Pourquoi par terre ? demanda-t-elle en le dévisageant, les joues empourprées.

— Je n'étais pas sûr que tu veuilles de moi dans ton lit.

Il caressa avidement son beau visage et repoussa une boucle rousse derrière son oreille.

— Pourquoi es-tu encore là, Rafe ? Ton émission…

— N'y compte pas. La clinique a besoin de deux médecins. Je ne pouvais pas partir. Je ne pouvais pas te quitter.

— Je regrette tellement, Rafe. Je suis contente que tu sois resté. J'aurais dû te choisir *toi…*, pas m'enfuir, bredouilla-t-elle contre sa joue entre deux sanglots. Tu me pardonnes ?

Il l'enveloppa de ses bras. Elle était là. Son Annie.

— C'est moi qui t'ai dissimulé des choses importantes, Annie, moi qui ai pris une photo qui a atterri dans un journal people.

Il étouffa ses protestations sous un baiser. Elle se nicha contre lui et plus rien d'autre ne compta. Annie était là. Elle le choisissait. Le temps s'arrêta.

— Je t'aime, murmura-t-il en l'attirant sur ses genoux. Je veux que tu le saches. Je t'ai caché tant de choses…

Il embrassa tendrement sa joue.

— Je ne t'ai pas parlé de l'interview parce que, connaissant ta gentillesse, je savais que tu accepterais. Je ne voulais pas qu'on profite de toi. Je comptais dire à Dave que tu avais refusé, puis je t'aurais tout raconté.

— Tu essayais de me protéger…

Il appuya son front contre le sien.

— Je craignais que tu me détestes si tu croyais que je comptais me servir d'une interview avec toi pour décrocher cette promotion. Mon père a si souvent utilisé ma mère… Je ne voulais pas que tu te sentes utilisée.

— À cause de mon passé, tu as cru que tu ne pouvais pas être franc avec moi, murmura-t-elle, la tête contre son épaule. Je suis plus que mon personnage, mais Charlotte fait partie de moi. Je ne peux continuer à la fuir. Tu m'as permis d'en prendre conscience.

Elle souriait. Il ne l'avait jamais vue sourire en prononçant le nom de Charlotte. Il inspira profondément.

— Je t'aime, dit-il, éprouvant le besoin de le répéter. Je t'aime. Alors, si nous laissions le passé derrière nous pour nous concentrer sur l'avenir ?

Le sourire radieux d'Annie lui réchauffa le cœur.

— Je suis encore sous contrat jusqu'à la fin de l'année. Je dois faire cette interview et les émissions de Thanksgiving et Noël, je ne sais pas si je pourrai être ici cet hiver…

— Je veux que tu sois là cet hiver, Rafe, mais je ne tiens pas à ce que tu renonces complètement aux feux de la rampe.

— Annie…

— Et si les émissions de Thanksgiving et Noël étaient préenregistrées et tournées dans notre clinique ?

Notre. Comme il aimait ce possessif. Mais…

— Dave aime que l'émission de Thanksgiving soit en direct. Je ne sais pas s'il acceptera.

— Même si je suis l'autre invitée ?

Il la souleva dans ses bras, lui arrachant un cri.

— Tu accepterais d'y participer pour que je reste ici cet hiver ? demanda-t-il, le cœur sur le point d'exploser.

— Si tu es à mes côtés, je pourrai affronter les caméras.

— Je t'aime, dit-il en souriant tendrement. Nous ferons les émissions, puis nous dirons adieu à Hollywood.

Elle lui prit le menton et soutint son regard.

— Non. Je pense qu'on devrait faire quelques émissions par an, l'été, quand il est facile de nous trouver des remplaçants ici.

— Nous ? répéta-t-il, lui caressant la joue d'une main tremblante. Tu viendrais à LA avec moi…

— J'irais n'importe où avec toi. Je parie que le Dr Dave est prêt à accepter un Dr Bradstone à mi-temps, mais moi pas. Alors nous passerons la majeure partie de l'année dans notre clinique, et un mois à LA. Désormais, nous sommes une offre groupée.

— Je t'aime, répéta-t-il.

Elle lui prit la main et l'entraîna dans la cuisine. Les joues rouges, elle ouvrit son sac à main et, lui lançant son carnet, elle ramassa un stylo.

— Il y a une ligne que tu dois rayer.

— En fait, je peux en biffer plusieurs, dit-il en souriant.

Elle lui tendit un sac.

— Qu'est-ce que c'est ? demanda-t-il.

— Une seule façon de le savoir, ouvre !

Il regarda dans le sac et en sortit une lourde botte fourrée.

— Tu m'as eu…, murmura-t-il, ému.

Elle brandit l'autre botte.

— Elles sont prévues pour des températures de moins quarante degrés. Je ne veux pas que le Dr Bradstone perde des orteils ! Bienvenue à la maison, Rafe.

La maison. L'émotion serra la gorge de Rafe.

— Merci, dit-il en l'embrassant. Elles sont parfaites. Mais s'il fait moins quarante, j'ai bien l'intention de me blottir contre toi devant un bon feu. Pas question de patauger dans la neige.

— Je crois que ça peut s'arranger, répondit-elle en souriant.

— Tu veux bien m'épouser ?

Il aurait dû lui offrir un dîner aux chandelles, des fleurs, des beignets, n'importe quoi. Mais il ne pouvait plus attendre.

— Oui ! répondit-elle en se jetant dans ses bras.

Annie l'avait choisi *lui*.

Le Dr Rafe Bradstone avait enfin trouvé sa place.

Épilogue

— Papa a fini ? demanda Lilah, trois ans, en tendant ses bras potelés à sa mère.

Annie la hissa avec effort sur ses genoux.

Elle se tourna vers le plateau télévisé où Rafe discutait avec un chirurgien d'une nouvelle technique de reconstruction de la main. Une partie de l'enregistrement serait coupée au montage, car, si le sujet passionnait le corps médical, le téléspectateur lambda aurait eu vite fait de zapper.

— Bientôt, ma puce.

Les sourcils froncés, Lilah posa la tête contre l'épaule de sa mère et poussa un cri strident.

— Le bébé m'a donné des coups de pied !

Reposant sa fille, Annie croisa le regard amusé de Rafe et lui fit signe de continuer. Mais s'il ne voulait pas qu'une enfant impatiente perturbe l'enregistrement, il devait en finir au plus vite.

Annie avait fait une apparition dans plusieurs émissions, mais elle n'avait aucune envie de retrouver le show-business. Même si Rafe s'y plaisait toujours autant. En général, Annie et Lilah restaient loin du plateau, mais ils devaient partir pour l'aéroport sitôt l'enregistrement terminé. Elle comptait être de retour à Blue Ash avant le lendemain après-midi. Si son mari voulait bien mettre un terme à ses fanfaronnades.

Il se précipita vers elle dès qu'il eut fini.

— Tout va bien ?

Elle déposa en souriant un baiser sur ses lèvres.

— Oui, mais ta fille est prête à partir. Et ta femme aussi !

— Tu as hâte de retrouver la neige ? demanda-t-il, soulevant en riant Lilah dans ses bras.

— Le bébé m'a donné un coup de pied ! lui dit la fillette d'un air outré.

— Il me le fait aussi, répondit Rafe, compatissant, en quittant le studio avec sa petite famille pour rejoindre leur voiture.

— C'est vrai ?

— Oui. Quand ta maman se blottit contre moi, ton petit frère gigote beaucoup. Mais tu le faisais aussi.

Il attacha la ceinture de Lilah, et embrassa sa tête bouclée avant de s'installer au volant.

— Dave voudrait savoir si tu l'autorises à faire un enregistrement à la clinique au printemps. Il aimerait traiter de son évolution sur les quatre dernières années.

Annie se pencha pour l'embrasser sur la bouche.

— J'ai tout l'hiver pour me décider. Tu as pris tes bottes ?

Il lui sourit tendrement.

— Je ne les oublie jamais.

— Je t'aime. Rentrons à la maison.

BLANCHE

HARLEQUIN

Chirurgienne et princesse, de Karin Baine - N°1508

La princesse Kaja est bouleversée. Il y a cinq ans, elle a dû quitter le Dr Seth Davenport, chirurgien tout comme elle, pour remplir ses obligations royales. Et c'est un crève-cœur de retrouver au palais d'Alderisi cet homme qu'elle a tant aimé, accompagné d'une petite fille dont elle n'est pas la mère... Bien malgré elle, les regrets l'assaillent, dévastateurs. Se pourrait-il qu'elle ait commis l'erreur de sa vie, en faisant passer son devoir avant son bonheur ?

Le retour d'un époux, de Sue MacKay

Cole est de retour. Longtemps, Vicki a ardemment souhaité découvrir son mari sur le pas de leur porte. Mais il est trop tard. Médecin dans l'armée, celui-ci lui a tant manqué qu'elle a fini par le quitter, désespérée par sa solitude. Alors qu'elle essaye depuis des mois de se reconstruire sans Cole, le revoir la bouleverse au plus haut point, car Vicki l'aime encore... Sera-t-elle assez forte pour lui résister, alors qu'il ne lui cache pas son intention de la reconquérir ?

Un irrésistible médecin, d'Amalie Berlin - N°1509

Si Imogene a accepté ce poste d'infirmière dans un cabinet médical perdu dans les Appalaches, c'est uniquement pour rendre service à sa meilleure amie. Et elle n'y restera que six mois ! Mais, lorsqu'elle rencontre son nouveau patron, le Dr Wyatt Beechum, elle tombe sous le charme. À tel point qu'elle, la voyageuse infatigable, pourrait presque s'imaginer poser enfin ses valises au côté de cet homme. À condition qu'il partage ses sentiments....

Un véritable mariage d'amour, de Lilian Darcy

Excédée d'être délaissée par son mari, médecin à l'hôpital, Alicia décide de partir. Elle est toujours folle amoureuse de lui, mais est convaincue que ses sentiments ne sont plus réciproques. Alors, quand quelques semaines plus tard elle le voit frapper à sa porte et lui promettre de tout tenter pour la reconquérir, elle est stupéfaite. Même si elle en meurt d'envie, peut-elle de nouveau le croire ?

Leur mission : sauver des vies.
Leur destin : trouver l'amour.

HARLEQUIN
www.harlequin.fr

BLANCHE

HARLEQUIN

Un nouveau bonheur pour Samantha, d'Amy Ruttan - N°1510

Samantha n'a qu'une hâte : commencer sa nouvelle vie d'infirmière des airs à Thunder Bay, au côté de son fils, Adam, qu'elle élève seule depuis la disparition de son mari. Mais, pour cela, il faut d'abord qu'elle s'acquitte d'une dernière mission : former George Atavik, son stagiaire. Sauf que, dès qu'elle pose les yeux sur ce dernier, un curieux trouble s'empare d'elle, comme si son cœur dégelait après un trop long hiver…

Un chirurgien à apprivoiser, de Melanie Milburne

Quand Jemina apprend que le Dr Alessandro Lucioni est le tuteur de la petite Claudia, une de ses élèves, elle est sous le choc. Car il n'est autre que l'homme qu'elle a follement aimé, cinq ans plus tôt, avant qu'il lui brise le cœur. Or ces retrouvailles imprévues ne se déroulent pas comme l'imaginait Jemina : au lieu d'ignorer froidement Alessandro, elle ne peut s'empêcher de fondre à nouveau sous son regard sombre…

Leur mission : sauver des vies.
Leur destin : trouver l'amour.

HARLEQUIN
www.harlequin.fr

Composé et édité par HarperCollins France.

Achevé d'imprimer en août 2020.

CPI
BLACK PRINT

Barcelone

Dépôt légal : septembre 2020.

MIXTE
Papier issu de sources responsables
FSC® C108412

Pour limiter l'empreinte environnementale de ses livres, HarperCollins France s'engage à n'utiliser que du papier fabriqué à partir de bois provenant de forêts gérées durablement et de manière responsable.

Imprimé en Espagne.